密室大坂城

安部龍太郎

角川文庫
18551

目次

豊臣大坂城縄張り図

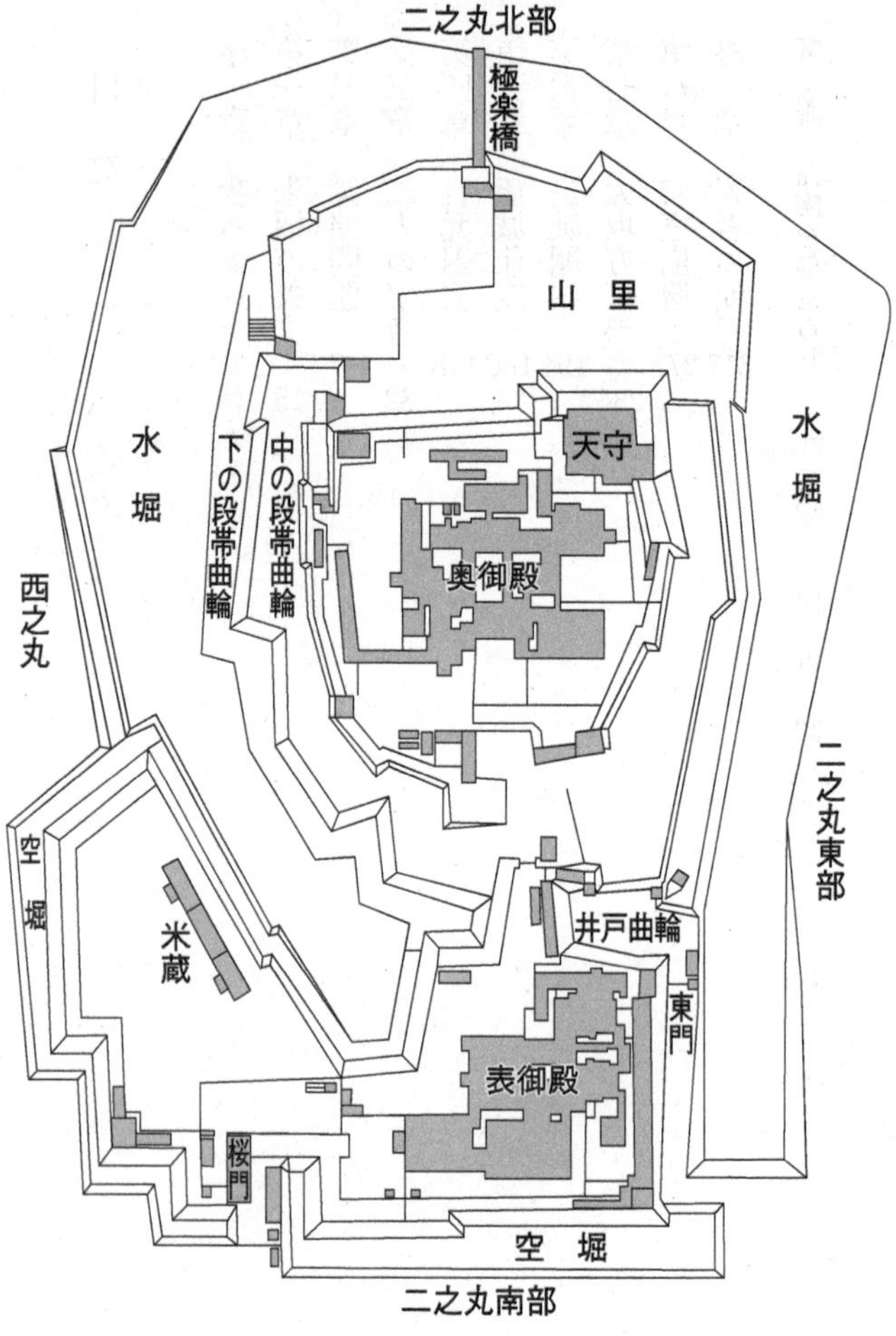
二之丸北部
極楽橋
山　里
天守
水堀
下の段帯曲輪
中の段帯曲輪
水堀
奥御殿
西之丸
二之丸東部
空堀
米蔵
井戸曲輪
東門
表御殿
桜門
空　堀
二之丸南部

序章　我ハ少シマドロミテ

大坂城は燃えていた。

慶長《けいちょう》二十（一六一五）年五月七日の早朝から、大坂方は城を包囲した幕府の軍勢二十万に対して捨て身の決戦を挑んだ。

茶臼《ちゃうす》山の徳川家康《とくがわいえやす》の本陣を急襲した真田幸村《さなだゆきむら》の軍勢が、一時は家康を討ち果たす寸前まで追い詰めたものの、幕府の大軍に押し包まれて全滅した。

船場《せんば》や岡山《おかやま》口の守備陣も相次いで破られ、夕方には裸城同然と化した大坂城の本丸まで追い詰められた。

二の丸三の丸の矢倉や屋敷に火が放たれ、本丸をまるく取りまいて燃え上がっている。わき上がる黒煙と炎をついて、幕府軍は桜門《さくらもん》、極楽橋《ごくらくばし》、水の手埋門《うずみもん》の三方から本丸に突入しようと、執拗《しつよう》な攻撃をくり返していた。

天王寺《てんのうじ》口での真田家の全滅を知った豊臣秀頼《とよとみひでより》は、守役《もりやく》の速水甲斐守《はやみかいのかみ》ら数人の近臣を連れて奥御殿の小書院まで下がった。

「もはやこれまでじゃ。甲斐、天守に切腹の座をこしらえよ」

落ち着いた低い声で命じた。

秀頼は真田隊と共に出陣しようと梨地緋《ひ》おどしの鎧《よろい》に身を固めて桜門で待機していたが、淀殿《よどどの》の反対にあって出陣の機会を失った。

今はそれだけが心残りだった。


「申し上げます」

津川左近《つがわさこん》が金瓢箪《きんぴょうたん》の馬標《うまじるし》を抱えて飛び込んできた。

「岡山口にて毛利勝永《もうりかつなが》どの、長曾我部盛親《ちょうそかべもりちか》どのの軍勢が後方より崩れ、先陣の衆は敵中に孤立しております。それがしも敵中に駆け入って討死したく存じましたが、太閤《たいこう》殿下相伝の馬標《うまじるし》を敵の手に渡すのも口惜しく、御前に持参いたしました」

「大儀であった。私はこれより母上とともに天守に上がって腹を切る。それまで今しばらく敵を支えよ」

秀頼は天守閣の真下にある化粧殿《けしょうでん》に行った。淀殿が常の居室としていた所で、北側に二室、南側に二室ある。

淀殿は大蔵卿《おおくらきょう》の局《つぼね》ら数人と身を寄せあって南側の上段の間にいた。次の間には大野《おおの》修理亮治長《しゅりのすけはるなが》らが控えていた。

「母上、時が参りました。身仕度をして天守にお上がり下され」

秀頼は床几《しょうぎ》に腰を下ろし、乳母の宮内卿《くないきょう》の局に鎧の高紐《たかひも》をほどくように命じた。鎧をぬいで小具足姿にならなければ、腹を切ることが出来ない。

「お待ちなされ。修理が何やら手立てがあると申しておりますゆえ」

淀殿は大蔵卿の肩によりかかったまま治長に目くばせをした。これまでの強気が嘘のようにおびえきっている。

「先ほど、常光院《じょうこういん》さまが家康公のご使者として参られ、千姫《せんひめ》さまを城より出すならば秀頼さまお袋さまのお命に別条はない旨の申し入れがございました。半刻《はんとき》ほど前に、使者をそえて千姫さまをお送り申し上げましたゆえ、もうじき家康公よりのご使者が参るものと存じます」

治長がそう伝えたが、秀頼は苦笑するばかりだった。

「それは千のためによき計らいをしてくれた。だが助命は無用じゃ。この期に及んで命乞《いのちご》いなどしたくはない」

「何を申されるのです。助かる命をむざむざと捨ててはなりませぬ」

淀殿がいつもの強い態度に出ようとしたが、その声は震えてか細かった。

「秀頼さま、天守のご用意が整いました」

速水甲斐守が中庭から声をかけた。

「敵に遺骸《なきがら》を見せたくはない。化粧殿の品々を運び上げて焼き草とせよ」

秀頼は小具足姿になって立ち上がった。

赤地錦《あかじにしき》の鎧直垂《ひたたれ》に、小手、すね当てをつけただけで、腰には鯰尾藤四郎吉光《なまずおとうしろうよしみつ》の脇差しをさしている。六尺二寸という堂々たる体だけに、化粧殿の天井に頭が届きそうだった。

「お待ちなさい。行ってはなりませぬ」

淀殿が髪をふり乱して直垂の袖《そで》にすがりついた。

「どうか今少し心を落ち着けてお聞きなされ。源氏《げんじ》の頼朝《よりとも》公とて、二度も戦に打ち負けながら、辛《から》き命をつないで大望を果たされたではありませんか。どうしてそのように死に急がれるのです」

「私はこの戦を始めた時から、太閤殿下の残されたこの城がわが墓所《はかどころ》だと覚悟しておりました。今さら恥を忍んで生き長らえるよりも、この城と運命をともにして、豊臣家に殉じてくれた者たちの心に報いたいのです」

秀頼は無慈悲なばかりに冷たく淀殿の手をふり払い、天守閣への急な石段を登った。

かつて太閤秀吉が金銀宝物を山と積み上げていた天守閣は、敵の攻撃にさらされて穴だらけのがらんどうと化している。

東西十二間（約二十二メートル）、南北十一間（約二十メートル）の広さがある一階には、幕府軍が撃ち込んだ鉛玉が足の踏み場もないほど散乱していた。

板張りの中央には白布で包んだ畳を並べて切腹の座を作り、腰を支えるための三方が置いてある。周囲には自害の後に火をかけるための薪《まき》が堆《うずたか》く積まれていた。

「秀頼さま、お待ち下され」

大野治長が天守の入口まで追いすがってきた。

「ただ今、天王寺口から使者が参りました。真田の軍勢が勢いをもり返し、再び敵を追い込んでおる由にございます。いまだ敗《ま》け戦と決ったわけではございませぬ。今少しご様子を観じなされませ」

「修理よ、そなたが母上に二心なく仕えてくれたことには礼を申す」

秀頼は天守の台座に立って天王寺方面を見やった。

すでに幕府の軍勢は本丸の空堀まで迫り、千畳敷《せんじようじき》御殿からも火の手が上がっている。赤備えの真田隊の姿は、すでにこの地上から消え去《う》せていた。

「だがいかに母上のためとは申せ、この期に及んでそのような虚言をろうするは武士の恥じゃ。そちの訳知り顔など、二度と見とうはない」

「殿、修理どののお言葉に従いなされませ」

速水甲斐守が脇から声をかけた。

「何ゆえじゃ」

「天守に火をかけて果てるのが、城主の作法と決ったわけではございませぬ。命の捨て場などいずこにもござる。せめて最後なりと、お袋さまとお仲直りなされませ」

老齢の甲斐守らしい配慮である。秀頼は己れの頑《かたく》なさゆえに母に冷たく当たりつづけたことに思い至り、化粧殿へと引き返した。

だが、すでに淀殿の姿はなかった。侍女たちを連れて東の矢倉へ逃れたという。

奥御殿の月見の矢倉に上ると、大野治長らに守られた淀殿が、東の堀ぞいに細長くつづく下《した》の段帯曲輪《だんおびくるわ》を東の矢倉に向かうのが見えた。

あたりはすでに薄闇に包まれている。東の丸まで迫った幕府軍は、淀殿の一行とも知らずにまばらに鉄砲を撃ちかけていた。

二階建ての千畳敷御殿が、巨大な火柱となって燃え上がっている。

火は一階の屋根を突き破り、秀頼の代に建て増した二階の部分がゆっくりと傾き、すべり落ちるように炎の渦に呑《の》まれていった。

先ほどまで五、六百人いた秀頼直属の家臣たちもいつしか落ちのび、付き従っているのはわずか二十数人である。

その中に宗夢《そうむ》がいることに気付くと、秀頼は歩み寄って声をかけた。

「ご老人、かような所で何をしておられるのです」

「城の見物じゃよ。秀吉《ひでよし》は大名どもを招いて城の中を見せびらかしたものじゃが、わしは一度も招かれたことがないのでな」

宗夢はぼろぼろの僧衣をまとった八十ちかい老人で、一年ほど前から城内に居候を決め込んでいた。

「さすがに秀吉が築いた城じゃ。景気よく燃えることよな」

奥御殿にも敵に内通していた者がいたらしい。大台所のあたりから火の手が上がり、土蔵から天守閣へ向かって燃え広がっていた。

「ご老人まで果てられることはない。早々に落ちられよ」

「わしが供をせねば、あの世で無駄口を叩《たた》く相手がおるまい。わしほどの逸材は、あの世にもなかなかおるまいからな」

「ご老人、教えて下され」

「おう、何なりとたずねるがよい」

「あの世に地獄極楽ということがありましょうや」

「あるとも。だが仏法に言う所とは少しちがうぞ。天心にかないて死んだ者の魂は、天に帰る。理《ことわり》に逆らって死んだ者は、魂が土に留《とど》まり幽魂となることがある」

「どのような生き方をすれば、天心にかなうのでございましょうか」

「君に忠を尽くし、親に孝を行い、人を憐《あわ》れみ、心に偽りなければ天心にかなう。簡単な事じゃ」

ならば自分は天へは行けまい。秀頼はそう思った。淀殿に対して孝を尽くしたいと思いながら、どうしても出来なかった。

「秀頼さま」

月見の矢倉の階段を、渡辺内蔵助《わたなべくらのすけ》がよろめきながら上ってきた。

秀頼の槍術《そうじゅつ》師範で、内蔵助槍流の創始者として知られた剛の者だが、すでに全身に銃弾をあびて虫の息だった。

「母者とともにお供をしたく、ここまで参りましたが、もはや残る力とてございませぬ。この場にてお暇《いとま》させていただきまする」

両手をついてあえぎながら暇乞いをすると、喉首《のどくび》に脇差しを突き立ててかき切った。

「わたくしも、倅《せがれ》の側でご介錯《かいしゃく》をして下されませ」

正栄尼《しょうえいに》が内蔵助の遺体に取りすがって申し出た。

「わたくしも」

「わたくしもお供を」

正栄尼の侍女二人が側に寄って首を差し伸べた。甲斐守が目くばせをすると、鎧武《よろいむ》者二人が声もたてずに三人の首を打ち落とした。

「私の力が及ばぬばかりに、皆をこのような目にあわせてしまった」

秀頼は頭《こうべ》をたれて茫然《ぼうぜん》と立ちつくした。

東の矢倉は下の段帯曲輪の北の隅にあった。糒《ほしいい》や荒布《あらめ》をたくわえておくための蔵だが、床下には万一の場合にそなえて作られた抜け穴があった。

矢倉の間口は五間、奥行きは二間で、中央に戸口がある。

防腐のために内部に朱を塗った矢倉に入ると、三ヵ所に柱行灯《あんどん》がともされ、暗い室内をぼんやりと照らしている。

淀殿と局《つぼね》たちは右側の仕切りの奥に身をひそめていた。

秀頼は淀殿を見やったが、声もかけずに反対の隅に腰を下ろした。

「ただいま京極備前守《きょうごくびぜんのかみ》を家康公の元へ遣《つか》わし、助命の件を問わせております」

治長はまだ、千姫と引き替えに秀頼と淀殿の命を助けるという家康の約束に望みを託していた。

東の矢倉まで付き従っているのは、侍、侍女合わせて三十人ばかりである。二十畳の横長の矢倉を三つに仕切り、暗闇の中にうずくまって時が来るのを待っていた。

中には治長の助命策に期待をかけている者もいたが、秀頼はすでに死の覚悟を定めていた。

「甲斐、豊前《ぶぜん》、これへ」

速水甲斐守と毛利豊前守を側近く呼び寄せると、最後の時が来たなら淀殿とともに自害するので、介錯した後に首を地中深く隠すように命じた。

必要な指示を終えると、秀頼は小姓の膝《ひざ》を枕にして横になった。昨日も一昨日《おととい》も戦に追われて一睡もしていない。少しの間仮眠をして、切腹の時に備えたかった。

〈我ハ少シマドロミテ、其後切腹スベシト曰ヒテ、小姓ノ膝ヲ枕トシテ、大鼾カイテシヅマリ給フ〉

秀頼の最期の様子を伝える『豊内記《ほうないき》』はそう記している。

とかく軟弱な男と評されがちな秀頼だが、死を目前にしても高鼾《たかいびき》をかいて眠るだけの豪胆さを具《そな》えていたのである。

矢倉の格子窓からは、火柱となって燃え上がる天守閣が見えた。

奥御殿では未だに抵抗をつづけている者たちがいるらしく、時折激しく鉄砲を撃ち合う音がする。

矢倉の上をかすめる銃弾が炎に照らされ、朱色の糸を引いたように飛び過ぎてゆく。

（ああ、朱柄《あかえ》の矢のようだ）

ぼんやりと飛び交う銃弾をながめているうちに、秀頼はいつしか深い眠りに落ちていた。

第一章　朱柄の矢文

闇の中を一本の矢が音もなく飛び、御座の間の板壁に突き立った。

柄は鮮やかな朱色にぬられ、矢羽根は黒々とした烏の羽根である。矢の根元には細く折りたたんだ文がしっかりと結びつけてあった。

慶長十九（一六一四）年六月二十日未明のことである。

時代の歯車は、関ヶ原《せきはら》の役以来の大乱に向かってゆっくりと回り始めていたが、大坂城の表御殿は夜明け前の平穏につつまれていた。

朱柄の矢に気付いた者は誰もいない。

御座の間脇の小姓部屋で宿直《とのい》をしていた二人の武士は、夏の夜のむし暑さに苦しめられたせいか、明け方の涼しさにまどろんでいる。御台所《みだいどころ》や遠侍《とおさぶらい》の武士たちも、深々と寝入り込んでいた。

その朝、豊臣秀頼はいつもより早く目をさました。江戸のお江与《えよ》の方《かた》に返書をしたためなければならなかったからだ。

お江与の方は淀殿の妹で、千姫の母である。

今は将軍秀忠《ひでただ》の正室としてゆるぎない地位を築いているが、豊臣家のことが気にかかるのか、たびたび安否を気遣う文をくれる。そのたびに秀頼は律義に文を返していた。

だが、昨日届いた文は尋常ではなかった。

今年一月に大久保《おおくぼ》相模守忠隣《さがみのかみただちか》が謀叛《むほん》を企てたとして改易されて以来、幕府は本多正《ほんだまさ》信《のぶ》、正純《まさずみ》父子に牛耳られている。大御所様は何事も本多父子にゆだねられているので、秀忠は将軍といえども異をとなえることが出来ない。

お江与の方は幕府の内情をそう記した上で、近頃本多父子は金地院崇伝《こんちいんすうでん》や京都所司代板倉勝重《いたくらかつしげ》としきりに連絡を取って何事かを企てているので、不用意な隙を作って付け込まれることのないようにと記していた。

秀頼は、昨夜返事をしたためようと遅くまで御座の間の文机《ふづくえ》に向かったが、とうとう一行も書くことが出来なかった。

淀殿とちがって、秀頼には天下への野心などはない。このまま摂河泉《せっかせん》六十五万石の大名として豊臣家が存続できるのならそれでいいと思っている。

だから幕府にあらぬ疑いをかけられぬように、これまで細心の注意を払ってきたのだ。

（これ以上、何をどう用心しろというのだ）

秀頼にはそう言いたい憤懣《ふんまん》がある。

お江与の方の親切には感謝しているものの、どう返事を書いたらいいのか気持が定まらないのはそのためだった。

そうしたもやもやは今朝もつづいている。昨夜寝苦しかったせいか寝汗もひどい。水でもあびて気分を変えようと表に出た時、壁に突き立った朱柄の矢に気付いた。

庇《ひさし》のすぐ下なので並の者なら手が届かないが、六尺二寸もの上背がある秀頼はやすやすと矢を引き抜いた。

「七日、晴天、申《さる》の刻《こく》に軟便、常と変わらず。午《うま》の刻に若狭《わかさ》参る。昔語りあり」

矢文を読むなり、秀頼の背筋にぞくりと寒気《さむけ》が走った。

人一倍勘が鋭いせいか、凶事を予感した時には必ずこんな寒気がする。これまで、その予感がはずれたことは一度もなかった。

秀頼の起床に気付いた宿直の武士が、小姓部屋から飛び出してきた。

「何事でございますか」

「水をあびる。番をせよ」

秀頼は矢文を懐にねじ込んで風呂場《ふろば》に向かった。

朝食を済ませて黒書院に出ると、家老の片桐市正且元《かたぎりいちのかみかつもと》がいつものように端座して待ち受けていた。

ここで今日の予定を聞き、政情について話し合うのが二人の日課である。

「本日もお健やかなるご尊顔を拝し、恐悦至極に存じまする」

且元の挨拶《あいさつ》は毎朝決っている。死の床にあった秀吉に秀頼の後見役を命じられて以来十六年間、且元は秀頼の健やかな成長のみを願い、同じ挨拶をくり返してきたのだ。

「昨夜は御座の間にお泊りになられたそうでございまするな」

「江戸の叔母《おば》上から文が参った。返事を出さねばならぬが、考えがまとまらぬ」

「その文、拝見できましょうや」

「うむ」

お江与の方の文を渡すと、且元はうやうやしく押しいただいて読み始めた。読み進むごとに表情がくもり、読み終えると腕組みをして長々と黙り込んだ。

考え込んだ時の癖である。六十歳になったばかりだが、近頃は心労のためか目尻《めじり》のしわも険しくなり、髪にも白いものが目立っていた。

「どう思う。そちの考えを聞かせてくれ」

「考えと申されますと」

「本多父子は、金地院や京都所司代と連絡を取って何を企てているのであろうか」

「五山の統制だと存じます」

「五山？　都の諸寺か」

「この三月に内府《ないふ》さまは五山の長老を駿府《すんぷ》に呼び寄せ、その職にふさわしい学力があるかどうか試しておられます。一行はそのまま江戸に送られ、五月には将軍直々の設問に従って詩文を作らされました。これらはすべて、金地院崇伝どのの発案によってなされたものでございます」

五山とは天竜寺《てんりゅう》、相国寺《しょうこく》、建仁寺《けんにん》、東福寺《とうふく》、万寿寺《まんじゅ》のことで、その長老は各寺の最高指導者である。この頃の五山は大学としての機能も有していたから、五山の長老と言えば国内最高の学問的権威でもある。

そうした面々を駿府と江戸に呼び寄せて試験を課したのは、五山を統制することによって宗教界と学界を幕府の支配下におくためだという。

それがやがて起こる方広寺《ほうこう》大仏殿の鐘銘事件にそなえての布石だとは、長年大仏殿の造営奉行を務めてきた且元も予測さえしていなかった。

「五山の統制が、当家にどのような関わりがあるのじゃ」

「相手の出方を見なければ、何とも申し上げられませぬ」

「それでは何にどう用心したらよいか分らぬではないか」

「最も用心すべきは、お袋さまの軽挙妄動でございましょう」

「母上が……、また何かなされたか」

「幕府との戦にそなえて、諸大名に密書を発しておられます。これをご覧下されませ」

且元が二通の書状を差し出した。

一通は加賀前田《かがまえだ》家の家老横山長知《よこやまながちか》からのもので、去る四月に豊臣家から同封の書状が届いたが、市正どのは承知しておられようかという問い合わせである。

同封の書状は大野治長、織田有楽斎長益《おだうらくさいながます》の連名で、前田利長《としなが》に軍勢をひきいて大坂城に入城するように求めたものだ。

「右府《うふ》さま（秀頼）このほどは年漸《ようや》く長じ給い、武将の器具《そなわ》りたまう。利長どのには早く大坂へ馳《は》せ登りて右府さまを輔翼《ほよく》し、大事を思い立ちたまうべし。城内糧米《りょうまい》七万石を蓄えしに、福島左衛門大夫正則《ふくしまさえもんのたいふまさのり》近日三万石を献ず。しかのみならず城外商人の庫に蓄えしも若干なり。これ皆利長どのの進退に任せらるべし。その上黄金千枚恩貸せらるるによって、軍備を厳整して馳せ登らるべし」

「愚かな。母上は何を考えておられるのじゃ」

秀頼はあまりのことに目まいを覚えた。

四月には前田利長はすでに重病の床についており、五月二十日にはこの世を去っている。この時期にこのような密書を送るとは、目を疑うばかりの愚かしさだった。

「利長公はこの書状を駿府に、写しをそれがしに送るように横山どのに遺言されたとのことでござる」

前田利長は秀頼の守役《もりやく》に任じられている。今さら挙兵の呼びかけに応じることは出来ないものの、豊臣家を冷たく見放すことも出来ない。そこで死の間際にこのような措置を取ったのである。

秀頼は茫然《ぼうぜん》としたまま壁に描かれた湖の風景をながめた。

江南《こうなん》第一の名勝と呼ばれる西湖《せいこ》の風景を、狩野光信《かのうみつのぶ》が描いたものである。青い波がいくえにも連なり、湖の向こうには山々がおり重なってつづいている。奥行きのある広々とした風景を見ていると、胸苦しいような哀しみを覚えた。

「江戸の叔母上は、このことをご存知だったのかも知れぬ」

だから落度がないようにと注意してきたのだ。前田家への密書のことを記さなかったのは、気丈な姉に対する遠慮があったからだろう。

「このようなことは即刻やめていただかねば、当家の立場が危うくなるばかりでございます。近日中に評定を開き、両名に事の真偽を問い質《ただ》す所存でござるが、お許しいただけましょうか」

「頼む。ただし母上には知られぬように、修理と有楽斎だけを評定の場に呼び出してくれ」

秀頼はそう命じた。正面から責任を追及したなら、淀殿は怒りのあまり取り乱し、重臣たちの前でどのような狂態を演じるか分らなかった。

朱柄《あかえ》の矢文は、淀殿や秀頼の住居である奥御殿にも射込まれていた。

この日奥御殿の対面所では淀殿主催の能会が行われることになっていて、長局《ながつぼね》に住む侍女たちはいつもより一刻ちかくも早くから酒肴《しゅこう》の仕度にかかっていた。中でもお手長《てなが》の者と呼ばれる給仕係の侍女たちは、折敷《おしき》や食器、徳利、盃《さかずき》などをそろえるのに大童《おおわらわ》だった。

おつるが朱柄の矢を見つけたのは、納戸の棚から折敷を取り出そうとして足継ぎの上に登った時だった。納戸の通風口の向こうに何やら朱い矢が見えた。

おつるは最初、神社の破魔矢を飾ってあるのだと思ったという。だが破魔矢なら矢羽根は白いはずなのに、不気味に黒い鳥の羽根を用いてある。

不審に思ったおつるが通風口から手を出して矢を引き抜くと、先端に矢文が結んであった。

普段なら、そのまま上役に届け出たはずである。だが薄暗い納戸に一人でいたために、好奇心にかられてつい矢文を開いてみた。

「六日、未明より大風雨、午刻まで雨打ち続く。山里にて茶会あり。有楽斎参る。お拾《ひろい》さま常の如し」

右上がりの草書体で記されている。どうやら高貴の方の日記のようだと気付いた途端、十六歳のおつるは急に不安になった。

見てはいけないものを見てしまったという怖れにかられた時に、同僚のおはつとおみねが食器を取りに納戸に入ってきた。

おつるは二人に矢文を見せ、ともかく上役に届けることにした。

このことがおはつとおみねを冥土《めいど》の道連れにすることになろうとは、おつるには想像さえ出来なかった。


対面所で能会が始まったのは、巳《み》の刻《こく》（午前十時）だった。

淀殿が贔屓《ひいき》にしている金春太夫《こんぱるだゆう》の一座を招き、奥御殿の女房衆だけで楽しもうという内輪の会である。

上段の間には淀殿と大蔵卿の局、宮内卿の局、正栄尼などがつき、次の間には三十人ちかい侍女たちがあでやかな小袖《こそで》に身を包んで控えている。

男子禁制のこの会に、この日は特別に招かれている者たちがいた。

淀殿の叔父《おじ》織田有楽斎長益や従兄妹《いとこ》の織田常真信雄《じょうしんのぶかつ》などの一門衆、大蔵卿の局の子である大野修理亮治長、同治房《はるふさ》、宮内卿の局の子木村長門守重成《きむらながとのかみしげなり》、正栄尼の子渡辺内蔵助などの内方衆《うちかた》である。

金春太夫は五番の能を演じることになっていたが、淀殿は二番目が終わると大蔵卿らを連れて楽屋に向かった。

今日は二番目物である「生田敦盛《いくたあつもり》」を五番目とし、自らシテを演じることにしていた。

「太刀は吉光の脇差しを用意せよ」

侍女らに小手やすね当てをつけさせながら、淀殿はそう命じた。

額の秀でた丸みを帯びた顔立ちで、鼻筋が細く通り、唇はきりりと引き締っている。太閤秀吉が国を傾けたほどの美女だが、今では美しさよりも、豊臣家の主《あるじ》としての威厳のほうが表情に強く出ている。太り肉《じし》で肩幅の広い大柄な体付きで、色白の肌は四十六歳とは思えないほどつややかだった。

「真剣を用いるのでございますか」

大蔵卿が額に描いた眉《まゆ》をひそめた。

「今日はいつもの能とはちがう。真剣を用いて心気を澄ましたいのじゃ」

「しかし、万一お怪我でもなされては」

「わらわが剣舞ごときを仕損じると思うか」

淀殿が切れ長の目で局を見据えて立ち上がった。二人の侍女が緋《ひ》おどしの鎧《よろい》をつけると、修羅物出立《いでた》ちの出来上がりである。

鎧は小田原《おだわら》征伐の時に秀吉から贈られたもので、金具はすべて金である。大柄で華やかな顔立ちの淀殿には、あでやかな鎧がよく似合った。

「生田敦盛」は一《いち》の谷《たに》の合戦で討死した平《たいらの》敦盛の亡霊が、僧となった十歳の遺児と生田神社の森で出会うという夢幻能である。

亡き父に一目なりとも会いたいと念じて賀茂《かも》神社に参籠《さんろう》した少年僧は、生田の森で会えるという夢のお告げを受ける。

さっそく供の者を連れて生田の森へたどり着くが、すでに日が暮れていたために近くの草庵《そうあん》に泊めてもらう。

淀殿演じる敦盛の亡霊は、この庵の中で二人を待ち受けていた。

「五蘊《ごうん》元よりこれ皆空、何《なに》に縁《よ》つて平生この身を愛せん。棺《き》を守る幽魂は夜月に飛び、屍《しかばね》を失ふ愚魄《ぐはく》は秋風に嘯《うそむ》く。あら心凄《こころすご》の折からやな」

敦盛の独白を謡う淀殿の声は、女とは思えないほど力強い。能が好きで自ら演じることも多いだけに、動きも板についていた。

少年僧と供の男は敦盛の亡霊に気付き、親子の名乗りをあげる。敦盛は我子の姿を見て嘆き、ここに亡霊となって現われたいきさつを語るのである。

「無慚《むざん》やな、忘れ形見の撫子《なでしこ》の、花やかなるべき身なれども、衰へ果つる墨染めの、袂《たもと》を見るこそあはれなれ」

謡いながら淀殿は感動に打ち震えていた。

少年僧に対する敦盛の思いは、徳川家に天下を奪われたままの秀頼に対する淀殿の思いと同じだった。

「さても御身孝行の心深きゆゑ、賀茂の明神に歩みを運び、夢になりともわが父の、姿を見せて賜《た》び給へと祈誓申す」

この件《くだり》になると、父浅井長政《あざいながまさ》や母お市《いち》の方を思わずにはいられない。淀殿は今でも、父や母の夢を見て涙ながらに目を覚ますことがあった。

やがて敦盛は平家《へいけ》滅亡のいきさつを語り、我子に会えた喜びの舞いを舞うが、無情にも別れの時がやって来る。

閻魔宮《えんまきゆう》からの使いが来て、帰りが遅いと閻王が怒っているという。

敦盛は途端に地獄の現実に引き戻される。

「言ふかと見れば不思議やな、言ふかと見れば不思議やな。黒雲俄《には》かに立ち来り、猛《みやう》火《くわ》を放し剣《つるぎ》を降らして、その数知らざる修羅の敵《かたき》、天地を響かし満ち満ちたり」

淀殿は左手に持った扇を楯《たて》に取り、右手に鯰尾藤四郎吉光の脇差しを持ち、右に左に動きながら迫り来る敵を討つ所作をつづけた。

猛火を放し剣を降らしとは、小谷《おだに》城と北ノ庄《きたのしよう》城が落城した時に淀殿が身をもって体験した現実である。その記憶を断ち切ろうとするかのように、舞いは次第に白熱していった。

能会の後、化粧殿で内輪の酒宴がもよおされた。

出席したのは淀殿に近侍している局《つぼね》たちと、一門衆、内方衆である。

淀殿は錦《にしき》の鎧直垂《ひたたれ》に烏帽子《えぼし》という能装束のままあぐらをかき、武将のように肩肘《ひじ》張って座っていた。

「本日はまた、大変に結構な出来でようございました」

大蔵卿が朱塗りの長柄杓《ひしゃく》で酌をした。

「吉光の脇差しを投げ捨てられた時には、お御足《みあし》にお怪我でもなさりはせぬかと、ひやひやしておりました」

「案ずるには及ばぬと申したではないか」

淀殿はまだ敦盛の役になり切っている。言葉も猛き武士ぶりだ。

「それにしても、さすがに真剣を用いられただけのことはございますなあ。今日の舞いにはどこか鬼気迫るものがございました。のう有楽どの」

大蔵卿が織田有楽斎を見やって同意を求めた。

「さよう、敦盛卿《きょう》の御魂《みたま》がのり移ったような出来映えであった。お茶々《ちゃちゃ》も腕を上げたものじゃ」

有楽斎長益は信長《のぶなが》の弟で、淀殿の叔父に当たる。

お市の方が北ノ庄城で柴田《しばた》勝家《かついえ》とともに自刃した後、十五歳の淀殿と二人の妹を養育したたけに、今でも淀殿の後見役として威をふるっていた。

「修羅の敵を討つはわらわの心でございます。出来が良かったとすれば、その気迫が表に出たからでございましょう」

「そなたが男に生まれておれば、兄上にも劣らぬ武将になったであろうに、惜しいことじゃ」

「女子《おなご》じゃからとて、戦が出来ぬとは限りますまい。太刀をふるう力はなくとも、智《ち》恵《え》の力で敵を討つことは出来まする」

「なるほど、その通りじゃ。智恵の働きに男も女子もないでな」

やせた細長い顔に愛想笑いを浮かべて、有楽斎が盃《さかずき》を干した。

「修理亮、今日の敦盛はいかがであった」

淀殿が大野治長に話を向けた。

「まことに目を洗われる心地がいたしました」

治長が畏《かしこ》まって答えた。

淀殿より一つ年下で、二人は乳姉弟《ちきょうだい》に当たる。大蔵卿の局が浅井一門の出なので、顔立ちや大柄な体付きがどことなく淀殿に似ていた。

「太閤殿下の敦盛と比べてどうじゃ。どちらが勝っておろうか」

「それがしなどには、優劣を評するほどの眼力はございませぬ。まして殿下ご存世の頃は小姓の身でございましたゆえ」

「修羅の敵を討つ策はいかがじゃ。手抜かりはあるまいな」

淀殿は急に不機嫌になった。

秀吉のにわか仕込みの能よりは勝っていると自負しているだけに、治長にもはっきりとそう言ってもらいたかった。

「有楽どのと計っておりますが、その儀につきましては席を改めてご報告申し上げまする」

「そのようなことはしばし忘れて、酒《ささ》などお召し上がり下されませ」

大蔵卿の局が治長を庇《かば》って間に入った。

酒宴が始まって半刻《はんとき》ほど過ぎた頃、お手長《てなが》の者の侍女頭が朱柄《あかえ》の矢と矢文を持参した。

「このような物が、大台所に射込まれていたそうでございます」

宮内卿の局が取り次いだ。大蔵卿が矢文を開き、目を通すなり血相を変えた。

「何事じゃ」

淀殿は文を引ったくるようにして読み始めた。

一目見ただけで自分の日記だと分った。それも奥御殿の御蔵《みくら》に厳重にしまってあった二十年以上も前のものである。

「誰が……、このようなものを」

淀殿は小さくつぶやき、文をぎりぎりとひねりつぶした。

「即刻この矢文を見つけた者を捕えよ。文を見てはおらぬか確かめるのじゃ」

淀殿はそう命じて席を立った。


黒書院の西湖の間に入った秀頼は、文机《ふづくえ》にしまい込んでいた矢文を取り出して詳細に改めてみた。

「七日、晴天、申の刻に軟便、常と変わらず。午の刻に若狭参る。昔語りあり」

これが淀殿の日記であることはすでに気付いていた。

軟便とあるからには下痢でもしていたのだろう。後段は若狭の局が来て昔語りをしたという何の変哲もない内容である。

(このような日記のために、何ゆえ三人もの侍女の命を奪わねばならぬのか)

何度読み返しても、秀頼にはその理由《わけ》が分らなかった。

大台所で朱柄の矢文を見つけたお手長の者三人を、淀殿は徳川家に内通したという理由で誅殺《ちゅうさつ》したのである。

だが、秀頼が内々に調べさせたところでは、三人はただ朱柄の矢文を見ただけで、誅殺されるほどの落度はなかった。

（あるいは西の丸への脅しかも知れぬ）

淀殿は西の丸にいる千姫の従者が日記を盗み出したと疑っているのかも知れない。だから見せしめのために三人の侍女を殺したのではないか。

秀頼は次第に苛立《いらだ》ってきた。

たかだか九町四方ばかりしかないこの城の中で、淀殿派と秀頼派、そして千姫が輿《こし》入れして来た時に従って来た徳川家の者たちが、角突き合わせていがみ合っている。

その原因は淀殿の専横にあるのだが、秀頼にはこれを改めさせることが出来ないのだった。

「甲斐、甲斐はおらぬか」

「こちらに控えおりまする」

速水甲斐守守久《もりひさ》が下段の間から顔を出した。

秀頼が三歳の頃から守役《もりやく》を務めてきた老人である。守役を命じられた時に、久しく守るという願いを込めて名を守久と改めたほど忠義一途の男だった。

「これより桜の馬場で槍《やり》の稽古《けいこ》をいたす。仕度せよ」

小袖《こそで》に薄皮造りの胴丸をつけ、腰に行縢《むかばき》を巻いて二の丸桜の馬場に出た。

桜門の外に広がる広大な馬場で、中央には桜の木を植えてある。秀頼の愛馬太平楽《たいへいらく》も、馬場の一角の大馬屋につないであった。

すでに近習が太平楽に鞍《くら》をおいて控えている。背中までの高さが七尺もある巨大な黒馬で、大柄の秀頼が乗ると並の武者の二倍ほどにも見えた。

「太平楽を馴《な》らしてくる。しばらく待っておれ」

言うなり軽く鐙《あぶみ》を蹴《け》った。

太平楽は秀頼の意をさっしたのか、跑足《だくあし》から次第に足を速め、やがて全力で疾走し始めた。

馬体が大きいだけに他の馬よりもはるかに速い。秀頼は太平楽の動きに合わせて腰で拍子をとりながら、楽々と乗りこなした。

疾走を終えて太平楽の足腰がなめらかになると、右回り左回り、曲走り、空堀飛びと、手足のように自在にあやつっていく。馬上で敵と戦うには、馬と一心同体にならなければならなかった。

「いつもながら、見事なたづなさばきでございまするなあ」

守久は感極まって目をうるませている。こと乗馬に関しては、近習の中で秀頼に勝る者はいなかった。

「秀頼さま、参りまするぞ」

栗毛の馬に乗った渡辺内蔵助が、穂先をはずした槍を手渡した。

長さ一間半ばかりの馬上槍で、実戦さながらに戦う。相手を馬上から突き落とした方が勝ちという荒稽古である。

「遠慮は無用じゃ。怪我をするぞ」

秀頼はくるりと馬首を転じ、両手で槍を構えて疾走した。槍の柄は右の脇腹につけ、槍先をやや下げている。

内蔵助も同じ姿勢で突き進んでくる。すれちがいざま相手の胴を突くか、槍を横にふるって叩《たた》き落とせば勝負は決する。

秀頼は真っ直ぐに走った。

槍の長さは同じなのだから、手が長いだけ自分が有利である。一瞬でも早く槍先が胴丸をとらえれば、内蔵助を突き落とすことが出来る。

そう考えて槍の石突を右手で持ち、しっかりと腰に固定していた。

だが間合に入った瞬間に突き出した槍を、内蔵助は下から楽々とはね上げた。石突を脇にはさんで右手一本ではね上げると、すばやく槍を反転させて秀頼の脇腹を突いたが、すでに太平楽は風のように走り去っていた。

槍術《そうじゅつ》ではかなわない秀頼は、乗馬の腕と太平楽の速さに活路を見出そうとした。内蔵助の回りを右回りに走りながら、間断なく槍を突く。

内蔵助の馬は、太平楽の大きさにすくんで棒立ちになっている。

好機とばかりに前後左右から槍を突くが、内蔵助は手品のように軽々と槍をあやつって付け込む隙を与えない。

槍に気を取られた秀頼が、太平楽を不用意に近付け過ぎた瞬間、内蔵助はがら空きの脇腹目がけて強烈な突きを放った。

一瞬息が詰まるほどの打撃に、秀頼はもんどり打って落馬した。

大馬屋の横の井戸で汗を流し、涼しげな麻の小袖に着替えてから、秀頼は西の丸御殿に千姫を訪ねた。

奥御殿の侍女三人が徳川家の密偵と決めつけられて誅殺されたことに、千姫が心を痛めているだろうと思ったからだ。

「まあ、ひどいお怪我」

千姫は秀頼を見るなり駆け寄って腕を取った。

落馬した時にすりむいた右ひじに、血が赤くにじんでいる。

「先ほど水でよく洗ったから心配はない」

「いけません。膿《う》みでもしたらどうなさるのですか」

千姫は侍女に薬箱を運ばせると、秀頼の袖をめくり上げて甲斐甲斐《かいがい》しく消毒を始めた。乾燥した薬草の粉末を水でとき、布にぬって傷口に当てると、ひんやりとした心地良さと共に痛みが引いていった。

「さすがに家康公直伝の腕だなあ。見事なものだ」

秀頼は大あぐらをかいて目を細めている。千姫の祖父家康の調薬好きは、大坂でも知れ渡っていた。

「おじいさまではありません。お母さまです」

「そうか。義母上《ははうえ》にも薬師《くすし》の心得があるとは知らなかった」

「どうしてこのようなお怪我を?」

「馬上槍の稽古さ。内蔵助に突き負けた」

「内蔵助も困ったものですね。いくら師範とはいえ、少しは遠慮というものがございましょうに」

「それでは稽古にならないんだよ」

「いいえ、今度会ったらわたくしがきつく申しておきます。秀頼さまに万一のことがあってからでは、取り返しがつきませんもの」

千姫は本気で怒っていた。

七歳で秀頼に嫁して以来十一年間連れ添った仲である。従兄妹《いとこ》でもあるので、血が呼び合うような親しみがあった。

「奥御殿のことは聞いただろう」

「はい」

「母上は間違っておられる。あの三人はただ矢文を見たばかりなのだよ」

「はい」

「このようなことが二度とないように、母上に申し入れておく。だから西の丸の侍女や供の者には、安心するように伝えてくれ」

「何があっても軽はずみな行いをせぬようにと申し付けてありますが」

千姫が目を伏せて言いよどんだ。下ぶくれの丸い顔がうれいに曇っている。

「どうした」

「何やら江戸と大坂の間に不穏の事があるようで、心配でございます」

「義母上から文が来たのか?」

「申しわけございません」

「何も千が謝ることはあるまい。喉《のど》が渇いた。酒でももらおうか」

「すぐに支度をいたします」

千姫の顔が急に明るくなった。

二人だけで酒をくみ交わすことが、今の千姫にとってただひとつの楽しみだった。

豊臣秀吉と徳川家康との誓約に従って千姫が秀頼に嫁いだのは、慶長八(一六〇三)年七月二十八日のことだ。

千姫は七歳、秀頼は十一歳で、夫婦《めおと》になったとはいえ形だけのものだった。

二人が大人として夫婦の契りを結んだのは、慶長十七年六月に千姫が十六歳になった証《あかし》にびんそぎを行ってからだ。

本来ならこの日から千姫は秀頼の正室として奥御殿に入り、政所《まんどころ》として豊臣家の大奥を仕切るはずだった。

ところが淀殿がそれを許さなかったために、西の丸御殿に住みつづけざるを得なくなったのである。

翌年三月には千姫の懐妊が明らかとなり、城中城下が喜びに包まれたが、五月になって思いがけない不幸が千姫を襲った。

天守北側の山里曲輪《やまざとくるわ》で行われた花見の会に出席するために、奥御殿から山里曲輪につづく急な石段を下りようとした時、足を滑らせ、腰を強打して流産したのである。

これは表面的には事故ということになったが、同行していた千姫の侍女か淀殿の侍女が、流産させようとして千姫の着物の裾《すそ》を踏んだことは明らかだった。

動機は双方にあった。

千姫に世継ぎが生まれたなら、徳川家としては豊臣家を亡《ほろ》ぼすことが道義的に出来なくなる。両家の血を引くその子を三代将軍にしようという声が、豊臣恩顧の大名から起こるおそれさえあった。

一方淀殿としては、千姫に子が出来たなら奥御殿の実権を完全に奪われることになる。普通の母親ならむしろそれを喜びとして身を引くところだが、豊臣家の実権を秀頼に渡すことさえ拒んでいる淀殿だけに、侍女に命じて手を下させた可能性は充分にあった。

事情を聞いた秀頼は徹底的に真相を究明するように命じたが、それでは西の丸と淀殿の間に波風を立てるばかりだと千姫がなだめたので、事故という扱いで済ました。

以来秀頼は千姫との房事をつつしむようになった。再び身ごもったなら同じ危険にさらされるおそれがあるからだ。

そのかわりに二人が心を交わす手立てとしたのが酒だった。

「お待たせいたしました」

千姫が赤くすき通ったギヤマンの酒器を運んできた。

秀頼は同じ色の盃《さかずき》につがれた酒をひと息に飲みほした。井戸の水で冷やされた酒が、渇いた喉に心地よい。

「ここにおいで」

左手を伸ばして誘うと、千姫はいつものように少し恥じらいながら秀頼の左の膝《ひざ》に座った。秀頼は腕を回して腰を抱く。

上背の差が一尺以上もあるだけに、そうすると千姫はまるで秀頼の体の一部にでもなったようにぴたりと納まった。

「千も少し飲めばいい」

盃を差し出すと、千姫は両手で大事そうに受け取った。

「たとえどんなことがあろうと、私が必ず千を守る。何も心配することはないんだ」

「はい、秀頼さまがわたくしのお城ですもの」

千姫が秀頼の胸に顔を寄せた。

両家の陰謀渦巻く大坂城内で千姫が心をゆるせるのは、こうしている時ばかりだった。


朱柄《あかえ》の矢文が射込まれてから十日ほどたった日の午後、淀殿は大蔵卿だけを従えて奥御殿の北の隅にある土蔵に入った。

間口は十七間、奥行きは四間という巨大な蔵で、中央の入口は二重になっていた。

奥御殿に住む淀殿たちの諸道具を仕舞っておくための土蔵が、これほど厳重に作り替えられたのは、かつてこの土蔵に刺客がひそんで秀吉の命を狙おうとした事件が起こったからだ。

関白秀次《ひでつぐ》が高野山《こうやさん》で自害させられた文禄《ぶんろく》四（一五九五）年の春、刺客四、五人が土蔵の中に三、四日ばかりもひそんでいた。

だが土蔵の近くには番所がないために、城中の者は誰もこのことに気が付かなかった。たまたま所用あって土蔵に入った者が、内塀が破られ物を食べた跡があるのを見つけたために事が発覚したのである。

これ以後秀吉は土蔵の入口に土塀をめぐらし、扉を二重にして賊の侵入に備えたのだった。

土蔵の中は板壁でいくつもの部屋に仕切られている。部屋ごとに茶道具や調度品、衣類、金銀宝物などが整理して仕舞ってあった。

淀殿はそうした部屋には目もくれず、東の端の八畳ばかりの縦長の部屋に入った。両側の棚には、思い出の品々が黒葛籠《くろつづら》に入れて保存されている。

淀殿は二段目の棚にある黒葛籠を自ら抱え下ろし、あわただしく蓋《ふた》を開けた。

土蔵の壁には、通風のために小さな窓が開けてあるばかりなので、中は夜のように暗い。大蔵卿の局が横から行灯《あんどん》を差し出して、葛籠の中を照らした。

淀殿は中に重ねた書物をより分け、美しい陸奥紙《みちのく》で表紙を飾った七、八冊の綴《つづ》り本を取り出した。三十数年の間書きつづけた日記をとじたものである。

「手元が暗い。灯《あか》りを寄せぬか」

苛立《いらだ》たしげに命じて表紙に記した年月を確かめていく。何度見直しても、文禄二（一五九三）年から慶長三（一五九八）年までの分がなかった。

「やはり、ございませぬか」

大蔵卿の局が丸く太った体を乗り出してのぞき込んだ。

「ない。盗まれておる」

淀殿は残りの日記を葛籠の中に取り落とし、目を宙にさまよわせた。

背後の塗りごめの壁には、悄然《しょうぜん》とした姿が大きな影となってうかび上がっている。

「しかし、もう何年もの間、土蔵が破られたことなどございませぬ」

「ならば何者かが土蔵の鍵《かぎ》を盗み出したのじゃ。鍵を盗み出し、土蔵に入り、再び元の所に返したのであろう」

「土蔵の鍵は、御錠番の者が厳重に仕舞っております。誰にも気付かれずに盗み出すことなど……」

「ならば何ゆえわらわの日記が盗まれ、矢文として射込まれたのじゃ」

淀殿はかっとして声を荒くした。

怒りや不安が高じると、気持を押さえることが出来なくなる。

「分りました。すぐに御錠番の者を詮議《せんぎ》し、不審なことがなかったかどうかを確かめまする」

「わらわが最後に日記を見たのは、三年前に秀頼さまが上洛《じょうらく》なされた日じゃ」

三年前の三月二十七日、秀頼は二条城《にじょう》で徳川家康と対面した。

その間淀殿は大坂城で帰りを待っていたが、秀頼が殺されるのではないかという不安に居ても立ってもいられず、秀頼が生まれた文禄二（一五九三）年八月三日からの日記を、経文にでもすがるような思いで読み返していたのである。

「それ以後いつ盗み出されたかは分らぬ。三年三ヵ月の間、一度でも御錠番を務めたことがある者は、一人残らず取り調べよ」

「畏《おそ》れながら、お伺いしてもよろしゅうございましょうか」

「申せ」

「お茶々さまは、日記に何もかも記されているのでございますか」

「そうじゃ。そなたが知っておることを何ひとつ包み隠さず記しておる」

「何ゆえ、そのような軽はずみなことを」

「日記ばかりがわらわの生きた証《あかし》だからじゃ。日記の他に本心を明かせるところなど、どこにもなかったではないか」

淀殿は再び甲高い声をあげた。

盗まれた日記は、秀頼の誕生から朝鮮《ちょうせん》出兵、秀次の切腹、秀吉の死という激動の時期に記したものだ。

その中には世に知られてはならない事柄がいくつもある。

万一、徳川方の密偵の手に渡り、天下に公表されたなら、豊臣家の威信は根底から崩れかねなかった。

化粧殿の居間にもどってからも、淀殿は冷静になることが出来なかった。不安と怒りに苛立って、落ち着きなく部屋の中を歩き回った。

「やはり徳川家の密偵がまぎれ込んでおるのじゃ。それ以外には考えられぬ」

大蔵卿の局は黙って控えているばかりである。こんな時に余計な口出しをしようものなら、火に油を注ぐことになりかねないからだ。

「お手長《てなが》の者の詮議に手落ちがあったのではあるまいな」

「三人とも年端もいかぬ者どもでございました。身許《みもと》も家柄も確かでございます」

「奥御殿に仕えておるのは、みな家柄の確かな者ばかりじゃ。それでもこのようなことが起こっておる」

「…………」

「あるいは千姫の侍女の中に、忍びがまぎれ込んでおるのかも知れぬ。一人一人を詮議にかける手立てはないものか」

もし徳川方の密偵の仕業としたなら、この先何を狙っているのか。どうすれば正体をつきとめることが出来るのか。

淀殿は右に左に歩きながらめまぐるしく考えを巡らしたが、頭は苛立ちに空回りするばかりで、こめかみが錐《きり》で刺されるように痛み出した。

「ああ、これでわらわも終わりじゃ」

淀殿は両手でこめかみを押さえて座り込んだ。

「お袋さま、修理亮さまが参られました」

取り次ぎの侍女に案内されて、大野治長が入って来た。

「何用じゃ」

淀殿は険しく吊《つ》り上がった目を向けた。

「実は……」

治長は一瞬ためらって大蔵卿の局をうかがった。

局は悪い知らせなら後にしなさいと言いたげな目くばせをする。母と子の秘密めいたやり取りが、いっそう淀殿の癇《かん》に障った。

「用があって参ったのであろう。遠慮は無用じゃ」

治長にはとっさに嘘をついてこの場を逃れるような才覚はない。困りきった仏頂面をして黙り込むばかりだった。

「治長、お袋さまが遠慮には及ばぬと申されております」

大蔵卿が見かねて助け舟を出した。

「実は、先ほど片桐市正どのより評定を開くとの申し入れがございました」

「何についての評定じゃ」

「実は……、加賀の前田中納言どのに出した密書の写しが、前田家から市正どのに送られて参りました。この密書は本物かどうか、もし本物ならどのような存念あってのことか伺いたいと」

「何ゆえ、前田家はそのようなことをしたのじゃ」

「中納言どのご他界の間際に、密書は駿府へ、写しは市正どのに送るようにとご遺言なされた由にございます」

「前田家は身方をせぬのか」

淀殿は再び立ち上がって右に左に歩き始めた。

挙兵の計略を打ち明けたなら、秀頼の後見役である前田利長は必ず軍勢をひきいて駆け付ける。そう言って治長と織田有楽斎に密書を書かせたのは淀殿である。

「中納言どのがご健在なら、必ず大坂城に馳《は》せ参じられたことでございましょう。されど急死とあらば、致し方ございませぬ」

「急死？　毒を盛られたのではあるまいな」

「前田家中には、そうした噂もあるようでございます」

「徳川家の動きはどうじゃ。あの密書を大坂攻めの口実とするのではあるまいな」

「中納言どのが崩じられてすでに一月以上が過ぎておりますが、幕府からは何の連絡もございませぬ。我らも万一の場合にそなえて密書の文言には慎重を期しておりますゆえ、たとえ詮議があったとしても釈明する術《すべ》はございます」

「評定にはわらわも出る。いつ開くかは追って沙汰《さた》すると市正に伝えよ」

「お袋さまのご出席を願うほどのことではないと、市正どのは申しておられまするが」

「市正はこの機をとらえて、わらわの手足を縛ろうとしておるのであろう。無用の言《げん》質《ち》を取られては市正の思う壺《つぼ》じゃ」

淀殿は近頃、片桐且元は徳川家康に通じているのではないかと疑い始めている。

評定の席でそのことを暴き出そうと決すると、いつしか苛立《いらだ》ちもこめかみの痛みも忘れ去っていた。

第二章　鐘銘問題

表御殿黒書院の西湖の間で、秀頼は宗夢との問答をつづけていた。

宗夢は八十ちかい放浪の僧で、半年ほど前に天王寺の辻《つじ》に立って説法しているところを捕えられた。

豊臣家が寺社造営のために巨費を投じていることを、口をきわめてののしったからである。

本来なら棒で打たれて追放されるところだが、宗夢の噂を聞いた秀頼はなぜか興味をひかれた。大坂城下で白昼堂々と豊臣家を批判するとは尋常ではない。

速水甲斐守をやって様子をさぐらせると、仏法ばかりか兵法、学問にも通じているが、現世の利欲などはさらりと捨てきった身ひとつの乞食《こつじき》僧だという。

いよいよ会いたくなって甲斐守に連れて来るように命じたが、宗夢は会いたければそちらから来いと三の丸の牢屋《ろうや》を動こうとはしなかった。

これはただ者ではないと秀頼は思った。

生まれた時から勘は人一倍鋭い。その日のうちに牢屋を訪ね、膝《ひざ》を屈して本丸に逗《とう》留《りゅう》してくれるように頼んだのだった。

宗夢は承知したものの、決して己れの素姓を明かそうとはしなかった。

中背ながら肩幅の広いがっしりとした体付きである。かつては名のある武将であったろうと思わせる鍛練の跡が歩き方や動作からうかがえたが、宗夢はただの乞食僧だと言うばかりだった。

むしろ乞食僧なるがゆえに、天下のことがよく見えるのだと豪語した。

態度も横柄で、歯にきぬ着せずに物を言う。方々を流れ歩いたらしく、北は奥州《おうしゅう》から南は九州《きゅうしゅう》まで諸国の事情や民意に通じている。

大坂城内で生まれ育った秀頼には、目を見張るほどに新鮮な話ばかりである。

以後秀頼は宗夢を本丸の長屋に住まわせ、時折黒書院に招いて話を聞いていたのだった。

「老人は先日、人の生涯には時の至ると時を失うということがあると申されましたが、これはどういうことでしょうか」

「亡き太閤は主君信長公の敵《かたき》を滅ぼし、莫大《ばくだい》なる忠功をつまれたゆえに、神仏もこれを助け給い、天下の権柄を執る身とならせ給うた。時の至るとは、このようなことを申す」

「では時を失うとは」

「太閤は天下を取った後、満ちたる物は必ず欠けるという天の理《ことわり》を知らず、悪逆の限りをつくした。ゆえに人心は離れ豊臣家凋落《ちょうらく》の因《もと》となったのじゃ。これを時を失うという」

宗夢は洗いざらしのぼろぼろの僧衣を着て、首から菱《ひし》の実をつないだ数珠《じゅず》をかけている。腰には黒塗りのふくべを下げ、常に酒を口にしていた。

すでに一升ばかり平らげているが、酔いが表に出ることは決してなかった。

「殿下の悪逆とは、どのようなことでしょうか」

「ひとつは検地じゃ。古来日本の田畠《たはた》は六間六十間四方が一段と定められておった。これを太閤検地によって五間六十間四方を一段と改めたが、一段当たりの年貢は以前のままとされた。一升の米と称して九合の枡《ます》で売る下司《げす》商人《あきんど》のような真似を、太閤みずからやりおった。このために年貢を納める百姓も、増えた石高に応じて米を上納せねばならぬ大名も苦しみにやせ細り、肥え太るのは一人豊臣家のみとなったのじゃ」

宗夢は大柄で丸々と太った秀頼をじろりとにらんで、ふくべの酒に口をつけた。

「いまひとつは聚落第《じゅらくだい》、伏見《ふしみ》城、大坂城と、無用の城普請をつづけたことよ。このために諸国の民は石の切り出し、木の伐《き》り出しを命じられ、普請の人足に徴用されて、国を立て家族を養うべき田畠は荒れ放題となる有様じゃ。疲れと飢えのために路上に行き倒れた者も幾万人とも知れぬ。しかもようやく城普請が終わってほっとする間もなく、高麗《こうらい》出陣の陣ぶれがあった」

ますます鋭さを増す宗夢の舌鋒《ぜっぽう》に耳を傾けながらも、秀頼の思案はいつの間にか朱《あか》柄《え》の矢文へと向かっていた。

何者かが淀殿の日記を盗み出し、朱柄の矢文を射込んで脅迫しているという噂は、すでに大坂城下にまで広がっていた。

しかも日記は秀頼誕生の頃のもので、秀頼の本当の父親の名が記されていると、まことしやかな尾ひれまで付いていた。

秀頼が秀吉の実の子ではないという噂は、関ヶ原の合戦の前にも徳川方の密偵の手によって執拗《しつよう》に流された。

秀吉には正室おねの他にも十数人の側室がいたが、一人も子が出来ていない。それなのに淀殿にだけ二人も子が出来たのはおかしい。秀頼の実の父は、大野治長か石田《いしだ》三成《みつなり》だというのである。

無論徳川方にも確証があるわけではなかった。

ただこうした噂をふりまくことで豊臣家の威信を失墜させ、豊臣家を守るために起《た》つという石田三成らの大義名分に泥をぬれば良かったのだが、この噂は驚くべき早さで広まった。

同じような噂が再び大坂城下でささやかれていることに、秀頼は大きな危惧《きぐ》を抱いていた。

「この朝鮮国への出陣こそ、太閤の悪逆の最たるものじゃ。もともとかの国は仁義の道を重んじ、君臣父子和合して戦というものを知らぬ国柄じゃ。日本に対して災いをなしたこともない。しかるに太閤は餓狼《がろう》のごとき軍勢を送り込み、刃向かう力もない無辜《むこ》の民をなで斬りにし、手柄の印に鼻をそいで日本に送れと命じた。今東山《ひがしやま》のふもとにある鼻塚は、この時に建てられたものじゃ。このような無道の男が伏見城において急死したのは、天の配剤、当然の報いというべきじゃ」

「おおせはもっともですが、老人の申されることには不審があります」

秀頼は宗夢の言葉の辛辣《しんらつ》さにようやく我に返った。

「ほう、何かな」

「亡き父は無道の人で朝鮮は仁義の国と申されるが、それならば何ゆえ有道の国が無道の人に討たれたのですか」

「さすがは秀頼どの、うわの空でありながらようそのことに気付かれた」

宗夢は歯の抜け落ちた口を開けて高らかに笑った。

「いかに聖人が治める世とても、三年の洪水七年の旱《ひでり》にあうこともある。だが聖人の徳が行きわたってさえおれば、再びもとに復することが出来るのじゃ。かの朝鮮国もいったん敗れはしたものの、有道の国ゆえに今は元のごとく平穏な国に戻っておる」

しかるに豊臣家は滅亡の瀬戸際に立たされているではないか。秀頼にはそう言われたように聞こえた。親の悪逆は必ず子に報うという仏道の教えが、ひたぶるに思い出されるのである。

「ご老人」

「何かな」

「もし、この私が……」

太閤殿下の子ではなかったなら、どうでしょうか。その問いが喉元《のどもと》までこみ上げてきたが、どこの誰とも分らぬ者に父母の名誉を汚《けが》すようなことを訊《たず》ねるわけにはいかなかった。

前田利長に送った大野治長らの密書についての評定が開かれたのは、七月八日のことだった。

出席したのは秀頼、淀殿の他に、片桐且元、大野治長、織田有楽斎、有楽斎の兄の老犬斎《ろうけんさい》信包《のぶかね》の四人である。

且元は前田家に送った密書の写しを突き付けて治長と有楽斎の責任を追及したが、二人ともそれは挙兵を求めたものではないと言い逃れるばかりだった。

「この書状には、利長どのには早く大坂へ馳《は》せ登りて右府さまを輔翼《ほよく》し、大事を思い立ちたまうべしとも、軍備を厳整して馳せ登るべしとも記されておる。これが挙兵の呼びかけでなくて何だと申すのじゃ」

且元は密書の写しを再び治長に突き付けた。

「前田中納言どのは、太閤殿下のご遺言によって秀頼さまの後見役に任じられております。大事を思い立つとは、殿下のご遺言を果たすという意味でござる。また武将であるからには、国元を出立する時に軍備を厳しく整えるのは当然の心得でござろう」

「ならば糧米十万石と黄金千枚を与えるとはいかなる意味じゃ」

「後見役に与える役料でござる。市正どのが申されるようにこれが挙兵の呼びかけであるなら、内府さまが問題になされぬはずがございますまい。しかるに何のお咎《とが》めもないではございませぬか」

治長も頭のいい男だけに、こうした弁舌には長《た》けている。だがそれは口先だけのことで、人を信服させる誠実さと実行力に欠けていた。

「なるほど。百歩ゆずってこれが挙兵を求めたものではなかったとしよう。だが秀頼さまに断わりもなくこのような書状を出した罪はまぬがれぬ」

「この書状には、市正が考えておるほど深い意味はないのじゃよ」

有楽斎がおだやかに口をはさんだ。

いつも飄々《ひょうひょう》として声を荒らげたこともない風流人である。

「わしも後見役に任じられておるが、秀頼さまのご成長ぶりを共に愛《め》で、肩の荷を下ろしたいと思ったまでのことじゃ。わざわざ事を荒立てて波風を立てることもあるまい」

「されば お伺い申すが」

且元は襟を正して有楽斎に向き直った。

「関ケ原の合戦で牢人《ろう》となった者たちを撫育《ぶいく》し、事あらば大坂城に参集せよと触れておられるのはいかなるご存念でござろうか」

「そのような者たちを養った覚えなどありゃせんよ」

「表向きは神社仏閣の造営費や修復費として寺社に渡されておりますが、その実は寺社領に隠れ住む牢人に渡っておるのでござる。特にこの一、二年はその例がはなはだしく、幕府もひそかに取調べを進めております」

「当家はただ、神仏のご加護を願って寺社に寄進しておるばかりじゃ。それをどう使うかは寺社の責任ではないか」

果てしもなく続く実のない議論を聞きながら、秀頼は自分の父は大野治長だという城下の噂について考えていた。

そんなことがあるはずがないと思おうとしても、一度胸に生じた疑いはふくらむばかりで、淀殿と治長を見る目も知らず知らず険しくなっていた。

「大伯父《おじ》、よろしいか」

評定が終わると、秀頼は老犬斎信包を別室に呼んだ。

信長の九歳下の弟で、有楽斎とちがって戦陣一筋に生きてきた武将である。小田原征伐の後に、秀吉から譴責《けんせき》を受けることを覚悟で北条《ほうじょう》父子の助命を嘆願した気骨の士でもあった。

「何のご用かな」

「近頃、城中城下で朱柄の矢文についてさまざまの噂が流れております。その件について、酒でも汲《く》みながら話を聞かせていただけませんか」

「うむ、そのことか」

「敵の狙いは、私と母上の仲を割いて豊臣家を混乱させることにあるのでございましょう。今のままでは、みすみすその手に乗せられることになると存じますので」

「よくぞそこまで配慮なされた。もはや立派に大将たる器量をそなえておられる」

老犬斎信包は頼もしげに秀頼の肩を叩《たた》くと、いつでも三の丸の屋敷を訪ねて来るように言った。

淀殿の居室である化粧殿の南側には、広々とした庭があった。

一面に白砂を敷きつめ、淀殿が好きな柿やぶどう、枇杷《びわ》などの果樹が植えられていた。

柿はまだ青々とした葉を茂らせているばかりで、ぶどうの棚には握りこぶしほどの大きさの房が下がっていた。

庭に面した次の間に文机《ふづくえ》を据え、淀殿は奥御殿御錠番の日誌に目を通していた。

奥御殿の鍵《かぎ》はすべて御錠番が管理し、誰に何の用で何刻に貸し出し、何刻にもどってきたかを克明に記録している。

記録するばかりか、申告された用件に嘘がないかどうかを確かめるために、土蔵や金蔵まで二人一組で同行していた。

御錠番は金庫番とも言える要職だけに、身許《みもと》の確実な者しか任じない。しかも不正の心がきざしたり買収されることを防ぐために、五人一組の御錠番を十日ごとに交替させていた。

常時七組がいるので総勢三十五人である。淀殿の日記が紛失した三年三ヵ月の間に、一度でも御錠番を務めた者は五十二人に上る。

淀殿は朱柄《あかえ》の矢文が射込まれて以来、鍵を借り出して奥の土蔵に入った者の記録をすべて拾い出し、入った者と立ち会った者に不審の行いがなかったかどうかを調べさせた。

三年三ヵ月の間に土蔵に入った者は十八人いたが、いずれもまだ奥御殿に侍女として仕えている者ばかりで、徳川方と通じている疑いのある者は一人もいない。

だとすれば御錠番の者が鍵をひそかに持ち出して何者かに渡したか、自分で土蔵に入って日記を盗み出したとしか考えられない。

淀殿は御錠番の日誌を丹念に読むことで、五十二人の行動に怪しいところがないかどうかを探り出そうとしていた。

「このうめという者は、杉原伯耆守《すぎはらほうきのかみ》の娘であったな」

「はい。この春播州池田家《ばんしゅういけだ》の加藤左馬助《かとうさまのすけ》に嫁ぎましたゆえ、昨年暮にお役御免となっております」

大蔵卿の局が身許台帳をめくって答えた。

奥御殿に仕える三百人ちかい侍女の身許がすべて記録してある。五十二人の御錠番のうち、すでに十五人が結婚や病気などの理由で務めをやめていたが、現在どこに住んで何をしているかを報告させ、詳細に記録してあった。

「やえという侍女は、胸の病で役を免じられたはずだが」

淀殿は台帳を見なくても一人一人のことを覚えていた。秀吉も舌を巻いたほど記憶力が確かなのである。

「今年の二月にお城を出ましたが、一月後に他界した由にございます」

「検死の者は出したであろうな」

「正栄尼どのが出向いておられます」

城内で不正を働いた者は、死んだと偽って後々の追及を逃れようとすることがある。それを防ぐために、死亡の届け出がなされた場合には城から検死の者をつかわすのだ。

淀殿は日誌に書かれた当日のことを思い出しながら、少しでも不審がある所には付《ふ》箋《せん》をつけていく。勘だけが頼りの不確実な作業だが、日記を盗み出した者をつきとめる手立てはもはやこれしかなかった。

朱柄の矢文が射込まれた日以来、奥御殿の侍女たちの外出を禁じ、矢を射込んだ者を見た者はいないか、朱柄の矢を持っている者はいないかを調べさせていたが、手掛りは何ひとつ得られなかった。

日誌に半分ほど目を通した頃、取次ぎの者が織田老犬斎信包が対面を求めていると伝えた。

「伯父上が？　何の用じゃ」

「内々に話がしたいとのことでございます」

「取り込み中じゃ。後日に会うと伝えよ」

いったんは断わったものの、思い直して対面所に案内するように命じた。三日前の評定の後で、老犬斎と秀頼が何やら相談していたことが気になったからである。

「ちとこみ入った話でな。二人だけにしてくれぬか」

顔を合わすなり老犬斎は人払いを願った。

淀殿はむっとしたが、浅井家の小谷城が落城した後にお市の方や淀殿らの面倒を見てくれたのは老犬斎だけに、今でも頭が上がらなかった。

「どのようなお話でしょうか」

大蔵卿や侍女たちを下がらせると、淀殿は上座に座ったまたずねた。

「ひとつは先日の評定のことじゃ。市正ならあのような言い逃れで黙らせることも出来ようが、内府どのはそうはいかぬぞ」

「何のことでございますか」

「そちが前田家ばかりか福島、加藤、池田、浅野《あさの》ら豊臣家ゆかりの大名に密書を送っておること、寺社への寄進と称して寺社領に隠れ住む関ヶ原牢人を撫育しておることは、すでに内府どのもご存知じゃ。このままでは豊臣家を亡《ほろ》ぼすことになりかねぬ」

「市正に頼まれて、わらわを諫《いさ》めに参られましたか」

淀殿はぷいと横を向いた。利かん気の強い小娘のような仕草《しぐさ》である。

「茶々よ、わしはもう七十二じゃ。今さら誰かに頼まれて動く歳でもない。そなたの行末を案じるゆえ、こうして出向いておる。そなたは潔く身を引いて、秀頼さまと市正に豊臣家の采配《さいはい》を任せよ」

「出来ませぬ」

「なぜ出来ぬ。すでに秀頼さまは、あれだけの器量をそなえておられるではないか」

「わらわには秀頼さまを天下人にする務めがございます。太閤殿下が亡くなられる前に、家康は秀頼さまが十五歳になられたなら天下を引き渡すと誓約しております。ところがどうです。早々と将軍職を秀忠にゆずり、徳川家の天下を築き上げようとしているではありませんか。しかも事あるごとに臣下の礼を取るように迫って参ります。家康に誓約を果たすつもりがないのなら、自力で天下を取り戻すしかありますまい」

「天下の采配というものは骨の折れるものじゃ。力のある者に任せればよい。織田家とて秀吉どのに天下の権をゆずったではないか」

「信孝《のぶたか》どのは渡すまいとして戦われました」

「だから亡びたのじゃ。力のない者が分不相応の望みを持てば、そういう道をたどる他はない」

信長の三男信孝は柴田勝家と組んで秀吉に対抗したが、秀吉方についた兄信雄の軍勢に敗れ、勝家の滅亡と時を同じくして自刃したのだった。

「たとえ敗れても、わらわは信孝どのや勝家さまの方が武士として見事だと思います。おめおめと生きのびて生き恥をさらすくらいなら、力の限り戦って亡びたほうがましです」

「茶々よ。無体なことを申すな」

老犬斎が哀しげに眉《まゆ》をひそめた。

「そなたの今日あるは何ゆえじゃ。小谷城でも北ノ庄城でも、辛《から》き命を助けられて生きのびたからではないか」

「だからこそ耐え難い屈辱も、歯を食いしばって忍ばねばならなくなったのです。身を切り裂かれるような思いに耐えて築き上げた豊臣家を、徳川家の臣下におとしめるわけには参りませぬ」

「そなたの辛《つら》い気持はよく分る。密書や牢《ろう》人のことを知りながら今日まで黙っていたのも、そなたの好きなようにして豊臣家が亡びるなら、それで良いと思っていたからじゃ」

「ならば今さら差し出口をすることはありますまい」

「少しは秀頼さまのことを考えてみるがよい。そなたは豊臣家を秀頼さまに引き渡す務めがあるとは思わぬか」

「思いまする。思うゆえに天下の権を取り戻そうとしているのです」

淀殿は関ヶ原の合戦の後、夜となく昼となくそのことばかりを考えてきたのだ。いかに老犬斎が言葉を尽くして説いたところで、聞く耳などは持たなかった。

「わしの見るところ、秀頼さまはすでに天下人たる器量をそなえておられる。そなたがそのように焦らずとも、おのずと天下の衆望が集まる日も来よう」

「家康が死ねばそうなりましょう。わらわがひそかに兵を集めているのは、その時に備えてのことなのです」

「それが身を亡ぼす因《もと》だと申しておる。そなたがそのような構えを取れば、内府どのは豊臣家を亡ぼさねば安心して死ぬことも出来ぬと思われよう」

「分りました。ご意見は充分にうけたまわりましたゆえ、これにてお引き取り下され」

淀殿は切り口上に言って立ち上がろうとした。

「待て。今ひとつ申しておきたいことがある」

老犬斎が昔のように叱り付ける口調になった。

「朱柄の矢文のことは、すでに城中城下でも噂になっておる。秀頼さまがその件について話がしたいと申された」

「何を……、何を話すというのです」

「こたびのことは、豊臣家を混乱させようと狙う者の仕業だと申された。そのような策に落ちぬためにも、真実を知ろうとなされておるのじゃ」

「それで、伯父上《おじ》はどうなされるのです」

「何もかも話すつもりじゃ。それが老い先短いわしが、秀頼さまのために出来るただひとつのことだからな」

「なりませぬ。そのようなことは、わらわが許しませぬ」

「そなたが身を引いて秀頼さまに采配を任せるなら、死ぬまで口は開かぬよ。わしとてそなたの罪を秀頼さまに知らせたくはない」

「わらわを脅すつもりですか」

「茶々よ。鏡を見てみろ。あらぬ心労が、そなたの頭に、それ、そのように白髪を生やしておる。ここらで身を引いて安楽に余生を楽しんだらどうじゃ」

老犬斎信包はゆっくりと腰を上げると、三日のうちに返答せよと言い置いて立ち去った。

淀殿は左の耳の上に束になって生えている白髪を押さえ、老犬斎の背中をにらんで黙り込んでいたが、やがて甲高い声で大蔵卿の局を呼びつけた。

この乳母と謀《はか》って犯した罪を、秀頼にだけは絶対に知られてはならなかった。

生玉《いくたま》口三の丸を出て上本町《うえほんまち》筋を南に向かうと、惣構《そうがまえ》に開けられた清水谷《しみずだに》の城門がある。

城門を出て半里ほどで四天王寺《してんのうじ》、さらに一里ほど南に住吉《すみよし》大社があった。

住吉大社の半里ほど南に、大和《やまと》川が東から西へと流れて難波《なにわ》の海にそそいでいる。川にほど近い住之江《すみのえ》には、数十軒の茶屋が建ち並んでいた。

大坂と堺《さかい》を結ぶ交通の要地であり、住吉大社の参詣客《さんけい》も多いので、大坂城下の遊廓《ゆうかく》にも劣らぬにぎわいをみせている。

茶屋街の一画にある「海神屋《わだつみや》」という店で、豊臣秀頼は酒を飲んでいた。相伴をするのは、お駒《こま》というなじみの女ただ一人である。速水甲斐守ら近臣数人は、左右の部屋に散って警固に当たっていた。

秀頼が住吉大社への参詣にかこつけて「海神屋」に来たのはこれが初めてではない。昨年五月に千姫が流産した直後にも、苦しさや哀しさにいたたまれなくなり、うさを晴らしたくて足しげく通っていた。

〈この頃大坂秀頼公、住吉へ度々遊行《ゆぎよう》され給う〉

慶長十八年五月二十日の『当代記《とうだいき》』に、そう記されているほどだ。

お駒とはその頃からのなじみだった。

秀頼は店に上がってから、ただ黙々と盃《さかずき》を口に運んでいた。

自分は太閤殿下の子ではないのかという疑いに胸が張り裂けそうだが、幼い頃から大将たる者は感情を表に出すなと教えられてきただけに、酔わなければお駒に苦しみを打ち明けることも出来ない。

だから一刻も早く酔いたいのだが、人並みはずれた頑丈な体だけに、一升や二升の酒では酔いきれなかった。

「もう、およしなはれ」

お駒が盃をさし出した秀頼の手をそっと握った。

瞳《ひとみ》の澄んだ女で、ふっくらと太った色白の柔らかい指をしている。

「ご自分を虐《いじ》めるような飲み方は毒ですさかい」

「いいのだ。今日は酔いたい」

「少し横になりなはれ。大きな体やさかい、酔いが回るにも間がいるんや」

「ならば、膝《ひざ》をかりる」

秀頼はお駒の膝枕で横になった。

お駒は秀頼より五歳も年上だけに、こうして柔らかく温かい膝に頭をもたせかけていると、母の胸に抱かれているような安らぎを覚えた。

「お駒よ、人はどこから来てどこへ行くのだろうな」

「そんな難しいこと、うちらには分らしまへん」

「母から生まれて土に返るだけの生き物なら、これほど思い悩むことはないのだ。この胸に宿る魂が、夜ごとにうずいて私を眠らせないのだよ」

秀頼は右手で胸をさすった。

「また千姫さまに不幸でもあらはりましたか」

「なぜ、そう思う」

「そやかて」

千姫が流産させられた時も、秀頼はこんな風にお駒の膝をかりたのである。

「あの時はまだ見ぬ我が子が殺されたが、今度は私自身が殺されそうだ」

「ご冗談を申されてはあきまへん」

「冗談ではない。城下でどんな噂が流れているか、お駒も知っているだろう」

「ええ、こんな生業《なりわい》ですさかい」

「もしあれが事実なら、私は殺されたも同じだ」

秀頼は生まれ落ちた時から、秀吉の後を継ぐ者として遇されてきた。きら星の如き大名たちがぬかずいたのも、わずか十三歳で右大臣に任じられたのも、太閤秀吉の子だからこそである。

だが実の父が秀吉ではなく大野治長だとしたなら、自分の一生はすべて茶番ということになる。偉大な秀吉はとんだ道化者で、淀殿は淫乱《いんらん》きわまりない姦婦《かんぷ》だ。

そ奴らがよってたかって三文芝居を打ち、その芝居の中で己れが人となったかと思うと、秀頼は己れをずたずたに切り裂いてしまいたい衝動に駆られた。

「いっそ豊臣家など亡《ほろ》びてしまえばいいのだ。嘘で固めた城など、この世から消え去《う》せてしまえばよい」

酔いが回ったせいだろう。秀頼は突き上げてくる感情に耐えきれなくなり、顔をおおって涙を流した。

「そのようなことを申されたらあきまへん。うちらはみんな、秀頼さまを頼りに暮らしておりますさかい」

お駒がそっと秀頼の髪をなでた。

「分っている。分っているから、お駒の所に泣きに来るのだよ。こんな姿は、城では見せられないものな」

「お眠りやす。うちが歌を唄《うと》うてあげますさかい」

お駒が秀頼の大きな肩を叩《たた》きながら子守歌を唄《うた》い始めた。

遠い日に揺籃《ゆりかご》に揺られていた頃のことを懐しく思い出しながら、秀頼はいつしか安らかな眠りに落ちていた。


片桐且元が苦渋に満ちた表情で黒書院を訪ねて来たのは、七月十七日のことだった。

方広寺の大仏供養の準備のために、この二月ばかり駿府、京、大坂を奔走した疲れが出たのだろう。目尻《めじり》のしわが増え、頰がこけて顔がひと回り小さくなっていた。

「ただ今、評定を終えました」

「大儀であった。して、結果は」

「幕府からの申し入れに従って天台宗《てんだい》を左座（上席）とするかわりに、開眼供養と堂供養を同日に行わせていただくよう、再度申し入れまする」

「うむ。朝廷との折衝には私が当たる。そちは何としてでも内府さまを説き伏せ、事を穏便に収めていただくように計らってくれ」

七日前、方広寺の大仏供養について幕府から異議の申し入れがあった。

豊臣家では新しく建立なった大仏の開眼供養と大仏殿の落慶供養を八月三日に行うこととし、開眼の導師を真言宗《しんごん》仁和寺《にんな》門跡である覚深《かくしん》法親王に、落慶の導師を天台宗妙法院《みようほういん》門跡である常胤《じよういん》法親王に依頼していた。

席順は覚深法親王が左座、常胤法親王が右座である。

ところが南光坊天海《なんこうぼうてんかい》を中心とした比叡《ひえい》山の衆徒が、天台宗が真言宗の下座につかせられるのなら、供養に出席しないと駿府に訴え出たために、家康は大仏開眼と大仏殿の落慶を別の日にするように豊臣家に申し入れて来た。

これは後に黒衣《こくい》の宰相と呼ばれた天海が、家康をたきつけて仕組んだ言いがかりだった。

覚深法親王を左座としたのは、後陽成《ごようぜい》天皇の第一皇子であり、親王の第一位の位である一品《いっぽん》に叙されているためで、真言宗と天台宗の格式に上下をつけたものではない。

また大仏開眼と大仏殿の落慶を同日にすることは二ヵ月ちかくも前に決め、且元自ら駿府に出向いて家康の承諾を得ているのだ。

すでに朝廷や諸大名の出欠を確認し、席順も決め、諸役の手配も終っている。これを別の日にすることとは、今からでは絶対に無理だった。

だが、幕府はそれを承知で難癖をつけているのだ。

且元はやむなく天台宗の常胤法親王を左座につけるかわりに、大仏開眼と落慶供養を同日に行うことを幕府に認めさせようとした。

これは覚深法親王の体面を汚《けが》すも同然だったが、秀頼自身が幾重にもわびを入れて出席を承諾してもらうしかなかった。

何しろ方広寺の大仏と大仏殿の建立は、秀吉以来豊臣家が精魂を傾けてきた事業である。この工事に使った費用は、千枚分銅十三、二千枚分銅十五にも上る。

千枚分銅とは大判千枚が造れる金塊のことで、一万両の価値があるので、全体では四十三万両分にも相当する。

これだけの巨費を投じ、豊臣家の威信をかけた事業だけに、何としてでも無事に供養を済ませたかった。

「本多佐渡守《さどのかみ》どのと金地院崇伝どのが五山の統制を進めて来られた狙いは、ここにあったようでござる」

且元はようやくそのことに気が付いたという。

「どういうことじゃ」

「こうした宗派間の争いが起こった場合には、通常であれば他宗の長老が仲裁に立つものでござる。こたびも何人かの方々に仲裁を依頼しましたが、皆幕府をはばかって引き受けてはくれませぬ」

駿府や江戸に五山の長老を呼びつけて試験を課した幕府の脅しが、絶大な効果を発揮したのだ。

「神仏に仕える者までが幕府を怖れて不正に目をつぶるようでは、とても有道の国とは言えぬ。幕府の政道とて同じじゃ」

「幕府がこれほど周到な準備をしているからには、天台宗を左座としただけでは事は収まりますまい。お袋さまには軽率の振舞いなきよう、厳重にご注意申し上げて下されし」

「前田家への密書のことが応《こた》えたのであろう。近頃では」

おとなしくしておられると言おうとした時、秀頼の背筋にぞくりと寒気《さむけ》が走り、血まみれの老犬斎の姿が脳裡《のうり》をよぎった。

朱柄《あかえ》の矢文について話をしたいと言いながら、忙しさにとりまぎれて半月ちかくも三の丸を訪ねていない。

「大伯父《おじ》は、老犬斎どのはいかがなされた」

「評定の後に、屋敷に戻られましたが」

「三の丸へ行く。供をせよ」

秀頼は且元と近習数人を連れただけで織田老犬斎信包の屋敷を訪ねた。

丹波《たんば》栢原《かいばら》三万六千石を領する小大名に過ぎないが、豊臣家の一門に当たるために、生玉口三の丸に広大な屋敷を与えられていた。

秀頼の急な来訪に驚いた家臣たちはあわてて老犬斎を捜したが、居間にも書院にもいないという。さっき評定から戻られたばかりでござるがと、取次ぎの者が首をかしげていた。

「上がるぞ」

秀頼は取次ぎの者を押しのけるようにして奥へ向かった。

何かに導かれるように真っ直ぐに厠《かわや》に入ると、三畳ばかりの板張りの間に老犬斎が双肌《もうはだ》脱ぎになって突っ伏していた。

腹からおびただしい血が流れ出し、板張りの上に円く広がっている。右手には血のついた脇差しを握りしめていた。

「大伯父」

秀頼は老犬斎を抱き起こした。

腹が横一文字に裂かれ、臓腑《はらわた》が流れ出している。すでに息は絶え、顔から血の気が失《う》せていた。

「このような大事の時に、何ゆえご自害など」

且元がひざまずいて弱々しくつぶやいた。

「ちがう、これを見よ」

秀頼が血に染った小袖《こそで》をつまみ上げた。

腹のあたりが横に裂かれている。何者かが後ろから抱きつくようにして小袖ごと腹を切り裂き、双肌を脱いで切腹したように見せかけたのだ。

〈織田上野《こうずけ》ハ、其座ヲ立テ血吐テ其日即死ニケリ〉

老犬斎の死について『豊内記』は短くそう伝えている。

風雲急を告げるさなか、豊臣家の柱石がまたひとつ失われたのである。


老犬斎急死の騒ぎをよそに、淀殿は床に伏せっていた。

陰暦八月に入っても、真夏のような日がつづいている。海や川に囲まれているにもかかわらず大坂城内はひどくむし暑いので、暑気に当たったのかここ数日熱が下がらなかった。

それに月の障りも迫っていた。

淀殿は永禄《えいろく》十二（一五六九）年の生まれなので、今年で四十六歳になる。

普通ならすでに上がる年齢だが、父浅井長政に似て大柄で丈夫なためか、いまだに毎月狂うことなく障りがおとずれる。体がだるく腰のあたりに鈍痛があるのは、その日が近いせいだった。

庭のぶどうの棚には、たわわに実ったぶどうが下がっていた。

南蛮渡来の品種なので、房も長く粒も大きい。客があった時に水菓子として出すと、誰もが目を丸くするほど甘くて水気があった。

枇杷《びわ》の時期はすでに終わり、柿が親指ほどの大きさの青い実をつけている。どこにとまっているのか、明け方から休む間もなく蟬が鳴いていた。

「秀頼さまはいかがなされておいでじゃ」

「表御殿の評定にお出ましでございます」

大蔵卿の局が団扇《うちわ》で風を送りながら答えた。

「実の母が病みついておるというのに、見舞いにも来て下さらぬ」

「大仏供養のことで、お忙しいのでございましょう」

「千里の隔てがあるわけではあるまい。嘆かわしいことじゃ」

秀頼がたずねて来ないのは、老犬斎の死に不審を持っているからだ。淀殿はそう察していた。

老犬斎は急病死と発表されたが、城中には厠で割腹したとか割腹を装って殺されたという噂が飛び交っている。秀頼も死因に不審を持って調査を命じているという。

（わらわを疑っておられるのだ）

後ろ暗い思いがあるだけに、すべてがそんな風に感じられた。

確かに淀殿は老犬斎の口を封じよと命じた。

だがそれは城から追放するなり、高野山に入れれば済むと考えてのことで、まさか大野治長があのように思い切ったことをするとは思ってもいなかった。

老犬斎信包はお市の方の四歳上の兄で、小谷城落城の後には母娘四人の面倒をみてくれた恩人である。

信長は長政の頭蓋骨《ずがいこつ》に金箔《きんぱく》を押して盃《さかずき》にするような非情の男だったが、老犬斎は温厚で思いやりがあった。

それでいて芯《しん》が強く、誰に対しても言うべきことははっきりと言った。

信長が長政の頭蓋骨についだ酒を家臣に飲むように命じた時、これを拒んで席を立ったのは老犬斎ただ一人だった。

それを聞いたお市の方は、老犬斎の手を取り泣きじゃくりながら礼を言ったものだ。あれほど哀れで痛ましい母の姿を見たのは、後にも先にもこの時ばかりである。

（あの時、母上は二十七歳だったはずだ）

淀殿は五歳、妹のお初《はつ》は三歳、お江与は生まれたばかりだった。

あれから四十一年が過ぎ、母より二十年ちかくも多く年を重ねている。だが今でも母には敵《かな》わないという思いがどこかにあった。

それは越前《えちぜん》北ノ庄城が落ちた時、母が柴田勝家と共に自刃して果てたからかも知れない。

秀吉から城を出るようにという誘いがあり、勝家も命を長らえるように勧めたが、お市の方は三人の娘だけを落としてくれるように頼むと、従容《しょうよう》と死についたのである。

母は何も言わなかったが、もし秀吉に助命されたなら、側室にされることが分っていたのだろう。

秀吉は髑髏《どくろ》の盃で真っ先に酒を飲んだ男だけに、そればかりは死んでも拒みたかったのだ。

母は三十七歳だった。淀殿は十五歳、お初は十三歳、小谷城が落ちた年に生まれたお江与は十歳になっていた。

北ノ庄城を落ちた三人は、秀吉の計らいで織田有楽斎に預けられた。有楽斎はお市の方と同年生まれの異母弟で、利休《りきゅう》七哲の一人に数えられる風流人である。

だが老犬斎のような武将としての気骨はなく、三人に対しても厳しいことは何ひとつ言わなかった。

衣食住の待遇も行き届いたものだったが、それは淀殿を秀吉の側室にするための準備期間に過ぎなかったのだ。

まるで客を取らせるために女子《おなご》を養う女衒《ぜげん》のように、有楽斎は秀吉に献上するために淀殿を養育していたのである。

有楽斎から秀吉の側室となるように勧められた時、淀殿はそのことをはっきりと悟った。

父の髑髏で酒を飲んだ男に抱かれるくらいなら、死んだほうがましだと一月もの間泣き暮らしたが、哀しさ、悔しさ、屈辱、憎悪といったもろもろの感情を涙で洗い流してみると、戦国の世に生まれ育った女らしい骨太い感情だけが残った。

男は合戦に明け暮れ、何万、何十万の敵を殺すことで天下を手中にする。

その天下が秀吉の側室となるだけで我手に転がり込んでくるのなら、決して悪い取り引きではない。

相手が父の髑髏で酒を飲んだ男なら、こちらは秀吉の髑髏で酒を飲んでやろうではないか。

そう決意した日から、淀殿は人間的な感情の一切を捨てた。感情を捨て秀吉の側室になり切ることに徹した。

世継ぎももうけた。妹のお初を京極高次《たかつぐ》に、お江与を徳川秀忠に嫁がせた。

たとえ豊臣家が亡《ほろ》びたとしても、お江与の子が将軍となるなら、浅井家が天下を取ったも同じなのである。

これも自分が秀吉の側室になったからこそ出来たことだ。そうは思っても淀殿の胸の中には納得しきれぬものがあった。

全身に毛虫がはい回るような嫌悪と屈辱に耐えて秀吉に抱かれた結果が、たかがこれだけかと思うのだ。こんなことなら最初の夜に秀吉と刺し違え、父母弟の怨念《おんねん》を晴らした方が良かったのではないか。

そうしていたなら、薄氷を踏むような思いで日々を過ごすこともなかったのだ――。

淀殿は横になったまま果てしもない物思いにとらわれていた。こうした煩悶《はんもん》の袋小路《ふくろこうじ》におちいると、居ても立ってもいられない気持になる。

我身をずたずたに切り裂きたいような、人を責め抜いてなぶり殺しにしたいような残忍な衝動が突き上げてくる。

そうした気持のやり場がないまま、淀殿は夜具の縁をかんでさめざめと泣き出した。

「お茶々さま、ご自分をお責めになってはなりませぬ」

大蔵卿の局が柔らかく背中をさすった。

「戦場に出て人を殺すことをためらう武将がおりましょうか。女子にとっては、日々の暮らしこそが戦場なのでございますよ」

「わらわは伯父上《おじ》を殺せとは申しておらぬ。伯父上はよいお方であった。殺さずとも良かったのじゃ」

「豊臣家を守るためには、致し方がなかったのでございましょう」

「伯父上に済まぬ。母上にも済まぬ。こんなことまでしなければならぬのなら、豊臣家など亡びたほうがましじゃ」

淀殿は泣きながらうらみがましく言いつのる。

「お茶々さまは、豊臣家の柱でございます。このような大事な時期に、そのようなお気の弱いことでは……」

大蔵卿ももらい泣きをしながら背中をさすりつづけた。

方広寺大仏殿の問題は、いよいよ深刻の度合いを増していた。

幕府から天台宗と真言宗の席順に非があるという抗議を受けた豊臣家では、天台宗の常胤法親王を左座に据えることで問題の解決をはかろうとした。

ところが家康は、大仏の開眼供養と大仏殿の落慶供養を同日に行うのは前例になく不吉なので、あくまで別の日にするようにと言い張った。

今さら日程を変更することは出来ないので、八月三日の午前に開眼供養、午後に落慶供養をすることで了承してもらいたいと申し入れると、家康は方広寺の鐘の鐘銘と大仏殿の棟札《むなふだ》に不審があると言い出した。

東福寺の清韓《せいかん》和尚が記した銘文に「国家安康　君臣豊楽」とあるのは、家康の名を分断して徳川家を呪詛《じゅそ》し、豊臣家を主君として繁栄を楽しむという意味を込めたものである。

また、大仏殿の棟札に幕府から派遣された大工頭の中井正清《なかいまさきよ》の名前が記されていないのは、幕府を軽んじる行いであるとして、大仏供養の一切を延期するように命じた。

片桐且元は鐘銘と棟札の写しを駿府に送り、家康を呪詛したり軽んじたりする意図はまったくないことを訴えた。

これに対して家康は、それならば国内最高の学問的権威である五山の長老に正邪を問おうと言い出し、諮問《しもん》を受けた五山の長老たちは、口をそろえて銘文は徳川家を呪詛するものだと答えた。

ただ一人妙心寺《みょうしんじ》の海山《かいさん》和尚だけは、「清韓は徳川家を呪う意図があって国家安康の文字を記したのではない。ただ天下の泰平を祝し、かつ毘盧遮那仏《びるしゃなぶつ》の功徳を顕《あら》わそうとしたばかりである」と正論を述べたが、権力者におもねる曲学阿世《きょくがくあせい》の僧たちの声高な反論にあって沈黙せざるを得なくなった。

対応に窮した片桐且元は八月十一日に上洛《じょうらく》し、東福寺の清韓和尚を連れて十三日に駿府へ向かった。清韓本人から呪詛する意図はなかったと釈明してもらうためである。

大野治長が十数本の朱柄《あかえ》の矢を持って化粧殿を訪ねて来たのは、それから数日後だった。

「これは、どうしたことじゃ」

淀殿は息を呑《の》んで身を引いた。

鮮やかな朱色の柄とまがまがしいばかりに黒い鳥の羽根は、大台所に射込まれたものと同じだった。

「城内の探索に当たっていた目付の者が、東の丸の片桐どのの館で見つけたのでございます」

「まさか、市正がこれを……」

「矢は寝所の床下に隠してありました。間違いはございいますまい」

「ならば、今頃市正は」

土蔵から盗み出した日記を、家康に見せているのではないか。そう思うと心の臓をわしづかみにされたような痛みが走り、淀殿はあやうく卒倒しそうになった。

「やはり市正は家康の回し者だったのじゃ。今日までの忠義面は、秀頼さまとわらわを欺くための作り物であった」

「そうと決ったわけではございいますまい」

大蔵卿が且元を庇《かば》った。

罪をなすり付けようとする者が、且元邸に朱柄の矢を忍ばせたのかも知れないのである。

「且元に決っておる。あやつが事あるごとにわらわに楯突《たて》いたことを、そなたも知っておるではないか」

「これから正栄尼どのとわたくしが駿府にまいります。そこで市正どのの様子を確かめ、大仏殿の鐘銘についても他意がないことを弁じて参りましょう」

「ああ、そうしてたもれ。市正などを信じたわらわが浅墓であったのじゃ」

淀殿は両手をぎゅっと握りしめ、小刻みに体を震わせた。

第三章　二人の使者

わずか三畳の茶室である。

だがそこには、かがり火に照らされた能舞台のような無限の奥行きと広がりがあった。

壁も柱も天井もすべて黄金で作られている。

縁側に立てられた障子も骨と腰板は金で、紋紗《もんしゃ》と呼ばれる紋を浮き出しにした赤い薄絹を張っている。

畳表は色鮮やかな猩々緋《しょうじょうひ》で張り、縁《へり》は青緑色に小紋を描いた金襴《きんらん》である。床の間には和紙で包んだ灯《あか》りがおかれ、低い位置からあたりを薄明るく照らしていた。

秀吉自慢の黄金の茶室である。

黄金と言ってもけばけばしい光沢ではなかった。表面に細かな凹凸をつけてつやを消してあるので、底光りし、鈍くずしりと重い金の質感が出ている。

それが猩々緋や赤い紋紗と微妙な調和を保ち、薄い明りにぼんやりと照らし上げられている。黄金のきらびやかさと幽玄の妙がとけ合った、千利休《せんの》会心の作だった。

「さすがに利休は偉い茶人やったんやな。太閤の黄金を、侘《わ》びの世界に見事に封じ込めておるやないか」

八条宮智仁《はちじょうのみやとしひと》親王が、飲み干した黄金の茶碗《ちゃわん》を膝元《ひざもと》に置いた。

前《さき》の後陽成天皇の皇弟にあたり、桂離宮《かつらりきゅう》を造営したことでも知られている。

一時秀吉の猶子になっていたこともあるだけに豊臣家に対しては好意的で、八月十六日に豊国《とよくに》神社に参詣《さんけい》した後、秀吉の命日である十八日に忍びで大坂城を訪ねたのだった。

「これでは太閤もかなわんやろ。殺すか屈服するか二つに一つや。人間の魂ちゅうのは偉いもんやな」

「もう一服、いかがですか」

秀頼はすっと茶碗を引いた。

茶道は織田有楽斎と古田織部《ふるたおりべ》に学んで一流の域に達しているが、人並みはずれて体が大きいので狭い茶室ではいかにも窮屈そうである。

「もらおか。秀頼の点《た》てる茶には、不思議な甘みがあるな」

「そうでしょうか」

「今上《きんじょう》の点てられる茶もそうや。持って生まれた力というもんやろか」

「おそれ多いことでございます」

秀頼は黄金の釜《かま》から黄金の柄杓《ひしゃく》で湯をくみ上げた。指が普通の者より関節ひとつ分ほど長い。その手に握られると、柄杓が茶杓のように小さく見えた。

「そうやない。今上にも秀頼にも、自然と人を信服させる力がそなわっておる。その力の拠《よ》ってきたるところが、何か分るか」

「心でございましょうか」

「そうや。真心や。他人《ひと》のことを我事として喜び、笑い、泣き、怒る。その心が秀頼にも今上にもある。だから皆が上に立ってもらいたいと願う。朝廷が千年の間、守り通し磨きつづけてきたのも、つまるところこの心ひとつなんや」

智仁親王は三十六歳になる。

関ヶ原の合戦直前には、細川幽斎《ほそかわゆうさい》から古今伝授を受け、朝廷における和歌の伝統を守り通したほど、朝廷の文化・伝統の継承に情熱をそそいでいた。

「ところが今の内府のやり方を見てみい。幕府の権力で何もかもねじ伏せようとする。刀でおどし銭でなびかせよる。その揚句に、手前勝手な法度を作って朝廷さえも従わせようとする。こないな阿呆《あほう》なことがあるか」

朝廷を支配下におくための法度の研究を、家康は五山の長老に始めさせていた。

大坂夏の陣の直後に制定された「禁中並《きんちゅうなら》びに公家《くげ》諸法度《しょはっと》」がそれで、臣下であるはずの将軍が天皇と朝廷を法度で縛るという日本史上初めての暴挙である。

　この動きに対して、智仁親王や後水尾《ごみずのお》天皇は深刻な危機感を抱いていた。

「大仏殿の鐘銘のことかてそうや。七つの子供かてせんような理不尽な難癖をつけて、供養を妨げようとする。これは豊臣家だけを狙ってのことやないぞ。朝廷も寺社も、ひとまとめにしてねじ伏せようとしているんや。清韓和尚の紫衣《しえ》にまで口を出してきたのがその証拠やないか」

　僧侶《そうりょ》の高位者に紫衣を用いることを許すのは、建長元《けんちょう》（一二四九）年以来天皇の権限によるものとされてきたが、家康は銘文の起草者である清韓和尚に紫衣の使用を勅許したことを不服として、京都所司代の板倉勝重に調査を命じていた。

「こうなったからには、朝廷と寺社と豊臣家が力を合わせて幕府の横暴をはね返すしかない。その先頭に立てるのは秀頼、お事《こと》しかおらへんのや」

「お言葉はありがたく存じます」

　秀頼は濃茶《こいちゃ》を点てて智仁親王に差し出した。

「しかし幕府の力は大きく、豊臣家に昔日の力はございません。いかに理不尽な言いがかりをつけられようと、今はじっと耐え忍ぶしか道はございませぬ」

「それでええんや。戦などしたら、内府の思う壺《つぼ》やからな。今はじっと忍んで、時が来るのを待てばええ。辛《つら》かろうが、身共もお事のために日夜祈るさかい、頑張り抜いてくれ。太閤の十七回忌に出てきたのも、それを頼みたかったからなんや」

「ご芳志、かたじけのうございます」

秀頼はそっと目頭を押さえた。

辛い日々がつづいているだけに、智仁親王の励ましがひときわ心にしみた。

「ところで、お千は元気か」

「はい。つつがなく過ごしております」

「わりといける漬物があったので持参したんや。ちょっと顔出してみよか」

茶室での密談を終えると、智仁親王は西の丸御殿に立ち寄って千姫にみやげを渡し、京橋《きょうばし》を渡って都へと戻っていった。

秀頼は京橋口まで見送った後、久々に晴れやかな気持で御座の間に戻った。

上段の間のふすまには柳が、次の間にはそてつが描かれている。柳は柔らかく自在な、そてつは力強く確固とした生命力に満ちていた。

秀頼は文机《ふづくえ》にしまい込んでいた矢文を取り出し、細かく引き裂いた。

今は徳川方の策謀をしのぎ切ることに全力を尽すべきである。こんな矢文にいつまでもこだわって、敵の策に落ちるようなことをしてはならなかった。

「秀頼さま、よろしゅうござるか」

速水甲斐守守久が咳払《せきばら》いをひとつして入ってきた。

「先ほど目付の者より報告がありました。織田老犬斎どのの屋敷にいたおかつという侍女が、数日前から行方知れずになっている由にございます」

「どういうことだ」

「おかつはどうやら、老犬斎どのが不慮の死をとげられた現場を目撃したらしく、この一月の間ひどくおびえていたようでございます」

同僚の話では、おかつは老犬斎が殺された時刻に厠《かわや》の掃除に当たっていたという。おびえていたのは、老犬斎を殺した者を見たからかも知れなかった。

「ならば何ゆえ目付に訴えぬ」

「詰の丸でお手長《てなが》の者三名が誅殺《ちゅうさつ》されたからでございましょう。うかつなことを申し出てあらぬ疑いを招くより、口をつぐんだまま逃げたほうがよいと考えたのではありますまいか」

「おかつの身許《みもと》は？」

「無論分っておりますが、実家にも戻ってはおりませぬ。目下、七組の者に行方を追わせているところでございます」

七組とは二千数百名からなる秀頼の親衛隊で、騎馬の侍五十人、弓鉄砲の足軽三百人ばかりを一組として成り立っている。七組を率いる頭はいずれも秀吉の馬廻《まわ》り役だった黄母衣衆《きぼろのしゅう》で、総大将は速水甲斐守だった。

「行方が分り次第知らせよ。このこと、奥御殿には伏せておくのじゃ」

「承知いたしました」

席をたった甲斐守が、廊下で再び平伏した。

淀殿が急《せ》わしない足取りでそてつの間に入ってきた。

細く描いた眉《まゆ》を吊《つ》り上げ、唇を固く引き結んでいる。供は宮内卿の局ただ一人だった。

「秀頼さま、わらわを虚仮《こけ》になされるおつもりですか」

淀殿の切れ長の目が冷たく据っている。頑《かたく》なに人を寄せつけぬ、狂気を含んだ眼差《まなざ》しだった。

「いったい何のことです。そのような所に立っておられないで、こちらに入られたらどうですか」

「いいえ、ここで結構です。八条宮さまが参られたというのに、わらわには声もかけて下さらなかったのですね」

「宮さまは忍びで参られたゆえ、お時間がなかったのです」

「千姫には……、西の丸には立ち寄る暇があったというではありませんか」

淀殿は腹立ちのあまり肩で息をしている。

「あれは千に手みやげを持参なされたからですよ。それに奥御殿は男子禁制ゆえ遠慮なされたのでしょう」

秀頼は苛立《いらだ》ちを押さえて淀殿をなだめにかかった。

智仁親王が奥御殿に行こうとしなかったのは淀殿を嫌っているからだが、それを言ってこれ以上母の気持をかき乱したくはなかった。

「あなたはどうです。近頃はどうして奥御殿でお休みにならないのですか」

「いろいろと片付けなければならない仕事が多いからです。ここに泊り込んだ方がはかどるのですよ」

秀頼はすでに半月以上も奥御殿に戻っていない。

「まあいいでしょう」

淀殿が宮内卿の局にうながされて腰を下ろした。

「今日は何もこんなことで争いに来たのではありません。近頃何かと不穏の事が起こるので、一度ゆっくりと話し合いたかったのです」

「私もそう思っていました」

秀頼はそてつの間に下りて淀殿の正面に座った。

「駿府につかわした市正からは、何か連絡がありましたか」

「いいえ。十三日に清韓和尚とともに都を発《た》ったばかりですから、おそらく今日あたりに駿府に着いた頃でしょう」

「わらわも今朝、大蔵卿と正栄尼を駿府へつかわしました」

「二人を？　何ゆえですか」

「市正の屋敷から、朱柄《あかえ》の矢が見つかったことはご存知でしょう。市正ばかりに駿府との交渉を任せておくわけにはいかなくなったのです」

「あれは市正をおとしいれるために、何者かが仕組んだことですよ」

「そうかも知れませんが、そうだとも言い切れないではありませんか」

「市正を信じずに、誰を信じよと申されるのです」

片桐且元は秀頼が父の如く頼りきっている男である。且元もその信頼に応《こた》えて、長年豊臣家の柱石として働いている。

朱柄の矢ごときに惑わされて後追いの使者を送るとは、不愉快きわまりないやり方だった。

「母上は近頃何かにつけて市正を邪魔者扱いなされる。敵はそこにつけ込んで、母上と市正の間を裂こうとしているのです」

「何者かが仕組んだという証拠でもあるのですか」

「証拠はありませんが、それくらいのことは市正の働きぶりを見ていれば分ります。母上は……」

朱柄の矢に結ばれた日記のことを気にかけ過ぎて、疑心暗鬼におちいっているのだ。

そう言おうとして口をつぐんだ。

　この話に深入りすれば、自分が不義の子であるという城下の噂にまで触れなければ済まなくなるからである。

　淀殿は秀頼の心の動きを鋭く察したのだろう。軍鶏《しゃも》のように首を真っ直ぐに立て、闘争心をむき出しにした。

「何です。言いたいことがあるのなら、はっきりと言いなさい」

「何でもありません。いささか疲れて、気持の押さえがきかなくなっているのです」

「押さえる必要などありませんよ。母子《おやこ》なのですから」

「これから千畳敷御殿で評定がありますから」

　秀頼は席を立って逃れようとしたが、淀殿は許さなかった。

「お待ちなさい。すぐにそうやって陰にこもるのが、あなたの悪いところです。武士なら武士らしく、思ったことは堂々と口になさい。こそこそと逃げ出すような真似をして、太閤殿下の御子《おこ》として恥ずかしいとは思わないのですか」

「ならば申しますが」

　秀頼はかっとして淀殿の前に座り直した。

　宮内卿の局が堪《こら》えてくれと目配せしたが、怒りが分別の軛《くびき》を引きちぎって暴走を始めていた。

「朱柄の矢文のことを城下でどのように噂しているか、母上はご存知ですか」

「知っています。存じていますとも。でも、これこそ徳川方が仕組んだ罠《わな》です。そのような飛語を真に受けるほうがどうかしています」

「ならば何ゆえ大伯父《おじ》は殺されたのですか。大伯父の口から秘密がもれることを怖れる者がいたからでしょう。私は草の根分けても、その者を捜し出してみせますよ」

「そうしなさい。気の済むまで探索をつづけて、表御殿と奥御殿とが仇敵《きゅうてき》のように憎み合うように仕向ければいいでしょう」

「どうして大伯父を殺した者を探索することが、表と奥の対立をあおることになるのです」

「あなたがわらわを疑っているからです」

淀殿が目を据えて秀頼をにらみつけた。

「矢文や伯父上のことばかりではありません。千姫が流産したのも、前田家に密書を送ったのも、すべてわらわのたくらみだと思っておられる。このようなことで、どうして家が保っていけますか」

「ならば母上が身を引かれたらどうです」

そう言った瞬間、秀頼の胸に鋭い痛みが走った。

「何ですって」

「母上さえいらぬ画策をなさらなければ、これほど事がこじれることはなかったのです。早々に隠居なされて、政《まん》かかさまのように父上の菩提《ぼだい》を弔われたらいいではありませんか」

政かかさまとは、秀吉の正室北 政所《きたのまんどころ》のことである。

北政所と比べられることを淀殿が一番嫌っていることを知っていながら、秀頼はわざと傷口をえぐるような言葉を吐いた。

「わらわがこうして豊臣家を支えてきたのは、あなたを天下人にするためです。太閤殿下の頃のような威勢を取り戻し、あなたに引き渡したいと思うからこそ、どんなことにも耐えてきたのではありませんか」

「それは嘘だ。母上はご自分が昔の栄華を取り戻したいだけなのです。徳川家に天下を奪われた無念を、晴らしたいばかりなのですよ」

「ならば、わらわが死ねばいいのでしょう」

淀殿は真っ蒼《さお》になって立ち上がり、懐剣を抜いて喉元《のどもと》に当てた。

「お袋さま、おやめ下されませ」

宮内卿の局が走り寄って取り押さえようとした。

「寄るでない。腹を痛めた我子にこのような仕打ちを受けるくらいなら、ひと思いに死んだほうがましです」

淀殿は切っ先を喉元に押し当てたが、ひと思いに突き刺すことは出来なかった。凍えたように歯を鳴らしながら必死に何かに耐えていたが、やがて長い叫びをあげて真後ろに倒れた。

〈秀頼公御母、御年卅余《さんじゅうよ》

御気鬱滞《うったい》、不食眩暈《めくらみ》〉

名医として名高い曲直瀬道三《まなせどうさん》は、三十代の頃の淀殿の診察結果について『玄朔道三《げんさくどうさん》配剤録《はいざいろく》』にそう記している。

御気鬱滞とはヒステリーのことだ。

戦国の世の過酷な運命に耐え抜いてきた精神の緊張が、淀殿にこうした病をもたらしたのである。

「早く修理を、治長を呼んで参れ」

秀頼は哀しみに目の前が暗くなるのを感じながら宮内卿に命じた。

こんな時に淀殿を介抱出来るのは、大野治長だけだった。

大坂城にも秋の到来を告げる涼やかな風が吹き始めた頃、片桐且元から駿府の様子を知らせる文が届いた。

秀頼は昼食《ちゅうじき》を中断して文に目を通したが、知らせは決して明るいものではなかった。

八月十三日に清韓和尚とともに京都を発《た》った且元は、十七日に鞠子《まりこ》の宿に着いたが、駿府に入ることは許されなかった。

その翌日京都所司代板倉勝重の子重昌《しげまさ》が、清韓の銘文についての五山長老たちの批判文を持参した。

報告を受けた家康は、清韓を本多正純の屋敷に呼び出し、天海僧正、金地院崇伝、林羅山《はやしらざん》に糺問《きゅうもん》させた。

清韓は国家安康の句に家康を呪詛《じゅそ》する意図はなく、家康の徳をたたえるために銘文の中に含めたのだと主張したが、弁明はいれられず蟄居《ちっきょ》を命じられた。

且元は十九日の夜半に駿府の宿舎に入り、翌朝本多正純、金地院崇伝から家康の意向を伝えられた。

家康は大仏殿の鐘銘や棟札《むなふだ》のことばかりか、大坂城に諸国の牢《ろう》人を集めていることにまで言及し、このままでは徳川家と豊臣家の行末が危ういことになりかねないので善処するように求めた。

且元は善処せよとはどういうことかとたずねたが、正純や崇伝はまず鐘銘をすり潰《つぶ》し、後のことはそちらで考えよと言うばかりである。

正純は江戸の将軍の意向も確かめねばならないと言っていたので、交渉は思いの外、長引くことになるかも知れない。

八月二十一日付の書状に、且元はそう記していた。

次から次へと新手の策謀をくり出してくる家康の執拗《しつよう》さに、秀頼の気持は重く沈んでいった。

「これは、お食事の最中でござったか」

速水甲斐守が襖《ふすま》を引き開けて平伏した。

「構わぬ。何用じゃ」

「おかつの行方が分り申した」

よほど急いで駆け付けたのか、老いた肩を上下させて息をついでいる。

「伏見の親戚《しんせき》の家に身を寄せておりました。やはり老犬斎どのを殺した者を見たそうでございます」

「何者の仕業じゃ」

「それが、他の者には申せぬ。秀頼さまに直《じか》に申し上げると頑《かたく》なに黙り込んでおりまするゆえ、いかがいたしたものかと」

「私が会う。連れて参れ」

おかつが見たのは、淀殿に近い者かも知れない。だから身の危険を感じて他の者には話せないのではないか。

そう考えていると、背筋にぞくりと寒気《さむけ》が走った。凶事を予感した時の癖である。

「待て、おかつとやらはどこにおる」

下がろうとする甲斐守を呼び止めてたずねた。

「城下の寺に待たせてありますが」

「警固の者は」

「五人でござる」

「私も行く。案内《あない》せよ」

秀頼は太平楽に乗り、数人の近臣を連れただけで生玉口大門を飛び出した。

甲斐守が老人とも思えぬ軽やかなたづなさばきで先導する。

久宝寺橋《きゅうほうじ》を抜けて安井道頓《やすいどうとん》に掘らせたばかりの道頓堀の近くまで行くと、前方の松林から黒い煙が上がっていた。

「先に行く。遅れを取るな」

強く鐙《あぶみ》を蹴《け》ると太平楽は一気に加速し、他の馬を引き離して松林に駆け込んだ。

大坂と堺を結ぶ浜の道ぞいに、一向《いっこう》宗の古びた寺が建っている。周囲に土塀をめぐらし、門を固く閉ざした寺の本堂から、黒煙がもうもうと噴き上がっていた。

「秀頼さま、なりませぬぞ」

門扉を開けようとしていると、速水甲斐守が馬から飛び下りてさえぎった。

「敵が中におるやも知れませぬ。ここは我らにお任せ下されｊ」

甲斐守が門の横のくぐり戸を蹴破って中に入り、閂《かんぬき》を抜いて扉を開けた。

七組の者五人が本堂のまわりに倒れ伏している。本堂の中は紅蓮《ぐれん》の炎に包まれ、軒下から時折炎の舌をさし出している。

「おかつは中か」

「不覚でござった。ここまで敵に尾《つ》けられていようとは」

甲斐守は炎の激しさに茫然《ぼうぜん》と立ち尽くすばかりである。

秀頼は三尺の藤四郎吉光を抜いて本堂に駆け上がると、入口の戸を一刀で両断した。

倒れた戸が風を起こし、炎と煙を吹き分けた。

堂の中に茜色《あかねいろ》の小袖《こそで》を着た女があお向けに倒れている。

秀頼は身を低くして中に飛び込み、おかつを外に運び出した。左の胸に深々と朱柄《あかえ》の矢が突き立っている。

「おかつ、しっかりしろ。おかつ」

両腕に抱いて呼びかけると、おかつはかすかに息をふき返した。

「秀頼さま……」

「敵は誰じゃ。誰に襲われた」

「覆面の者たちで……、どこの誰とも、わ、分りませぬ」

「老犬斎どのを襲った者は」

「お、大野、修理亮さまご家中の……」

おかつはその者の名を伝えようとあえいだが、虚空を見据えたまま息絶えた。


秀頼と争って以来、淀殿は浮かぬ日々を過ごしていた。

「ならば母上が身を引かれたらどうです」

と、むきつけに言われたことが心の臓に応《こた》えている。

それ以上に淀殿を打ちのめしたのは、秀頼の目付きだった。深く澄んだ瞳《ひとみ》の底に暗い哀しみの影がさし、時折蔑《さげす》むような哀れむような色あいを見せる。あの眼差《まなざ》しを思い出すたびに、淀殿は自分が一匹の醜悪な虫になったような気がした。

床の間の刀掛けには、藤四郎吉光の脇差しが納めてある。淀殿は胸衝《つ》く焦燥に駆られ、脇差しを取って舞い始めた。

「無慚《むざん》やな、忘れ形見の撫子《なでしこ》の、花やかなるべき身なれども、衰へ果つる墨染めの、袂《たもと》を見るこそあはれなれ」

面も装束もつけていないが、淀殿は敦盛になりきっていた。

半生を秀吉の側室になりきることに費やしてきた淀殿にとって、敦盛になることなど雑作もない。

これほど能に没頭するのも、役になりきっている時だけは現実の自分を忘れられるからだが、今日の淀殿は舞いながらもめまぐるしく考えを巡らしていた。

確かに自分が身を引いたなら、豊臣家はひとつにまとまるかも知れない。

だがそれでは、関白家に復する道は永久に閉ざされてしまうだろう。だから誰にどう言われようと、己れの手で表向きのことを仕切る他はない。

淀殿はそう決意していた。

秀吉が死んで以来十六年間、その決意ひとつで豊臣家を守り通してきたのだ。今さら改めよと言われても、とうてい聞き入れることは出来なかった。

「さても御身孝行の心深きゆゑ、賀茂の明神に歩みを運び、夢になりともわが父の、姿を見せて賜《た》び給へと……」

あるいは秀頼の言う通り、自分は昔の栄華を取り戻すために秀頼を天下人にしたいと願っているのかも知れない。

だがそれが何だというのだ。

断腸の思いを耐えて秀吉の側室になったのは、天下を我手に握るためである。秀頼を天下人に出来なければ、その決断が無残な失敗だったと認めるも同じことだ。

それだけは断じて出来なかった。

我手で選んだ役なら、何があろうと最後まで演じ抜くしかないのである。

そうした意識の流れが淀殿の表情を険しくくし、修羅場の舞いを凄《すご》みのあるものにしていく。激しく舞えば舞うほど、感情も白熱していった。

「言ふかと見れば不思議やな、言ふかと見れば不思議やな。黒雲俄《にわ》かに立ち来り、猛火を放し剣《つるぎ》を降らして、その数知らざる修羅の敵《かたき》、天地を響かし満ち満ちたり」

淀殿の脳裡《のうり》に小谷落城の日の光景がまざまざとよみがえった。

城の四方から昼となく夜となく撃ちかけられる鉄砲の音、数万の軍勢のどよめき、二の丸、三の丸から噴き上がる炎と煙、声もなく見つめ合う父と母、追い詰められて次々と自害していく家臣たち……。

淀殿は五歳だった。

まだ何も分らない幼な児《ご》だが、死の恐怖だけは鋭く感じていた。このまま死なねばならぬと思うと、体が竦《すく》んで動けなかった。

母に寄り添いじっと息を殺していると、突然銃声がやみ、あたりが不気味な静けさに包まれた。

父長政が織田信長の申し入れを受けてお市の方と淀殿らを城から落とすと決したために、一時的な停戦となったのである。

母は父の腕に取りすがり、共に死にたいと泣いた。

父は鬼の形相で母を突き放し、家臣らに連れて行けと命じた。

母は柱にすがり戸板にすがって、父の側を離れまいとした。

だが黒々とした甲冑《かっちゅう》に身を包んだ家臣たちが母の手を引き離し、本丸御門の外に待ち受ける信長の使者に引き渡した。

「物々し明け暮れに、慣れつる修羅の敵ぞかしと、太刀真向にさしかざし、ここやかしこに走り巡り」

舞い謡ううちに、淀殿はあの日の恐怖にとらわれていた。

体の芯《しん》が恐怖に凍え、頭の中は真っ白になっていく。耳の底で鉄砲のつるべ撃ちの音がする。地を揺るがす喚声が体を震わせる。煙が、炎が、袖を焼く近さまで迫ってくる……。

淀殿は絹を裂くような悲鳴を上げ、両手で耳をふさいでのけぞると、渦に巻き込まれた木の葉のようにくるくると回りながら気を失った。

「お袋さま、いかがなされましたか」

急を聞いた大野治長が、枕元に寄って声をかけた。

「おお、修理、修理」

淀殿は治長の膝《ひざ》に顔を埋《うず》めて泣き出した。

「わらわは一人じゃ。誰もこの苦しみを分ってはくれぬ」

「この修理亮が、生涯お仕えいたしまする。ご安心なされませ」

治長はなだめながら背中をなでさする。

その手の温《ぬく》もりを感じているうちに、淀殿の不安は少しずつ治まっていった。

駿府につかわしていた大蔵卿の局と正栄尼が戻ったのは、九月十七日の夕方だった。

淀殿は二人を化粧殿に呼び寄せて報告を聞いた。

「わたくしどもが駿府に着いたのは、八月二十九日のことでございました」

大蔵卿は旅装束のままである。六十歳をとうに過ぎているが、長旅の疲れなど少しも感じていないようだ。

「その日のうちに駿府城に招かれ、内府さまと対面いたしました」

「家康どのは何と申された」

「大仏殿の鐘銘や棟札《むなふだ》については、何ひとつお咎《とが》めはございませぬ。すこぶるご機嫌うるわしく、秀頼さまに対しては今後も粗略にはいたさぬと申されました」

「ならば、市正はあれを届けてはおらぬのじゃな」

はやる気持を押さえてたずねた。

片桐且元が徳川方の手先となって日記を盗み出し、例の秘密を家康に告げたのではないか。二度も卒倒するほど心を乱したのは、その不安が頭を離れなかったからである。

「その件につきましては、ご懸念には及びますまい。されど市正どのの申されることには、はなはだ不審の事がございました」

大蔵卿と且元は九月七日に本多正純、金地院崇伝と対面し、方広寺の大仏殿の鐘銘問題をすみやかに解決するよう求められた。

このままでは将軍秀忠と秀頼の仲が悪化することにもなりかねないので、各々大坂に帰って両家に隔りのないように取り計らうようにとの達しである。

この達しや家康のにこやかな対応を見る限り、鐘銘問題がこれ以上悪化することはない。そう判断した大蔵卿と正栄尼は、安堵《あんど》の胸をなで下ろして九月十二日に駿府を発《た》ったが、道中片桐且元は沈み込んだ難しい顔をしている。

これは家康と内々の取り引きでもあったのかと、十六日に近江《おうみ》の土山《つちやま》に着いた夜に旅籠《はたご》を訪ねて問い詰めると、且元がようやく重い口を開いた。

七日の対面の後に且元は本多正純に別室に呼ばれ、このままでは両家の間を円く治めるのは難しいので、秀頼が幕府に対して異心を抱いていないことを証明せよと申し渡されたというのである。

それなら起請文《きしょう》を出しましょうと且元が答えると、正純はそのようなことではなかなか事は済むまい、大御所さまはもっと実のあることをお望みのようだと言ったという。

「当家に何をせよというのじゃ」

淀殿はかっとなった。

家康のこうしたやり方には、これまで何度も煮え湯を飲まされてきたのである。

「それが内府さまには何のお好みもないので、そちらで分別するように申し渡されたそうでございます。この難題を切り抜けるには、秀頼さまかお袋さまに江戸にお下りいただくか、大坂城を出て他国へ移るしかあるまいと」

「市正がそう申したか」

「不審と申すは、そのことでございます」

「わらわが直《じか》に真意をたずねる。市正をこれへ呼べ」

「それがまだ戻ってはおられませぬ」

「何ゆえじゃ。土山までは同行していたのであろう」

「伏見まで一緒に参りましたが、大仏供養のことで板倉伊賀守《いがのかみ》どのに用があると申されて、都へ向かわれました」

「さもあろう。市正は駿府と通じて、当家に害をなそうと企てておるのじゃ」

そうでなければ秀頼や自分を人質に出そうとしたり、太閤相伝のこの城を明け渡そうと考えるはずがない。

淀殿は冷え切った頭で片桐且元のこれまでの言動のひとつひとつを思い浮かべた。

「気がかりは今ひとつございますが、お聞き届けいただけましょうか」

大蔵卿が丸く太った顔に取り入るような表情を浮かべた。

「申せ」

「近頃、秀頼さまは大野家の者を表御殿に呼び付け、織田老犬斎どのの謀殺に関わった者がいないかどうか問い質《ただ》しておられると伺いました。そのような疑いをかけられては、修理亮のご奉公にも差し障りがございますゆえ、お袋さまからおとりなしいただきとう存じます」

「明朝、一門衆と内方衆《うちかた》を集めて評定を開く。今夜のうちにそう触れよ」

淀殿はそう命じた。

かくなる上は且元が家康と通じていることを暴き出して、城から追放するほかはない。たとえ通じていなくとも、豊臣家に害をなす者を家老の職に留《とど》めておくわけにはいかなかった。


大坂城の天守閣の北側には山里曲輪があった。

秀吉は松を植えた一画に山里の庵《いおり》を模した風情豊かな茶室を造り、天正《てんしょう》十二（一五八四）年正月三日に千利休、津田宗及《つだそうきゅう》を茶頭として茶室開きを行った。

山里という名の由来は、利休が茶庭築造の理想を、

花をのみ待つらん人に山里の
　雪間の草の春を見せばや

という藤原家隆《ふじわらのいえたか》の歌に求めたためだと伝えられている。

かつては茶庭とされた松林の一画に、金銀の打金物で飾り立てられた朱塗りの神社があった。

昨年の二月二十七日に秀頼が社殿を造営し、京都東山の豊国神社から秀吉の御魂《みたま》を分霊して祭ったものである。

豊国神社の神官であった神竜院梵舜《しんりゅういんぼんしゅん》は、「御城鎮守豊国社の遷宮」が行われた日の様子について次のように記している。

〈二十七日、天晴、大坂豊国社遷宮、仮殿より本社まで間二十五間あり。両方布幕なり。左右に榊立て、筵道荒薦《むしろみちあらごも》の上に布を敷くなり。（中略）次に秀頼御参詣の由、予市正殿へ申入れ、則ち御参詣なり〉（『梵舜日記《にっき》』）

御城鎮守とあるように、遷宮は秀吉の霊に大坂城の守り神となってもらうために行ったものだ。

大蔵卿の局が駿府から戻った翌朝、秀頼は豊国神社に籠《こも》って一心に祈っていた。

昨夜淀殿から片桐且元の三ヵ条の方策について聞かされ、対応を協議するので評定に出るように求められたが、秀頼は太閤殿下の月の命日なので参籠《さんろう》すると言って断わった。

且元から直に報告を聞かないうちに評定に出ては、淀殿の言いなりにされるおそれがあったからである。

(父上、私はこの先どうすればいいのですか)

秀頼は豊国大明神が祭られた神棚に向かって心の内で語りかけた。

昨夜は且元が示したという三つの方策について考え抜き、明け方まで眠ることができなかった。

確かにこの窮地を切り抜けるには、人質か国替えに応じるしかないかもしれない。だが、それでは豊臣家がこれまで守り通してきた徳川家の主家としての立場を自ら否定するも同じなのだ。

しかも、悩みはそればかりではなかった。

老犬斎を襲ったのが大野治長の家臣だと知って以来、淀殿に対する疑いは打ち消しようがないほど大きくなっていた。

(父上、私はあなたの子ではないのですか。母上の不義密通によって、この世に生を享《う》けたのでしょうか)

そう考えるだけで、秀頼は己れの五体が汚辱にまみれているような気がした。

天下に君臨した秀吉の姿を、秀頼ははっきりと覚えている。秀吉はよく秀頼を膝《ひざ》に抱き、諸大名との謁見に応じていたからだ。

それを今になって不義の子であり、実の父は大野治長だと知らされるくらいなら、生まれ落ちた瞬間にくびり殺されていた方が良かった。そうすれば、母の醜さも佞臣《ねいしん》どものへつらいも見ずに済んだではないか。

秀頼は胸を叩《たた》いてそう叫びたかった。

（お拾さまよ。案ずることはにゃあで）

どこからかそんな声が聞こえた。

機嫌がいい時、秀吉は秀頼をお拾さまと呼び、生まれ在所の尾張《おわり》言葉を用いたものだ。

（父上、父上なのですね）

秀頼はそう呼びかけたが、なつかしい声は二度と聞こえなかった。

表に出ると茶室の側の藤棚の下に、宗夢がたたずんでいた。ぼろぼろの僧衣の袖《そで》をだらりと垂らし、呆《ほう》けたように棚を見上げている。

「ご老人、どうなされましたか」

秀頼は歩み寄った。

「城の行末を見ておる」

「ここからですか」

「そうじゃ。ここに立ってみるがよい」

長身の秀頼は、藤棚に髷《まげ》が当たらぬように用心しながら宗夢の横に立った。

藤づるのからんだ棚の向こうに、城の天守閣がそびえていた。

山里曲輪と天守閣のある本丸とは、およそ十四間半（約二十六メートル）の高低差があり、野面積みの石垣がそびえている。

高さ二十二間ばかりの五層の天守閣がその上に建っているのだから、反り返って見上げなければ天守の屋根が見えないほどだ。

屋根は青瓦《がわら》でふき、壁は黒漆喰《しっくい》、戸板も黒漆塗りである。

その地味な色あいと、軒瓦や千鳥破風の軒板にほどこされた金箔《きんぱく》とが鮮やかな対照をなしていた。黒を基調としているだけに、天守の高欄の上下に金泥で描かれた一対の仙鶴《せんかく》と虎も浮き立って見える。

だが築城からすでに三十年がたち、金箔や黒漆の色もくすんでいるので、秀吉の頃の華やかさは失われている。藤棚をすかしてみると、天守閣に藤づるがからみ、まるで廃墟《はいきょ》のように見えた。

「これが当家の行末でございますか」

「この城の行末じゃ。いかに贅《ぜい》を尽くし威容を誇ろうとも、時がたてば人の作ったものは崩れ去る。安土《あづち》城や伏見城がよい例ではないか」

「では、崩れぬものは何でしょうか。人は何に拠《よ》って生きるべきなのでしょうか」

「人に拠るべきじゃ。人は生まれ、育ち、子孫を残して死ぬ。そうした繰り返しがある限り、決して崩れ去ることはない」

「しかし、私には人ほど不確かなものはないように思えます」

「何ゆえじゃ」

「人は人を憎み、人を殺します。盗みや掠奪《りゃくだつ》を働き、不義をなします。生身の人ほど、醜くひ弱なものはありますまい」

「その通りじゃ。それゆえ人には喜怒哀楽というものがある。歓《よろこ》びに我を忘れ、哀しみに地を叩いて哭《な》く」

「それで良いのでございますか」

「良い」

宗夢は何の迷いもなく言い切った。

「しかし……、たとえば、夫ある妻が不義を働き、不義の子に家を継がせるために邪魔者を殺す。それでも良いのでございますか」

「良いのじゃ」

「それでは人の道とは何なのですか。老人は先日、父は無道の人、朝鮮は有道の国と申された。鼻塚を作った父は、悪逆愚昧《ぐまい》の男だと申された。しかし、何もかも良いのだとすれば、何をもって有道無道と申されるのですか」

秀頼は次第に腹が立ってきた。

「道はこの世の方便じゃ。この世をよりよく生きるために、人は道というものをこしらえた。だが秀頼どのが今問うているのは、この世のことではあるまい。魂のことであろう」

「…………」

「人の魂というものは無限じゃ。現世来世を越えた無限の深みと広がりを持っておる。それゆえ何もかもが許されておる」

宗夢は庭を横切って茶室に歩み寄ると、僧衣の前をはだけて軒柱に放尿を始めた。

「ご老人、何をなされるのです」

秀頼はあわてて制止しようとした。

千利休が作り、太閤秀吉が諸大名をもてなした茶室に小便をかけるとは言語道断の振舞いだった。

「それそれ、それが囚《とら》われの心というものじゃ。この庵《いおり》をたいそうな茶室と見ずに、田舎のあばら家と見てみなされ。あるいは城そのものを昔の野山と見てみなされ。拙僧の小便はちと酒臭いが、草木には恵みの肥《こやし》となるはずじゃ。囚われの心を捨てた時、魂は無限の広がりを持つ。秀吉、家康何するものぞ」

宗夢は歯の抜け落ちた洞穴のような口を開けて笑いながら、心地良さそうに長々と放尿をつづけた。

その日の夕方、片桐且元が忍びで表御殿の御座の間を訪ねて来た。

駿府での心労のせいか形良く整った瓜実顔《うりざねがお》は骨と皮ばかりにやつれ、目だけが異様に大きく見えた。

「城中に不穏の動きがある旨、聞き及びましたので、かような姿にてご無礼をいたします」

黒小袖に黒袴《ばかま》という城門警備の者と同じ姿をしている。且元は本丸の城門の警備を取り仕切っているので、淀殿派の者たちに気付かれないように城内に入るのはた易《やす》いことだった。

「昨夜大蔵卿と正栄尼がもどり、市正の存念と申して三ヵ条の方策を母上に言上した。母上はさっそく今朝から一門衆と内方衆《うちかたしゅう》を集めて評定を開かれた」

評定では三策のいずれも受け入れぬこと、且元を幕府への内通者として処罰することが話し合われたという。

且元が言った不穏の動きとはそのことである。

「駿府からの道中、お二方は内府さまのご内意はいかがであったかと、再三お訊《たず》ねになりました。帰城してから申し上げるとお断わりしたのですが、近江の土山にてそれがしの宿に参られ、このままでは使者としての面目も立たぬことゆえ、何としてでも内府さまのご内意を教えて下されと申された。それゆえ、三ヵ条の方策の他に両家の和を図る道はあるまいと申し上げたのでござる」

それが淀殿に伝わり、こうした事態を招くかも知れないことは且元も予想していた。だがいずれ決断を迫らなければならないことなら、家康の本心を伝え、大蔵卿の局らに淀殿を説得してもらったほうがいい。そう考えて現状の困難を打ち明けたという。

「大蔵卿らは家康公は上機嫌で対面され、鐘銘や棟札《むなふだ》についてのお咎《とが》めもなかったと申しておるそうだが」

「お二方には仏の顔、それがしには鬼の顔を見せて、当家を分断する策でございましょう」

九月七日に本多正純と金地院崇伝は、且元と大蔵卿の局に徳川家と豊臣家の融和を図る策を講じよと命じたが、その後且元だけを別室に呼んで秀頼が幕府に対して異心を抱いていない証拠を示せと迫ったのである。

「その折、本多上野介《こうずけのすけ》どのは、先に当家から前田家に送った書状と、寺社領にひそむ関ケ原牢人《ろう》にあてた大野修理の書状を、謀叛《むほん》の証拠として示されたのでござる」

「あの件については、不問に付されたと聞いたが」

「内府さまはそのように甘いお方ではござらぬ。江戸の秀忠公に二通の書状を示して、豊臣家討伐の承諾を取り付けるよう、本多上野介どのに命じておられたのでござる」

家康がこれまで密書のことを表沙汰《おもてざた》にしなかったのは、豊臣家を追い詰める機会をうかがっていたからばかりではない。豊臣家との融和を図ろうとする徳川秀忠に、決戦の決断を迫る切り札とするためだった。

鐘銘問題で世情騒然としている時に、謀叛の証拠を突き付けられては、いかに秀忠やお江与の方が千姫の身を案じているとはいえ、豊臣家の取り潰《つぶ》しに異をとなえることは出来ない。

鐘銘問題の審議のさ中の八月三十日に、本多正純が江戸に向かったのは、将軍秀忠に密書を示して豊臣家との手切れを認めさせるためだった。

「もはや江戸は大坂の身方にはならぬ。幕府の意に従わぬ限り、生き延びる道はあるまい。本多上野介どのはそう申されました」

「義母上《ははうえ》が気を付けよと申されたのは、このことだったのだな」

お江与は本多父子と崇伝が何やら策謀をめぐらしているので用心するようにと知らせてくれた。だがここまで周到なものだったとは、秀頼にも且元にも読み切れなかったのである。

「江戸の義父上《ちちうえ》も、さぞや無念であろう」

秀忠がこの策謀を快く思っているはずがない。

だが右腕と恃《たの》んでいた大久保忠隣が、謀叛の濡《ぬ》れ衣《ぎぬ》を着せられて今年の一月に改易されたために、家康や本多父子の言いなりになる他はなかったのである。

「事ここに至っては、当家も他の大名と同様に江戸に人質を送るか、命じられるままの国替えに応じる他に、内府さまの意にかなう道はございますまい」

「三策のいずれも拒めば、戦になるか」

「それこそ駿府の思う壺《つぼ》でございます。当家は幕府の基礎固めの生贄《いけにえ》として、無残に亡《ほろ》ぼされることとなりましょう」

「この城も野山と化すか」

秀頼は宗夢との問答を思い出してそうつぶやいた。

「屍《しかばね》の山と化しまする」

且元は賤《しず》ケ岳《たけ》七本槍《やり》の一人に数えられた剛の者だけに、幕府と戦ったならどうなるかをはっきりと見通している。

「三策のうちのどれを取るか、そちの存念を聞かせてくれ」

「お袋さまを、江戸に出すのが上策だと存じまする」

秀吉でさえ生母の大政所《おおまんどころ》を家康に人質に出したことがある。

江戸にはお江与の方もいるだけに、淀殿を人質に出してもそれほど案ずることはなかった。

「それに当家も一つにまとまりましょう。畏《おそ》れながら一石二鳥の策かと存じまする」

「いや、それはなるまい」

淀殿が人質に出ることを承知するはずがない。それくらいならこの城を枕に討死するとわめき出すに決っていた。

「私は国替えがよいと思う」

「それでは当家の力は半減いたしましょう。たとえ今は頭《こうべ》を垂れたとしても、この城にさえ拠《よ》っておればかならず形勢を挽回《ばんかい》できる日が参りますゆえ」

「この城も関白家の威光も、すべて父上が残されたものだ。それらをすべて捨てて、私は自分の力で豊臣家を立て直したいのだ」

昨夜から考え抜いて決めたことだ。

この城から離れることに迷いや不安もあったが、ひと思いに口にしてみると、涼やかな風が胸を吹き抜けていくのを感じた。

囚われの心を捨てれば、魂は無限の広がりを持つ。宗夢が言ったのは、あるいはこうした心境なのかも知れなかった。

第四章　且元退去

化粧殿の中庭には住吉の浜から取った白砂が敷き詰めてあった。粒が大きくざくざくと踏み応《ごた》えのある石英質の砂である。

晩秋の陽をあびてにぶく光る砂の上で、淀殿は薙刀《なぎなた》をふるっていた。袖《そで》をたすきで止め、磨き上げた愛用の得物に素振りをくれている。物心ついた頃から鍛え抜いた技だけに、手並みもなかなかのものだ。

不思議なことだが大蔵卿の局から駿府での報告を受け、片桐且元の三ヵ条の方策を聞かされて以来、淀殿はかえって元気になっていた。

この数ヵ月、いや、関ケ原の合戦に大坂方が敗れてから十四年の間、淀殿を苛立《いらだ》たせていたのは、このままではいつか豊臣家は徳川家に亡ぼされるという危機感だった。

だが家康はこれまで一度も露骨に敵意を見せたことはない。表面では主家を立てる風を装いながら、裏では巧妙に豊臣家の力を削《そ》いでいった。

まるで真綿で首をしめるようなやり方だが、家康があまりに周到で隙のない手を打つために、淀殿としては窮地に追い込まれているという自覚はあっても、正面きって異を唱えることは出来なかった。

だからこそ不安にもなり、苛立ちもつのっていたのだが、今度ばかりは家康も好々爺《こうこうや》の面をかなぐり捨て、豊臣家に対する敵意をむき出しにしてきた。

ならばこちらも戦うだけだと胆《きも》を据えてみると、これまで溜《たま》っていた胸のもやもやが一気に解消したのだった。

淀殿は浅井長政の娘であり、織田信長の姪《めい》である。肥り肉《じし》の体には戦国武将の熱い血が流れている。

戦の悲惨は二度の落城を経験して骨身にしみているはずなのに、家康が正面きって敵として現われると、血が騒いでじっとしていられなかった。

「お袋さま、ほどほどになさらぬとお体にさわりまするぞ」

大蔵卿の局が縁側に茶を運んできた。

「久々によい汗をかいた。やはり得具足を持つと気が引き締まるものじゃ」

淀殿は袖を止めたたすきをはずし、ためらいもなく双肌《もろはだ》脱ぎになった。

白くなめらかな肌に玉の汗が浮き、持ちあまりのしそうな豊かな乳房の間を流れ落ちていく。

二人の侍女が左右から冷たく絞った手ぬぐいを当てた。

戦国の女たちは、上半身を人目にさらすことにあまり羞恥《しゅうち》を覚えない。まして男子禁制の奥御殿だけに、夏の夜の風呂《ふろ》上がりなどには侍女たちも腰の物ひとつで平然と涼むのである。

「どうじゃ。わらわもいまだになかなかのものであろう」

淀殿が大蔵卿の前で肩肘《ひじ》を張った。

乳房の形ではない。肩口から腕にかけての筋肉の張り具合を誇示している。

「早くお召し替えをなさらぬと、風邪をひきまする」

「構わぬ。評定は未《ひつじ》の刻《こく》(午後二時)からであったな」

「左様でございます」

「表御殿や西の丸から、何か知らせはないか」

「ございませぬ」

「秀頼さまがどうなさるおつもりか、評定までに分ると良いが」

淀殿はぬる目の茶をひと息に飲んだ。渇いた喉《のど》を抹茶のほろ苦さが心地良くうるおしていく。

「評定には、わたくしも参るのでございましょうか」

「無論じゃ。市正の言葉が偽りかどうかは、そなたと正栄尼にしか分らぬ」

未の刻に片桐且元が登城し、駿府での一件を秀頼と淀殿に報告する。その場ですぐに評定を開き、幕府への対応を決めることにしていた。

出席するのは一門衆、内方衆《うちかた》、片桐且元、貞隆《さだたか》兄弟、速水甲斐守ら七組の頭たちである。このうち一門衆と内方衆が淀殿の身方だった。

おそらく且元は自分を江戸に人質に送るべきだと主張し、秀頼や七組の頭がこれに同調するだろう。

淀殿はそう予測している。大蔵卿が帰った日から、表御殿や西の丸に配した者たちに秀頼の動きを細大もらさず知らせるように下知しているのは、先手を打ってこの策を潰《つぶ》すためだった。

「鐘銘や棟札《むなふだ》に関して、豊臣家には何の落度もない。それを弁じもせずにひたすら恭順の策を持ち出すのは、且元が家康に内通して己が手柄としようとしておるからじゃ。且元は蟄居《ちっきょ》させ、今後、駿府との交渉はそなたと正栄尼に任せることにする」

汗が引くのを待って着物を着替えていると、大蔵卿の局が表御殿からの知らせを伝えた。

「昨日秀頼さまは、桜の馬場にて渡辺内蔵助と馬上槍の稽古《けいこ》をなされたそうでございます」

「いつもながらご精が出ることじゃ」

「その後織田常真さまの館に招かれ、盃事《さかずきごと》があったと申しまする」

たそうな」

「左様でございます。常真さまの家臣も加わり、たいそう賑《にぎ》やかな酒盛りでありまし

「内蔵助も一緒か」

「子細を知りたい。宮内卿と内蔵助を呼べ」

秀頼は一門衆と内方衆の切り崩しに出たのではないか。焦《きな》臭い予感が、淀殿の鼻腔《びこう》の奥でふくれ上がった。

評定が始まるのを、豊臣秀頼は御料理《おりょうり》の間で待っていた。

千畳敷御殿と黒書院との間にある広々とした部屋で、中央に長囲炉裏が切ってある。戦国大名は家臣と寝食を共にしてきた者が多いだけに、秀吉のように天下の覇者となってからも、家臣たちと囲炉裏を囲んで鍋《なべ》などをつついたりすることが多かった。御料理の間はそのために設けられたものである。

秀頼は赤々と燃える炭をじっと見ていた。寒いわけでも、酒食をあつらえるためでもない。刻々と色を変えながら燃える炭を見ていると、気持が不思議と鎮まるのである。

太古、人は火によって飢えと寒さをしのぐ術《すべ》を手に入れた。その記憶が体の奥深いところにしみついているのか、火の側にいるだけで不思議な安らぎを覚えた。

そうした力に頼らずにはいられないほど、秀頼は緊張していた。

淀殿や一門衆、内方衆の反対を押し切って国替えを認めさせることは容易ではない。だがこの策を通すことが出来なければ、幕府の大軍を引き受けての戦に突入することは目に見えている。片桐且元も立場を失い、命さえ危うくなるだろう。

それだけに秀頼は、且元と評定をどう運ぶかについて綿密な打ち合わせをし、織田常真の協力も取りつけていたが、公式の場で淀殿と対決するのは初めてだけに言葉には尽くし難い重圧を感じていた。

秀頼にとって淀殿は単なる母親ではない。摂河泉六十五万石を支配する女帝であり、太閤秀吉の威光を一身に背負った現人神《あらひとがみ》なのである。

しかも淀殿は事あるごとに太閤秀吉の威光を持ち出し、秀頼に徹底して服従を強いた。

「そんなことでは殿下の御名《みな》を汚《けが》すぞえ。それでは殿下の御名を辱《はずかし》めるぞえ」

秀頼が不手際を仕出かすたびにそう叱ったものだ。

これが巧妙なすり替えだとは、今の秀頼には分っている。

淀殿は己れを権威づけるために秀吉の名を持ち出したばかりで、泣く子を黙らせるために「人さらいが来るぞ」と脅し付ける親と同じなのだ。

そんなことは百も承知していながら、幼い頃に植え付けられた淀殿に対する畏怖《いふ》はぬぐいようがない。火に対する太古の記憶が人を囲炉裏の側に呼び寄せるように、淀殿への畏怖が評定を前にして秀頼をすくませていた。

「秀頼さま、皆様がおそろいでござる」

速水甲斐守がそう告げた。

「母上もお出ましか」

「大蔵卿どのと正栄尼どのを引き連れて、早々と着座なされております」

「爺《じい》」

秀頼は我知らず幼い頃の呼び方をした。

「手はずに落度はあるまいな」

「ご安心下され」

「何やら背筋が寒うてならぬ。腹から力が失《う》せたようじゃ」

「初陣の時には誰もがそうでござる。太閤殿下でさえ、戦場から引き上げてみて初めて糞《くそ》小便を垂れ流していたことに気付いたと申しておられましたぞ」

「そうか。父上でさえそうであったか」

秀頼は少し体の強張《こわば》りがとけるのを感じながら、評定が行われる千畳敷御殿に入った。

秀吉が富と力を見せつけるために金にいとめをつけずに作らせたものだけに、柱や天井、長押《なげし》にまで金箔《きんぱく》や黒漆が用いられ、花鳥風月が描かれている。

ふすまや壁には、狩野派の筆になる極彩色の老松や梅、虎や獅子《しし》が、鮮やかな金の地に描かれていた。

中でも圧巻は床の間の壁に描かれた幅四間、高さ一間半の柳橋図である。

中央に総金箔の巨大な橋がかかり、橋のたもとには柳の古木が漆黒の幹を伸ばしている。色鮮やかな緑の柳が枝を垂れ、橋の下には群青の川が悠然と流れている。川のほとりには水車小屋があり、黄金の水車が群青の水に押されて静かに回っていた。

長谷川等伯《とうはく》の傑作と名高い柳橋水車図を背にして、淀殿は上段の間に座っていた。

二間ほど下がった所に重臣たちが二列に分れて居流れ、中央に片桐且元と大蔵卿の局、正栄尼が控えている。

「遅くなりました」

秀頼は一礼して席についたが、淀殿は厳しい一瞥《いちべつ》をくれただけだった。

「それでは市正どの」

進行役の甲斐守がうながした。

且元は秀頼と淀殿に深々と頭を下げてから、本多正純や金地院崇伝との交渉の経過と、和解策を示すように迫られたいきさつを語った。

「拙者の一存では計らいようもなきことゆえ、秀頼さまお袋さまのご意向を伺ってから返答すると約し、こうして戻って参った次第でございます」

「市正どのは、秀頼さまかお袋さまを江戸に人質に出すか、この城を捨てて他国におもむく他に策はあるまいと申されたそうでござるな」

大野治長が大蔵卿に目をやってからたずねた。

大蔵卿が軽くうなずき、淀殿に目配せをした。

「さよう」

「それは家康公の内意でござろうか」

「さにあらず。土山の宿にてお二方が存念を聞かせよと申されるゆえ、拙者一人の考えを申し上げたばかりでござる」

且元は背筋を真っ直ぐに伸ばし微動だにしない。覚悟の定まった悠揚たる態度だった。

「大仏殿の鐘銘や棟札については、当家には何ら落度はござらぬ。それは造営奉行を務められた市正どのが一番良くご存知のはずじゃ。そうではありませぬか」

「おおせの通りでござる」

「ならば何ゆえ人質だの国替えだのと、まるで罪を犯した者のごとく首を差し伸べねばならぬのでござろうか」

「その通りじゃ。お袋さまのご使者の申されるところでは、内府さまはすこぶるご機嫌うるわしく、鐘銘のことなど一言も口にされなかったそうではないか」

織田有楽斎が口を添えた。

左には嫡男長頼《ながより》、右には織田常真が並んでいる。

「拙者は内府さまの御意を得られず、本多上野介どのと崇伝どのからご内意をうかがったばかりでござります。その儀については何とも申し上げかねます」

「ならば家康公は、その方より大蔵卿と正栄尼を重く見られたということであろう」

口をはさむ機会を今や遅しと待ちかねていた淀殿が、わずかに身を乗り出し、舌鋒《ぜっぽう》鋭く決めつけた。

「その二人が家康公に隔意はないと申すに、何ゆえその方が三ヵ条の方策などと僭越《せんえつ》の計らいをいたす。駿府に内通し、己《おの》が手柄とするために相違あるまい」

「内府さまが何ゆえお二方にそのような態度を示されたのか、それがしなどにうかがい知ることは出来ませぬ」

且元は依然として落ち着き払っている。肚《はら》の据った武士の見事さを目のあたりにして、秀頼は大いに意を強くした。

「されど、秀頼さまの使者として政《まつりごと》の談判に当たったのは拙者でござる。それゆえお二方がご存知なき事も、拙者には申し伝えられたのでござる」

「二人が知らぬこととは何じゃ」

「当家から前田家に宛てた書状と、数名の関ヶ原牢《ろう》人に宛てた大野修理どのの書状でござる」

且元は九月七日の対面の後に本多正純に別室に呼ばれ、それらの書状を突き付けられたいきさつを語った。

「先般の評定で修理どのと有楽斎どのは、あの書状は挙兵を呼びかけたものではないと申された」

且元は治長から有楽斎に視線を移した。

「もし挙兵の呼びかけなら内府さまから何らかの譴責《けんせき》があるはずだと申されたが、内府さまがこれまで表沙汰《おもてざた》になされなかったのは、駆け引きの潮時を待っておられたからでござる。もはや鐘銘や棟札《むなふだ》など問題ではない。内府さまは謀叛《むほん》の証拠を突き付け、どう責任を取るかと迫っておられるのでござる。三ヵ条の方策を取るか、幕府を相手に乾坤一擲《けんこんいってき》の戦を挑むか、残された道は他にはござらん」

「市正、そちはわらわに江戸へ行けと申すか」

淀殿が切り付けるような声を上げた。

「畏《おそ》れ多いことではございますが、それが当家安泰の道と存じまする」

「今さら人質になるほどなら、この城で自害した方がましじゃ」

「自害なされるお覚悟なら、人質になられませ」

「市正どの、お言葉が過ぎましょうぞ」

治長が鋭くたしなめた。

「あえて申し上げまする。この城で死ぬは犬死、人質となるは当家の救いでござる。かつては大政所さまも人質として徳川家におもむかれ、太閤殿下と内府さまの和解を成し遂げられました。お袋さまに同じことが出来ぬはずはございますまい」

「ここな、無礼者が……」

淀殿は逆上して立ち上がった。

秀吉の側室となって以来、このような物言いをされたことは一度もない。怒りのあまり声も出ないほどだった。

「無礼は承知の上でござる。お袋さまの身とこの豊臣家と、どちらが大事かよくよくご思案いただきたい」

「市正、控えよ」

秀頼が厳しく制した。

「関ケ原の役の以後、当家を守り抜いて来られたのは母上じゃ。たとえ天地が裂けようとも、母上を人質に出すことなど出来ぬ」

「秀頼さま、よくぞ……」

淀殿は秀頼の思いがけない援護に、安堵《あんど》の息をついて座り込んだ。あまりの嬉《うれ》しさに腰の力が抜けたのである。

「されど証拠の密書を握られている以上、このままでは事は済むまい。江戸には私が行く。当家のことは母上にお任せすればよい」

「それはなりませぬぞ」

織田常真が異を唱えた。

信長の次男で一時は次の天下人と目されたこともあったが、今は豊臣家の相伴衆として捨て扶持《ぶち》を与えられているばかりである。

だが信長の子だけに、一門衆の中では最も発言力があった。

「敗軍の将ならいざ知らず、一国の主《あるじ》が人質となった例はござらぬ。関白家としてのご威光にも傷がつきましょう」

「ならば国替えに応じよと申すか」

「人質に応じられぬとなれば、他に策はござるまい。徳川どのも墳墓の地から関八州《かんはっしゅう》へ移って今日の権勢を築かれたのでござる。たとえこの城を捨てたとしても、秀頼さまにお力があれば家勢を盛り返す日も参りましょう。要はその覚悟がお有りになるかどうかでござる」

「私は太閤殿下の子じゃ。それくらいのことが出来ぬはずがあるまい」

「よくぞ申された。そのお覚悟さえあれば、どの地にいようと案ずることはござらぬ。

国替えに応じられよ」

一門衆筆頭で五十七歳になる常真の言葉に、誰も反対する者はなかった。

秀頼と且元が常真を取り込んで立てた作戦が、見事に効を奏したのだった。

評定から一夜明けた九月二十一日、淀殿は喜びと後悔の入り交った複雑な思いで目を覚ました。

敵対しているとばかり思っていた秀頼が、天地が裂けようとも母上を人質に出すことは出来ぬと言ってくれたことは涙が出るほど嬉しかった。

だからこそ国替えの決定にも口をさしはさまなかったのである。

だが冷静になって考えてみれば、大坂城を開け渡して他国へ移るなど出来ることではなかった。

豊臣家が関ヶ原の役の後にも存続し得たのは、難攻不落のこの城と、城内に蓄えられた莫大《ばくだい》な金銀財宝、それに西国交通の中心に位置し都にも近いという地の利があったからである。

それを他の大名並みに幕府の意のままに国替えを認めたなら、辺境の貧しい国に追いやられ、刃向かう力を奪われた上で取り潰《つぶ》されるのは目に見えていた。

（そのような扱いを受けるくらいなら、力のあるうちに幕府に戦を挑んだほうがよい）

淀殿にはそう思えるのだ。

それに評定の決め方も釈然としなかった。且元らの策にまんまと乗せられたような気がする。

二十一日はそんな煩悶《はんもん》のうちに過ぎたが、翌日になって織田有楽斎から聞き捨てならない知らせがもたらされた。

秀頼は評定の前日に織田常真を身方に取り込み、国替えの発案をするように根回しをしていたというのである。

「すべて市正の差し金であろう」

淀殿はうつぶせになって侍女に足腰をもませていた。急に薙刀《なぎなた》などをふり回したために、二日たっても筋肉の痛みが消えなかった。

「秀頼さまを国替えに応じさせたとなれば、市正は駿府から思いのままに恩賞をせしめることが出来ましょう」

大蔵卿が冷ややかに相槌《あいづち》を打った。

「そうは申しても、すでに評定で決ったことじゃ。今さらくつがえすことは出来ぬ」

侍女の指が痛い筋に深々とくい込み、淀殿は顔をしかめて歯をくいしばった。

「無論くつがえすことなど出来ますまいが、市正が駿府に内通しているとなると、手の打ち様もあるのではございませぬか」

「討ち果たすことも出来ようが、それでは駿府との手切れとなる。二月とたたぬうちに幕府の大軍が攻め寄せて来よう」

「大軍とはいかばかりでございましょうか？」

「殿下の小田原征伐が二十万じゃ。その数より少ないことはあるまい」

淀殿はふと小田原城攻めの布陣を思い出し、この城にそれだけの大軍を引き付けて戦う自分の姿を思い浮かべた。

恐怖と、得も言われぬ陶酔があった。

「このまま手足をもがれるようにして亡《ほろ》ぼされるのなら、一か八か戦ってみた方が良いのかも知れぬ」

「いくらかなりと、勝ち目はありましょうか」

「籠城《ろうじょう》と決して城に集まるように触れを出したなら、三、四万の牢《ろう》人は即座に集まるであろう。福島、加藤、前田、毛利、島津《しまづ》……。豊臣家に心を寄せる大名の中には、徳川を倒して天下を狙おうとする者がいるやも知れぬ」

「負ければ三度目の落城となりましょうぞ」

「三度目の正直ということもある。たとえ亡びようと、お江与の子が将軍となるのなら浅井家の天下に変わりはあるまい」

大蔵卿と話しているうちに、淀殿の決心は次第に定まってきた。

その頃、秀頼は西の丸の千姫の屋敷にいた。

いつものように千姫を膝《ひざ》に乗せ、二人だけで酒を飲んでいる。

だが今日の秀頼には、いつものようなおおらかさがなかった。ギヤマンの盃《さかずき》を手にしながら、つい自分だけの考えにふけってしまう。

「わたくしに何かお話があるのではないですか」

千姫が体を前に傾けて秀頼の顔をのぞき込んだ。

「うむ」

国替えのことをどう切り出そうかと、さっきから迷っている。

「いい天気だこと」

千姫がすっと立って縁側に出た。

晩秋のぬけるような青空が広がっている。色づきかけた楓《かえで》や柿の葉が、涼やかな風に揺れていた。

「幕府とのことは、千の耳にも入っているだろう」

秀頼は千姫の背中に語りかけた。か細く小さな、限りなく愛《いと》おしい背中である。

「ええ」

「今のままでは戦になる。それを避けるには、この城を去って幕府に刃向かうつもりがないことを示すほかはないいんだ」

「それで、いいんですか」

千姫がふり返った。下ぶくれの丸い顔が、軒から差し込む夕陽に照らされて翳《かげ》りをおびている。

「考え抜いた末に決めたことだ。千にはこの先苦労をかけるかも知れないが」

「わたくしのことなど、お構い下さいますな。おじいさまが秀頼さまを苦しめておられると聞くたびに、胸のつぶれる思いをしているのですから」

「この城を捨てることに未練はある。母上に済まないとも思う。しかし、他に道はないのだよ。この城を出て、自分の力を試してみたいと思っている」

秀頼はひとつ息をつき、盃の酒を一気に干した。

「父上は体ひとつから身を起こして天下人になられた。私がまことに父上の子なら、その半分くらいのことはやり遂げられそうなものではないか。それが出来ないのなら、この城にいても所詮《しょせん》同じことだ」

一人の武将、大名として試練をくぐり抜けてみたい。秀頼は渇きに苦しむ者が水を求めるように切実にそう思っていた。

「あるいは無残に失敗するかも知れない。所領も家臣も失って、身ひとつで路頭に迷うことになるかもしれない。だから、千には済まないと思う」

「秀頼さま、わたくしの望みは何だと思いますか」

千姫が晴れやかな笑顔になって、ちょこんと秀頼の膝に座った。

「さあ、何だろうかね」

「秀頼さまと二人で山奥に引きこもり、田畑を耕やして暮らすことです」

「千が百姓になるか」

「ええ、いけませんか」

「鎌を持ったこともないこんな華奢《きゃしゃ》な手で、そんなことが出来ようかね」

秀頼は千姫の手をさすった。小さな柔らかい手である。

「外のお仕事は秀頼さまにやっていただきます。わたくしは炊事をしたり縫い物をして、お帰りを待っております」

「ならば私は山鳥を射たり、川魚をすくって持ち帰ろう」

「少しはお金も必要でしょうから、その時にはわたくしが薬草を摘んで薬をこしらえます。でも山に蛇や蜂がいたら怖いから、その時には付いて来て下さいね」

「千……」

秀頼は胸を衝《つ》かれた。

そうした夢を、千姫が本気で抱いていることに気付いたのだった。

「夜には、秀頼さまの胸に抱かれて眠りとうございます。秀頼さまに似た大きなお子をたくさん生んで、野山を駆け回らせとうございます」

「ありがとう、千」

千姫をやわらかく抱き寄せながら、秀頼は親の悪行が子に報うなどということはないのだと思った。

すべては自分で選び取り、切り開いてゆくのだ。そう信じない限り、人は一歩も進めないのである。

本丸の表御殿に戻ると、速水甲斐守が血相を変えて迎えた。

「ただ今、常真どのより使者が参りました。お袋さまは大野修理、木村長門ら内方衆《うちかた》に、明日の市正どのの登城を待って討ち果たすよう命じられた由にございます」

「母上は……、何を血迷っておられるのじゃ」

千姫との語らいでほぐれた心が一瞬に凍り付き、寒々とした風が胸を吹き抜けていく。秀頼は膝から力が抜けそうになるのを感じながら、茫然《ぼうぜん》と立ち尽くした。

慶長十九（一六一四）年九月二十三日、淀殿は千畳敷御殿の中段の間で片桐且元の登城を待ち受けていた。

国替えについて相談があるので登城するように命じてある。且元が来たなら有無を言わさず上意討ちにするつもりだった。

淀殿の左側には大蔵卿の局と正栄尼が、右側には秀頼が着座している。

御殿北側の時計の間には、内方衆の渡辺内蔵助や木村重成が刺客となって身をひそめていた。

時計の間には、南蛮人の宣教師が秀吉に贈った振子時計が置かれている。旦元の登城を待って静まり返る千畳敷に、振子の振れる規則正しい音ばかりが響いていた。

「市正はいかがいたした。まだ登城せぬか」

淀殿は苛立《いらだ》ちを押さえた猫なで声で近習にたずねた。

「ただ今催促の使者を出しておりますれば、今しばらくお待ち下され」

近習が一礼して答えた。

「かようの大事に遅参いたすとは、市正も困った者よな」

淀殿は大蔵卿の局に語りかけながら、ちらりと秀頼を見やった。

「ほんに、さようでございますな」

大蔵卿がにこやかに応じた。

黒漆ぬりの柱が立ち並ぶ大広間を見据えたまま、秀頼は二人のやり取りを冷え冷えとした思いで聞いていた。

「秀頼さまが常々市正の勝手を許しておられるゆえ、このようなことになるのですよ」

淀殿の声は南蛮渡来の金平糖を口に含んだように甘い。

「いつもは登城の刻限に遅れたことなどありません。体の具合でも悪いのでしょう」

秀頼は昨夜のうちに速水甲斐守に言い含め、淀殿の計略を知らせる使者を且元のもとへ送っている。

今朝も近習の浅井一政《かずまさ》をつかわして登城しないようにと念を押してあるが、且元は律儀で剛直な男だけに、死を賭《と》して諫言《かんげん》に来るかもしれないという不安があった。

時は刻々と過ぎていく。

だだっ広い千畳敷御殿に、振子の音だけが響いている。どんな仕掛けになっているのか、半刻《はんとき》ごとにボーン、ボーンと時を告げる鐘を叩《たた》く。

「市正は国替えなど本気で考えてはおらぬのです」

淀殿は待ちくたびれた苛立ちを、秀頼をなじることで晴らそうとした。

「だってそうでしょう。わらわが相談したいと申しておるのに、来もしないではありませんか」

「きっと重い煩《わずら》いなのでしょう。駿府での交渉で疲れ切っているのです」

「いいえ、市正は家康に命じられて駿府と大坂が手切れになるように仕向けようとしているのです。だから国替えに応じられては都合が悪いのです」

「母上は国替えに反対ですか」

「反対ですとも。でも秀頼さまが評定で決められたことには従わなければなりますまい」

「たとえこの城を去っても、決して母上に不自由はおかけしませんから」

それは秀頼の本心だった。

大坂城を去ることが淀殿にとってどれほど辛《つら》いか分るだけに、この危機を乗り切れたならどんな孝行でもしたいと思っていた。

「そのお言葉だけで、わらわには充分です」

淀殿はにこりともせずに吐き捨てた。

やがて東の丸の且元の屋敷につかわしていた浅井一政らが戻ってきた。

中門から長廊下を通り、時計の間の前まで進んだ時、中にひそんでいた渡辺内蔵助と木村重成が市正は登城するのかと声高にたずねた。

且元を討ち果たそうと身をひそめていた彼らも、待ちくたびれて苛立っていた。

「ただ今、登城なさるそうでござる」

一政はそう応じたが、これは彼らが刺客と知っての方便だった。

この時の様子を、一政は後に次のように書き残している。

〈御城へ上り候へば、時計のある所の西の方に渡辺内蔵助、木村長門居候て、我ら御前へ出候に出むかい、市正殿は御上り候やと問ひ申し候〉(『浅井一政自記《じき》』)

結局且元は登城せずに事なきを得たのだが、腹の虫が治まらないのは淀殿だった。

「もはや市正の屋敷を押し包み、討ち取って血祭りにあげる他はない。早々に兵の手配をせよ」

奥御殿に大野治長を呼びつけてそう命じた。

「されど城門の大半は市正どのが預かっておられます。城内に兵を入れようとすれば、たちどころに門を閉ざされましょう」

大坂城には本丸に三つ、二の丸に四つの城門がある。

このうち本丸大手の桜門、裏手極楽橋の鉄《かね》の門、搦手《からめて》の水の手埋門、二の丸の玉造《たまつくり》口大門、青屋《あおや》口大門の五つを且元が、京橋口大門を弟の貞隆が管理し、残る生玉口大門だけが織田有楽斎に任されている。

もし城外から兵を入れようとしていることが分ったなら、且元らは本丸の門をすべて閉ざし、淀殿、秀頼を人質として本丸にたて籠《こも》るおそれがあった。

「ならば夜の間に生玉口から兵を入れ、夜明けとともに市正の屋敷を押し包めば良かろう。市正との連絡を断てば、本丸御門の番兵も我らの下知に従うはずじゃ」

淀殿は目を吊《つ》り上げて命じた。

謀殺の企てを且元に悟られたからには、ためらってはいられなかった。

九月二十五日の夕方、秀頼は千畳敷御殿の二階に上がって東の丸と南の丸の様子を見ていた。

東の丸には片桐且元、貞隆兄弟が屋敷を並べている。南の丸には織田有楽斎長益、長頼父子と淀殿の屋敷があり、互いに兵をこめて一触即発のにらみ合いをつづけていた。

「とうとう……、こんなことになってしまった」

秀頼は廻《まわ》り縁の高欄に手をついて深い溜息《ためいき》をついた。

千畳敷御殿の二階は、秀吉の七回忌の記念に建て増したものだ。大屋根の上に重ねたものだけに、周囲を眼下に見渡すことが出来た。

「母上は分別というものから見離されておられる。且元を討てば幕府との戦になることが、何ゆえお分りにならぬのじゃ」

「戦をなさりたいのでございましょう」

速水甲斐守が側に寄り添って立っていた。

「亡《ほろ》びると分っていてもか」

「浅井長政どのも、信長公と戦ったなら亡びることは分っておられました。それでも盟約の信義を貫くために、朝倉義景《あさくらよしかげ》どのに身方されたのでござる。お袋さまもそのような熱き血を受け継いでおられるのでございましょう」

「祖父の血は、私も受け継いでおる」

秀頼は薄く笑った。何とも哀しい笑顔である。

「だが忍ぶべきは忍びきることこそ、真の強さというものではないか」

「お袋さまは女子《おなご》でござるゆえ」

甲斐守が何か言いかけたが、秀頼をはばかって口をつぐんだ。

「大野家の者の探索はどうした。大伯父《おじ》とおかつを手にかけた者の手がかりは、いまだにつかめぬか」

「我らの動きを察して、修理どのは事情を知る者を城外に落としておられますゆえ」

この混乱のさ中に追跡するのは容易ではなかった。

「母上の差し金であろう。己れの罪を暴かれることを怖れて、こうした挙に出られたのだ」

二十三日の且元暗殺の企てを阻止したことで、秀頼は淀殿の動きを封じることが出来たと信じた。

だが淀殿は大野治長や有楽斎に命じ、二十三日の晩から翌日の明け方にかけて、有楽斎が預かっている生玉口大門から続々と城内に兵を入れ、且元の屋敷に攻めかかる構えを取らせた。

これに対して片桐兄弟も屋敷に兵を入れて守備を固めたが、秀頼がいる本丸に向かっては矢一本鉄砲一つ放ってはならないと下知した。

その様子を『片桐家秘記《ひき》』は次のように伝えている。

〈市正主膳正《いちのかみしゅぜんのしょう》家中の者共も上下の屋敷に相籠り、一戦に及ぶべき覚悟に仕候へども、市正主膳正下々に申し付け候は、御城へ向い箭《や》一つ鉄砲一つ相放ち候者は曲事に為すべく候。堀を乗越える者候はば鎗《やり》の柄にてたゝき落し候へと申付け候事〉

はからずも秀頼や淀殿に対して事を構えざるを得なくなった且元と貞隆の、苦渋がにじみ出るような一文である。

秀頼は速水甲斐守ら七組の頭を間に立てて調停に乗り出したが、淀殿の命を受けた大野治長や織田有楽斎らの軍勢が今にも攻めかかろうとしているだけに、且元としても守備を解くわけにはいかない。

両者鋭く睨《にら》みあったまま、二十四、二十五の両日が過ぎていった。

この形勢を挽回《ばんかい》して且元兄弟を救うには、老犬斎殺しの証拠を突きつけて治長を失脚させ、淀殿の力を削《そ》ぐ他はない。

そう決意した秀頼は、七組の者に命じて探索をつづけさせていたが、こちらの動きが淀殿に筒抜けになっているために、苦杯をなめさせられてばかりいた。

「かくなる上は七組の兵を動かし、力ずくで両者の争いを鎮めるほかに策はあるまい。その仕度を整えておいてくれ」

「承知いたしました」

「甲斐」

「ははっ」

「そちにはいつも雑作をかけるな」

秀頼は甲斐守の老いた顔をじっと見つめた。

このようなことがなければとうに隠居し、孫の相手などをしている歳なのである。

「何を申されますするか。この身の続く限り秀頼さまにお仕えすることが、それがしのただひとつの願いにござる」

千畳敷御殿の二階は四百畳ちかい広さがある。誰もいない巨大な部屋を横切って階下に降りようとした時、甲冑《かっちゅう》姿の渡辺内蔵助が二十歳ばかりの若侍の襟首をつかんで駆け上がってきた。

「無礼者、何事じゃ」

甲斐守が立ちはだかった。

内方衆《うちかた》の渡辺内蔵助は、且元を暗殺しようとした刺客の一人である。秀頼の槍《やり》の師範とはいえ、今や敵に等しかった。

「この者は修理どのの近習でござる。お訊《たず》ねの件について何やら知っておる様子ゆえ、引っ立てて参ったのでござる」

「何ゆえ、その方が」

「市正どのの件については、万やむを得ざる仕儀となり申したが、秀頼さまに身命を賭《と》してお仕えする覚悟に変わりはござらん。万一修理どのに邪《よこしま》なる行いがあったのなら、この内蔵助が討ち果たしてご覧に入れまする。さあ吐け、その方、何事か存じておるであろう」

内蔵助が近習の小袖《こそで》の襟を力任せに絞り上げた。

青ざめていた近習の顔が、苦しさにみるみる赤くなっていった。

「そちが酔いにまぎれてもらした一言、わしの家臣が聞いておるのじゃ。吐け、吐かぬとこのままくびり殺すぞ」

「手を放せ、内蔵助」

秀頼が命じた。

「この者も修理の近習を務めるほどの男じゃ。力に屈して主を売るようなことはいたすまい」

内蔵助が手を放すと、若侍は床に四つん這《ば》いになって喘《あえ》いだ。首筋にみみず腫《ば》れが浮いている。

「修理に忠義を尽くす心掛けは見事なものじゃ。だが修理は大伯父を殺し、母上に命じられるままに理不尽な企てをしておる。これを許すか、それとも私にありのままを語るか、いずれが真《まこと》の武士として取るべき道かを考えてくれ」

秀頼は若侍の間近に座り、息が整うのを待って語りかけた。

若侍はしばらく頑《かたく》なに黙り込んでいたが、秀頼に正面から見つめられると、どっと涙を流してひれ伏した。

「大野源左衛門《げんざえもん》どのでござる」

涙にむせびながらぽつりと言った。

源左衛門は治長の一族で、大野家の侍大将の一人である。

「殿に命じられて手を下したと、本人から直《じか》に聞き申した。すでに恩賞として五百石の加増を受けておられまする」

言うなり脇差しを抜いて髻《もとどり》を切った。

治長に非ありとはいえ、主を裏切ったからにはもはや奉公は出来ないからである。

片桐且元を討ち果たして挙兵する覚悟を定めた淀殿は、二十五日の夜ふけまで千畳敷御殿の桜の間で大蔵卿の局や大野治長と策を練っていた。

桜の間は御殿の東南の角にあり、部屋の廻《まわ》り縁が清水寺《きよみずでら》の舞台のように空堀の上に突き出ているので、南の丸と東の丸の様子が手に取るように分る。

淀殿はここを御座所と定め、陣頭に立って指揮を執っていた。

色鮮やかな桜と孔雀《くじゃく》がふすまに描かれているので、桜の間と呼ばれている。床の間には釈迦《しやか》を描いた掛軸がかけてあった。

「入城の返答があった主なる方々は、以下の通りでござる」

治長が手元の書き付けを見ながら報告した。

鎧直垂《よろいひたたれ》に小手、すね当てをつけた小具足姿である。大柄の治長には、錦《にしき》の鎧直垂がよく似合った。

「真田左衛門佐《さえもんのすけ》幸村どの、六千。長曾我部宮内少輔《くないしょうゆ》盛親どの、五千。仙石《せんごく》豊前守秀範《ひでのり》どの、五千。明石掃部《あかしかもん》全登《てるずみ》どの、四千。毛利豊前守勝永どの、四千」

いずれも関ヶ原牢人《ろうにん》である。

淀殿は数年前から彼らと連絡を取り、寺社領にひそむ旧臣たちを撫育《ぶいく》してきた。入城に際して見苦しいことのないように、武器や具足を整えるための仕度金もすでに渡してあった。

「以上、総勢二万四千。当家の手勢を合わせれば五万五千となりまする」

「そればかりか」

「後藤又兵衛《ごとうまたべえ》どの、京極備前守どの、浅井周防守《すおうのかみ》どの、石川玄蕃《いしかわげんば》どのにも使者を送っております。根来雑賀衆《ねごろさいか》、一向一揆《いっき》、キリシタン武士らにも廻状《かいじょう》を回しておりますれば、あと四、五万は入城するものと存じます」

「毛利、島津、前田ら諸大名はいかがじゃ。身方するとの返答は来ぬか」

「今のところ参っておりませぬ」

「東の丸はどうした。何ゆえひと息に踏みつぶさぬ」

「先ほど七組の頭に市正どのを討ち取るように命じましたが、速水甲斐守どのを筆頭に従おうとはいたしませぬ。当家と有楽どのの手勢だけでは片桐勢に及びませぬゆえ、お袋さまから秀頼さまに七組の兵を動かすように申し入れて下されませ」

「他に頼れる兵はおらぬのか」

淀殿は急に不機嫌になった。

秀頼に命じても従うはずがないのである。

「こちらから和解の誓紙を出して、市正を登城させたらいかがでございましょうか」

大蔵卿の局が口をはさんだ。

登城させて謀殺しようという意味である。

「一度しくじった策じゃ。二度とは通じまい」

「誓紙ばかりでは無理なら、人質を出せばようございましょう」

「そうじゃな。あるいは市正も心が弱って応じるやも知れぬ」

淀殿はさっそく口述して大蔵卿に筆記させた。

その内容は、次の通りである。

「心よく候はば出て候はんと、毎日々々待ち候へども、御出で候はず候。悪《わろ》き時分の煩ひ、何より笑止にて候。何とやらん雑説ども申し候よしに候。ゆめゆめ親子ながらそもじへ如在《じょざい》、いささかも候はず候。年月の恩賞、何として忘れ候はんや。いづれもそもじをひとへに頼み申し候。自然如在にも御思ひ候はんと、さし当たりいらざる事にて候へども、如在なき通り、誓紙にて申し候。かやうの事も会ひ候はば申し候はんと思ひ参らせ候へども、出で候まま文にて申し候。よくよく御養生、御油断候まじく候。御返事待ち入り候」

如在がないとは、おろそかにはしないという意味である。

これに続けて三ヵ条の誓言をしたためている所に、織田有楽斎と秀頼の侍女が相ついで入ってきた。

有楽斎も小具足姿だが、風流人らしく、鎧直垂の上に孔雀の羽根の文様をつらねた陣羽織を着ている。

「叔父《おじ》上、それは」

淀殿は有楽斎が左手に持った朱柄《あかえ》の矢に目を止めた。

矢の先端に矢文が結びつけられたままである。

「南の丸のそなたの御殿に射込まれておったそうじゃ。家臣から知らせがあったゆえ、矢文も開けずに持参いたした」

「市正め。こしゃくな」

且元が日記のことで自分を脅し付けていると思った淀殿は、差し出された矢文を開きもせずに破り捨てた。

「市正の屋敷に火をかけよ。四方から火をかけて、何もかも焼き払うのじゃ」

「お袋さま、一大事にございます」

大蔵卿の局が体を寄せてささやいた。

「秀頼さまが明朝大野源左衛門を捕えるように命じられたそうでございます」

「修理に、修理に言って何とかせよ」

淀殿は額を押さえて脇息《きょうそく》に寄りかかった。

急に目まいがして気を失いかけたのだった。


九月二十六日の早朝、秀頼は千畳敷御殿の中庭に七組の頭と与力衆三百五十人を集め、七組の兵力二千五百余を東の丸と南の丸の間に布陣するように命じた。

大野治長、織田有楽斎の軍勢は一千余。片桐勢は八百ばかりなので、両者の間に竹束と楯《たて》を並べて陣地を作り、交通を遮断して衝突を回避しようとしたのである。

万一争乱となった場合には自ら出陣するべく、緋《ひ》おどしの鎧を着て、太平楽に鞍《くら》をつけさせている。

秀吉相伝の金瓢箪《きんぴょうたん》の馬標《うまじるし》も、縁側に高々とかかげていた。

七組の兵力については、『大坂の陣山口休庵咄《やまぐちきゅうあんばなし》』の中に次のような記述がある。

〈七組之頭

一速水甲斐　本知一万石与力五十騎

一伊藤丹後　本知一万石与力五十騎

一堀田図書　本知七千石与力五十騎

一野村伊与　本知三千石与力五十騎

一真野豊後　本知二千石与力九十騎

右七組の頭は、諸牢人一人も抱え申さず。是《これ》は大野修理、七組頭は江戸へ内通これある由疑うとて、人数抱えさせ申さず候〉

秀頼の近習であった山口休庵はそう語っているが、速水甲斐守はじめ七組の頭のほとんどが秀頼に殉じているのだから、江戸に内通していたはずがない。

治長が牢人入城後も七組に新たな兵力を与えなかったのは、秀頼直属の部隊に力を与えたくなかったからだ。

秀頼派と淀殿派の対立はそれほど激しかったのである。

秀頼は大広間の縁に座って七組の者たちに出陣を命じると、速水甲斐守を呼びつけた。

「大野源左衛門の居所は分ったか」

「南の丸のお袋さまの屋敷に詰めておりまする」

「兵力は？」

「鉄砲足軽五十、槍《やり》五十、弓二百ばかりでござる」

「生け捕りにする手立てはあるか」

「お袋さまに助勢を命じられたと偽って兵を入れ、源左衛門の隙をついて取り押さえまする」

源左衛門を捕えて織田老犬斎殺しを自白させ、大野治長を一気に失脚させるつもりである。事態を察した源左衛門が自害するおそれがあるので、迅速かつ慎重な行動が必要だった。

突然表でつるべ撃ちの銃声が起こった。

「何事じゃ」

秀頼は御殿の南側の縁に走り出た。

大野治長らが先手を打って且元の屋敷に攻めかかったのではないかと思ったからだが、南の丸も東の丸も明け方の薄闇に包まれて静まり返っている。

銃声は本丸の大手桜門からだった。

白地に黒い宇都宮笠《がさ》を描いた旗印をかかげた大野治長の軍勢三百ばかりが、片桐且元の家臣が番をつとめる桜門に攻めかかっていた。

番兵たちも門扉を固く閉ざし、階上の格子窓や鉄砲狭間《はざま》から応戦していた。

白壁の間から突き出した銃口が火を噴くのが、縁側からもはっきりと見えた。

「申し上げます。ただ今大野修理どのの手勢が、当家の兵を追い払うと称して桜門に攻めかかっております」

桜門の番兵が急を知らせた。

「母上のご命令か」

「御意」

「寄手の大将は誰じゃ」

「大野源左衛門でございます」

「私が行く。それまで応戦してはならぬと皆に伝えよ。固く城門を閉ざし、攻めるに任せるのじゃ」

「しかし……」

壮年の兵が不服げに顔を歪《ゆが》めた。

非は大野の側にある。攻められれっ放しでは武士の一分が立たないのだ。

「修理の狙いは市正を戦に引きずり込むことじゃ。その策に乗せられてはならぬ」

秀頼は至急七組の兵を水の手埋門から出し、大野勢の背後を包囲するように命じた。

「攻撃してはならぬのでございますな」

甲斐守が心得たりと応じた。

「楯や竹束で押し包むのじゃ。源左衛門を死なせてはならぬ」

秀頼の命令通り、片桐家の番兵はぴたりと防戦をやめた。

盛んに鉄砲を撃ちかけていた大野勢も、甲斐守が七組の兵を率いて背後を包囲すると旗を伏せて恭順の意を示した。

秀頼は桜門まで出馬し、大野源左衛門を捕縛するように命じたが、すでに額を撃ち抜かれて絶命していた。

「撃ち合いが始まると、兜《かぶと》もかぶらずただ一騎で門前に進み出て来たと申します」

甲斐守が馬前に平伏して告げた。

「おそらく捕縛の手が伸びたことを察して、自ら的になったのでございましょう」

「これも、母上の差し金か」

秀頼は悄然《しょうぜん》とつぶやいて表御殿に引き返した。

源左衛門を捕えようとしたことを、淀殿に密告した者がいる。そこで淀殿は治長に命じて源左衛門を戦死させたにちがいない。

これで且元を救う手立ては完全に封じられたのだった。

第五章　籠城仕度

慶長十九（一六一四）年十月一日未明、七組の兵一千ばかりが、東の丸と南の丸を遮断する陣形を敷いた。

卯《う》の刻《こく》（午前六時）に玉造口大門から退去する片桐市正且元を守るためである。あたりはまだ夜明け前の薄闇に包まれている。鎧《よろい》を着込み鉄砲や槍を構えた兵たちの物々しい姿が、ひと固まりになって影のようにうごめいていた。

千畳敷御殿の桜の間に泊り込んでいた淀殿は、兵たちの足音で目を覚ました。且元の退去に気が立っているためか、眠りはいつになく浅い。宿直《とのい》の侍女に命じて夜着の上に小袖《こそで》を羽織ると、廻《まわ》り縁まで出て東の丸の様子をながめた。

且元、貞隆兄弟の屋敷は、ひっそりと静まり返ったままである。潮の匂いのする風がひんやりと肌をなでていく。海からの風は潮騒《しおざい》の音までも運んでくる。満ちかけているのか、遠くから波がざわざわと迫ってくる。

まるで足元にまで波が打ち寄せてくるような焦燥を覚え、淀殿はそれが海から来るのではなく、自分の胸にわき立つ不安のさざ波だということに気付いた。

秀吉の死後豊臣家を支えたのは小出吉政《こいでよしまさ》と片桐且元である。

吉政は昨年他界し、今また且元を失おうとしている。自分で追い出しておきながら、
淀殿には且元を失うことへの言いようのない不安があった。

「卯の刻まで、あと四半刻《しはんとき》でございます」

侍女が時計の間まで行って確かめてきた。

「南の丸に参る。手配せよ」

「大蔵卿の局さまを起こして参りましょうか」

「よい。年寄りに朝風は毒じゃ」

淀殿は侍女数人を従えると、屈強の男たちが担ぐかごに乗り、水の手埋門から南の丸に出た。前後を内方《うちかた》衆の武士十数人が警固している。

淀殿は真っ直ぐに織田有楽斎の屋敷に入り、有楽斎の案内で物見矢倉に登った。

正面に且元邸の表門が見える。

「市正に別れを告げたいのなら、見送りに出たらどうじゃな」

有楽斎がそう勧めた。

「別れなど告げとうはありません」

「今ならまだ間に合う。市正を引き止めて、人質か国替えに応じたらどうじゃ」

「叔父上《おじ》はそうなさりたいのですか」

淀殿がきっとにらむと、有楽斎は色白の顔に困惑したような笑みを浮かべた。

「わしはどちらでもよい。お茶々が望む通りにすればよいのじゃ」

「わらわがここに来たのは、太閤殿下の遺命《いめい》にそむいた不忠者が、どのような顔をして城を出て行くか見たかったからでございます」

九月二十三日から二十八日まで続いた片桐且元と大野治長らのにらみ合いは、秀頼の命を受けた速水甲斐守守久らの奔走によってようやく鎮まった。

且元、貞隆兄弟が高野山で蟄居《ちっきょ》するという条件で、片桐家の一族郎党を城外に退去させることにしたのである。

且元を討ち取ると言い張っていた淀殿も、この和解案を呑んだ。

幕府との決戦を前に、これ以上秀頼との対立を深めたくなかったからだ。

それに秀頼直属の七組の頭が片桐邸への攻撃を拒みつづけている以上、治長や有楽斎の軍勢だけではとても片桐勢を攻め亡《ほろ》ぼすことは出来なかった。

しかも二十七日に織田常真が大坂城を去って京都に上ったことが、淀殿を激しく動揺させていた。常真は幕府との決戦にあくまで反対し、それが容《い》れられなかったために豊臣家を見限ったのだ。

これ以上且元との対立を続けると、常真に追随するものが続出しかねない。

そんな危機感に駆られた淀殿は、和解に合意したばかりか退去の安全を保障するために大野治長と織田有楽斎の子を人質として且元に差し出すことにしたのである。

やがて夜が明け初《そ》め、鶏鳴が刻《とき》を告げると、片桐家の黒塗りの棟門が開いた。

黒ずくめの鎧を着込んだ槍《やり》隊を先頭に、二列縦隊の兵たちが次々と出て来る。槍隊は槍の鞘《さや》をはずし、銃隊は火縄に点火して、攻撃を受けたなら即座に反撃出来る構えを取っている。

賤ヶ岳七本槍の一人として勇名を馳《は》せた且元の手勢らしい一糸乱れぬ行軍である。銃隊の後ろに抜刀した刀をかついだ馬廻り衆がつづき、且元や貞隆らの一族を警固していた。

戸を開け放ったかごに乗った且元は、髻《もとどり》を切って白小袖一枚を着ていた。やつれきった顔は青ざめ、放心したようにかごの外に目を向けている。

淀殿は胸を衝《つ》かれた。且元が豊臣家のことをいかに案じていたかは、憔悴《しょうすい》しきった表情にはっきりと現われていた。

「かごを、かごを止めよ」

淀殿は内方衆に命じ、何か引出物を与えようとした。

だが起き抜けに出て来たので、いつもは身につけている吉光の脇差しもない。淀殿はためらいもなく夜着の上に羽織った小袖を脱ぎ、折り畳んで侍女に持たせた。

且元は小袖を受け取ると、物見矢倉を見上げた。

淀殿と目が合うと、たった今脱いだものであることに気付いたのか、両手で高々と押しいただいた。

淀殿は手を振って早く行けという仕草をして、足早に窓から離れた。

ふいにこみ上げてきた涙を、且元らに見せるわけにはいかなかった。

玉造口大門の前で止った行列の様子を、豊臣秀頼は千畳敷御殿の二階からながめていた。

有楽斎の屋敷から出た侍女が且元のかごに何かを届けたのは分ったが、物見矢倉の二階に淀殿がいることは分らなかった。

城の東の守りの要である玉造口大門は、遠目にも高々とそびえている。

高さ三間ほどもある門扉は左右に開け放たれ、片桐勢が二列になって整然と退去していく。門の外の三の丸には、茨木《いばらき》城から迎えに来た片桐勢が待ち受けている。

秀頼は身じろぎもしないまま片桐勢の退去を見送った。

且元とひそかに交わした誓約がある。

それを成し遂げてもう一度且元をこの城に迎えることが出来るかどうかは、秀頼の腕ひとつにかかっていた。

秀頼が人目をさけて且元の屋敷を訪ねたのは、九月二十七日の深夜だった。供をしたのは速水甲斐守ら近習数人である。

且元は離れの茶室に秀頼と甲斐守を招き、この先の対応について話し合った。

「かような仕儀と相なり、わびの申し様もございませぬ」

茶室の片隅に置かれた灯《あか》りに、且元のやつれ切った顔が浮かび上がった。

「かくなる上は身ひとつで登城し、存念を申し上げた上で腹を切る所存でございましたが、有難きお使いをいただき、かように身を長らえております る」

「それでよい。市正が死ねば、私は手足を失ったも同じじゃ」

「市正どの、よう辛棒して下された」

甲斐守が手を取らんばかりにして言った。

「かくなる上は水の手埋門より片桐家の兵を入れ、七組の兵とともに一門衆、内方衆を制し、お袋さまに仏門に入っていただく外はないと存ずるが、貴殿のご存念を伺いたい」

「それは……、秀頼さまもご同意でございましょうか」

「このような時期に市正を失うわけにはいかぬ。和解が成らぬのなら致し方あるまい」

老犬斎殺しの罪で大野治長を失脚させる策が阻まれたからには、他に且元を救う手立てはなかった。

「お言葉はかたじけのうござるが、その儀はなりますまい」

「何ゆえじゃ」

「お袋さまはすでに多くの牢人《ろう》に挙兵の書状を送っておられます。それは幕府の密偵の手にも渡っているはずでござる。今さら大野修理らを退治したところで、幕府に対する申し開きは出来ませぬ」

「ならばどうすればよい」

「幕府と一戦を交えるほかはござらぬ」

且元の声が低く茶室に響いた。

秀頼は重く口を閉ざしたままだった。戦って勝てる相手ではないことは、且元が一番良く知っているはずなのだ。

「戦って亡びよと申されるか」

甲斐守が小さくつぶやいた。

「さにあらず。たとえ太閤恩顧の大名が誰一人身方に参じずとも、関ヶ原牢人を集めてこの城に立て籠《こも》れば、二月や三月は支えることが出来ましょう。さすれば冬の盛りとなり、幕府軍も付け城に兵をこめて引き上げるほかはなくなります」

冬になれば籠城《ろうじょう》軍は城中で暖を取ることが出来るが、攻める側は粗末な陣小屋で過ごすか野宿を強いられる。炊事や暖を取るための薪《まき》の調達にも難渋するだけに、冬場の長陣はしないのが鉄則である。

　幕府軍の初期の攻撃を防ぎ切って戦を冬に持ち込めば、家康は大坂城の周囲に築いた付け城に監視の軍勢を残しただけで、兵を引かざるを得なくなるはずだった。

「二十万近い幕府軍が集まれば、畿内《きない》の米や薪も値上がりし、民百姓が暮らしに困窮するは必定でござる。その救済を理由に、勅命によって和議を調えていただくように朝廷に働きかけるのでござる」

「勅命和議か……」

「さよう。さすれば幕府も二度と当家に手出しは出来なくなりましょう」

　征夷大将軍《せいいたいしょうぐん》の職は朝廷から拝命したものだけに、幕府も勅命に背くことは出来ない。しかも豊臣家は関白家だけに朝廷とのつながりが深く、智仁親王をはじめとして秀頼に同情を寄せる皇族や公卿《くぎょう》は多い。

　豊臣家を勅命で救うことは、朝議でもすんなりと決まるはずだった。

「要は幕府が和議に応ぜざるを得なくなるような戦を、当家がやり通せるかどうかでござる」

「その策を取ったとしたなら、市正はどうする」

　秀頼がたずねた。

「それがしは当家を退去し、内府さまのご指示に従いとう存じます」

「市正どの」

甲斐守が気色ばんで腰を浮かした。

「ただし、それは内府さまの側にあって幕府の動きを探るため、城外にあって朝廷との交渉に当たるためでござる。その結果は密使をもって逐一秀頼さまにご報告申し上げる」

「密偵になると申されるか」

「幕府軍二十万に包囲されたなら、城中からは蟻一匹はい出ることが出来なくなりましょう。誰かが城外の動きを知らせねば、勅命和議の進捗《しんちょく》状況を知ることも出来ますまい」

「戦の指揮はどうする。市正がおらねば、全軍の采配《さいはい》を誰に任せれば良いのじゃ」

「秀頼さまが自らお執りなされませ」

「私には戦の経験がない。書物や人から得た知識ばかりじゃ。実戦となれば物の役には立つまい」

「秀頼さまは生まれながらに大将の威と知勇仁を具《そな》えておられるゆえ、将兵はおのずと服しましょう。実戦での用兵や駆け引きは、名のある関ヶ原牢人を取り立てて任せればよろしゅうござる」

「恃《たの》むに足る者が入城しようか」

「後藤又兵衛と真田幸村。それがしの見るところこの二人でござる」

「市正どの、お言葉だけではまことに当家の身方をしていただけるか分り申さん」

甲斐守が口をはさんだ。

「こうした場合の仕来り通り、城中に人質を残していただきたい」

「それには及ばぬ」

秀頼が鋭くさえぎった。

且元は物心ついた頃から仕えてくれている。父とも師とも恃んだ男を信じきれないようでは、この策の成功はおぼつかない。まして数万の軍勢を心服させることなど出来るはずがなかった。

「そのかわり、ひとつだけ教えてもらいたい」

「何なりと」

「私の父は誰じゃ。太閤殿下か、それとも別の者か」

秀頼は且元の目を真っ直ぐに見つめた。

且元も秀頼の気持を察したのか、膝《ひざ》を改め居ずまいを正して向かい合った。

「天地神明に誓って申し上げる。秀頼さまはまぎれもなく太閤殿下の御子でござる」

「そうか」

湯のような安堵《あんど》が胸を満たしていくのを覚えながら、秀頼は父のことで母を疑うのは金輪際やめようと決意していた——。

片桐勢の退去は粛々と続いている。

且元のかごが玉造口大門の向こうに消え、百人ばかりの鉄砲足軽をひきいて殿軍《しんがり》を務める弟の貞隆が最後に門をくぐった。

貞隆は門外に出てふり返ると、一度、二度、三度と深々と頭を下げて城に別れを告げた。

(市正、見ていてくれ)

秀頼は胸の中で語りかけた。

やがて七組の兵が警固のために城門を出ると、巨大な門扉が音をたてて閉ざされた。

奥御殿の大台所の中庭では餅《もち》つきが始まっていた。

侍女の中でも力自慢十数人を選び、七つの臼《うす》で餅をつかせている。台所には餅米を蒸す湯気がもうもうとたちこめていた。

片桐且元を退去させた直後に、淀殿が命じたことだ。

今日の午後千畳敷御殿に家中の主立った者五百人ばかりを集め、幕府との手切れを告げて戦仕度にかかるように申し渡す。餅はその席の引出物とするためのものだった。

戦にのぞんで餅をつくのは、浅井家の家風だった。

長政の祖父亮政《すけまさ》が小谷城での合戦で近江の守護京極高峰《たかみね》の軍勢を打ち破った時、餅を腰兵糧として将兵に持たせた。以来餅は縁起の良いものとして戦のたびに配るようになったのである。

淀殿は中庭に出て餅つきの様子を見て回った。

七つの臼でたすき掛けの女丈夫が杵《きね》をふるっている。杵をふり上げる合間をぬって、餅を返す者がいる。二人一組となって拍子を取りながら餅をつき上げていく。

「よいしょ」

「それ」

「どっこい」

「もひとつ」

歌うような掛け声がにぎやかに上がり、あたりに餅米の甘い匂いがただよっている。

淀殿はこの雰囲気が好きだった。

子供の頃から戦といえば餅つきがあった。戦の前の緊迫した空気と、胸を締めつける不安、大勝ちに勝ちそうな予感……。そうした諸々《もろもろ》の感情が餅つきの喧噪《けんそう》と溶け合って記憶にしみついている。

多くの者が餅つきから正月の楽しさを思い浮かべるのと同じように、浅井家で育った者たちは餅つきといえば戦を思い浮かべるのである。

「何やら血が沸いて、じっとしていられぬ気持になりまするな」

六十半ばを過ぎた大蔵卿の局までが若やいだ声を上げた。

正栄尼も宮内卿の局も同様である。

「ならば杵をふるってみやるか」

水を向けると、三人ともとんでもないというように首を振る。

淀殿は腕をふるって力が衰えていないところを見せたくなったが、薙刀《なぎなた》による筋肉痛が三日も抜けなかったことを思い出して自重した。

大台所の長廊下には、餅を入れるための折箱が左右に並べられていた。五百石、千石、三千石、五千石、一万石と、所領の石高によって箱を包む布の色を分けてある。

折箱には餅ばかりではなく、金一封を入れる。

五百石までは五両、千石は十両、三千石は三十両と、石高によって包む金額に差をつけている。布の色を変えるのは、中に何両入っているか一目で分るようにするためだった。

「入城して来る牢《ろう》人衆にも褒美を渡さねばなるまい。仕度に手抜かりのないようにな」

大蔵卿に念を押していると、化粧殿の侍女が迎えに来た。

「右府さまが、じきにお見えになるとの知らせがございました」

「修理は?」

「すでに化粧殿でお待ちでございます」

「すぐに参る。酒《ささ》の用意を」

着替えをして化粧殿に入ると、ちょうど秀頼が速水甲斐守を従えて来たところだった。

部屋には酒肴《しゅこう》を載せた折敷《おしき》が四人分並べてあり、そのひとつに紺の裃《かみしも》を着た大野治長がついていた。

「これは何事ですか」

秀頼は突っ立ったままたずねた。

「まあこちらにお座りなさい。甲斐守はそちらに」

上座に淀殿と秀頼が並び、治長と甲斐守が左右に座った。

「これまで何かと行き違いもありましたが、市正が当家を去り、幕府を相手に戦をするからには、内輪で争っているわけには参りませぬ。午後には千畳敷御殿に皆を集めてその旨申し渡しますが、その前に秀頼さまと修理に仲直りの盃《さかずき》を交わしていただきたいのです」

「盃ひとつで、すべてを水に流せと申されるのですか」

秀頼は冷淡だった。

治長は老犬斎を殺し、大野源左衛門の口を封じるために桜門で戦死させている。とても許せるものではなかった。

「幕府の手から家を守り抜くためには、時には非情にならざるを得ないものです。すべてはわらわが命じたことで、修理に責任はありません」

「大伯父《おじ》を手にかけることが」

そう言いかけた秀頼の口をふさごうと、淀殿がまくしたてた。

「ご不審の点については、わらわがこの命にかけても得心がいくようにお話し申し上げます。それゆえ今は、幕府との戦に勝つことだけを考えて下さい」

「いつ話していただけるのですか」

「この戦のけりがついた時です」

淀殿がきっぱりと言い切った。

戦に勝ったなら身を引いて出家し、負けたなら自害する。秀頼に事実を語るのはその直前と決めていた。

「分りました。盃をいただきましょう」

秀頼も折れた。豊臣家が一丸とならなければ、幕府と互角に戦って勅命和議に持ち込むことなど出来ないからである。

秀頼は大ぶりの金盃《きんぱい》を飲み干すと、長い腕を差し伸べて治長に取らせた。

「かたじけのうござる。この修理亮治長、秀頼さまとお袋さまのために、命を投げうって働く所存にござい ま する」

治長は大柄な体を縮めるようにして盃を押しいただき、感極まったように目をつむった。

「これでわらわも安心です。よくぞ聞き分けて下されました」

淀殿は小袖《こそで》のたもとでそっと目頭を押さえた。

「そうそう。秀頼さまにもうひとつ頼みがあります」

「何でしょうか」

秀頼の表現は依然として固い。

「今日からわらわは奥御殿を引き払い、山里御殿へ移ります。ここには千姫どのに入っていただきます」

「母上、良いのですか」

「もっと早くそうするべきでした。今日から千姫どのは政所さまです」

秀頼の表情がようやくほぐれたのを見ると、淀殿は銚子《ちょうし》を取って酒を勧めた。

二人がこれほど和やかな気持で同席するのは久しぶりのことだった。

翌日、秀頼は大野治長らに命じて城下の米蔵に蓄えられていた米を城内に運びこませた。

福島正則の八万石、徳川家康の五万石、その他諸侯の三万石は強制的に徴集し、米問屋からの五万石については代価を支払わせた。

合計二十一万石である。

兵糧米は一日五合が普通とされているので、かりに十万人の将兵が籠城《ろうじょう》すると一日五百石が消費される。二十一万石だと四百二十日。一年以上も籠城を続けられる量だった。

同時に鉄砲、大砲、火薬、武具、物具、薬、衣服、夜具、わらじ、薪《まき》など、戦と生活に必要なありとあらゆるものを、四方に人を走らせて買い付けさせた。

また大工数百人をやとい入れ、惣構《そうがまえ》の城壁や矢倉の増改築にあたらせ、足軽や人足には淀川《よどがわ》の堤の増築や柵《さく》の建設、堀や石垣の新設を命じた。

惣構とは城下の町を保護するために作った防壁のことだ。

秀吉は慶長三年に他界する直前に、東は猫間川、西は東横堀《ひがしよこぼり》川、南は九《く》ノ助《すけ》橋から平野《ひらの》口にかけて空堀を掘り、その内側に土塁と土塀を築くように命じた。

高さ三間もある土塁で半里四方の城下を囲み、大坂を城塞《じょうさい》都市にしたのである。

今度の戦でも、惣構を守り通せるかどうかが勝敗の分れ目になるはずだった。

そうした指揮と見廻《みまわ》り、評定に忙殺され、奥御殿の化粧殿に入ったのは夕方になってからだった。

昼間のうちに移徙《わたまし》を終えた千姫が、侍女二人と酒肴の用意を整えて待っていた。

「お疲れさまでございました」

千姫が指をついて迎えた。

政所になったせいか、いつになく改まっている。まるで初めて床入りをした時のように肩に力が入っていた。

「千こそ疲れたろう」

秀頼はどかりとあぐらをかくと、侍女二人を下がらせた。千姫とは二人きりの方が気が安まるのである。

「疲れはいたしませぬが、何やら畏《おそ》れ多くて落ち着きませぬ」

「それなら、目をつぶってごらん」

「こうですか」

千姫は素直に目をつぶった。

下ぶくれで唇のつぼんだ愛らしい表情である。

「そうそう。それで耳をすましてみるんだ」

あたりは静まり返っている。色鮮やかな紅葉《もみじ》を描いたふすまを通して、かすかに鈴虫の音が聞こえた。

千姫はもっとよく聞き取ろうと、耳に手を当てて体をわずかに傾けた。

秀頼も黙ったままだった。鈴虫の音に聞き入っている千姫の姿が可愛らしくて、いつまでも見飽きないのである。

「どうだい。落ち着いたろう」

「ええ、お陰さまで」

「夜中になると、もっと大きく聞こえる。それまで酒でも飲んでいよう」

秀頼は少しはにかんで朱塗りの盃を差し出した。

今夜は久々に同衾《どうきん》するつもりである。仕事に忙殺されながらも、そのことが片時も頭から離れなかった。

「これでようやく本当の夫婦《めおと》になったような気がいたします」

千姫が銚子を取って酒を注いだ。

「それなのに私は徳川家と戦わなければならない。千には済まないと思っている」

「いいえ、すべておじいさまが悪いのです。秀頼さまは少しも間違ってはおられません」

「千……」

「おじいさまの息のかかった者は、すべて西の丸に残してまいりました。奥御殿にいるのは、皆わたくしと気心を同じくする者ばかりですから、心安くおくつろぎ下さい」

「私は千のような妻を持って幸せだ」

秀頼は懐から小さな包みを取り出した。

「開けてごらん」

「何かしら」

千姫が目を輝やかせて包みを開けた。

掌《てのひら》に入るほどの黒漆ぬりの厨子《ずし》である。扉を開けると黄金の観音立像が入っていた。小指ほどの大きさなのに、髪の一本一本までが際立つほどに精巧な造りである。

懐中仏とか道中仏と呼ばれる携帯用の仏像だった。

「私が側にいない時には、この仏様に千を守ってもらおうと思ってね。天王寺に見廻りに行った時に買ってきた」

二度と石段から突き落とされることのないように。そんな願いを込めての贈り物である。

千姫もそれを察したらしく、涙ぐんで観音像に見入っている。

「わたくしも秀頼さまにこれを」

懐から銀糸で桐の家紋を縫い取った緋色《ひいろ》の袋を取り出した。香とお守りを入れたものので、香の調合も家紋の縫い取りも千姫がしたものである。

「ありがとう。戦に出る者には何よりの贈り物だ」

秀頼は袋に鼻を寄せてみた。甘く涼やかで気品がある。いつも千姫が夜着に薫《た》き染《し》めているのと同じ香りだった。

夜がふけてから秀頼はその香りを心ゆくまで堪能《たんのう》した。

夜着の白小袖をまとった千姫と久々に褥《しとね》を共にしたのである。

「あの匂い袋は、戦の最中にも千のことを思い出せという謎だったんだな」

秀頼は千姫を抱き寄せ、耳たぶに口を当ててささやいた。

「ちがいます。いつもこうして一緒にいるという意味です」

千姫が秀頼の袖から手を入れて背中をなでさすった。

解きほどいた長い髪を、枕元の乱れ籠に納めている。その髪からも、かぐわしい香りが立ち昇った。

「あの匂いを嗅《か》いだなら、千とこうしていることを思い出すだろう。戦の最中だろうが評定の最中だろうが、奥御殿に駆け戻って来たくなるに決っている」

秀頼は千姫の唇にそっと唇を重ね、頰をすり合わせた。

千姫の肌はつきたての餅《もち》のように柔らかく、肌をすり合わせると心までが吸い取られていくようである。

小さな唇に触れ、舌をからめ合わせると、熱い歓《よろこ》びが脳天を突き抜けてゆく。

「だって、秀頼さまにはお玉どのがおられるではありませんか」

お玉は秀頼の守役《もりやく》で七つ年上の侍女である。秀頼が十四歳で元服した時から添い寝の役を務め、一男一女を生《な》していた。

「昨年の春、千に子が出来たと分った時に、お玉は里に帰したよ」

「ならば住吉のお方はどうです」

「千、悋気《りんき》か」

「はい、いけませんか」

千姫が鼻をつんと立ててそっぽを向いた。

秀頼は千姫の夜着の帯を解いて、前をはだけた。

小ぶりだが形のいい乳房と、くびれた腰、下腹の淡いかげりが行灯《あんどん》の炎に浮かび上がった。

秀頼は指の長い大きな手で乳房を慈しみ、下腹へと指をすべらせていく。

「ずいぶん久しいあいだ、お目にかかっていなかったような気がいたします」

千姫は秀頼の胸を叩《たた》いた。

厚く広い胸は、力まかせに叩いても柔らかくはじき返すばかりである。

「だから今夜は、二人でその埋め合わせをしようじゃないか」

秀頼は小さく輪を描きながら、ゆっくりと指を使った。

「ああ……」

千姫は体を固くして下から秀頼にしがみつく。

秀頼は指の動きを速めながら、薄紅色の乳首に唇を寄せ、舌先で軽くふれた。

千姫は痛みに耐えてでもいるようなうめき声をあげて腰を浮かした。

千姫の若々しい体が、炎に薄朱《あか》く照らされている。色白の肌が歓びに上気してくるにつれて、朱の色は赤味を増し、白磁器を炎に照らしたような色あいをおびてくる。

乳房から腰にかけての線が伸びやかで美しい。

「千はきれいだ。そうやって目を閉じていると、観音様のようだよ」

耳たぶを舌先で愛撫《あいぶ》しながらささやいた。下腹が痛いほどに屹立《きつりつ》していた。

「いや」

秀頼が割って入ろうとすると、千姫がぴくりと身を震わせて太腿《ふともも》をつぼめた。

「どうして」

「もっと、もっとゆっくりと秀頼さまの胸に抱かれていたいんですもの」

千姫は秀頼の首にしがみつき、激しく唇を吸った。別れの時が目前に迫っていることを予感したような激しい求め方である。

その予感は、秀頼にもあった。

それだけにいっそう千姫が愛《いと》おしい。狂おしいほどに切なくもある。そうした思いに突き動かされるように、あわただしく千姫の中に身を沈めた。

「ああ、ご無体な……」

千姫は左右に首を振って突き上げる歓びを堪《こら》えようとした。乱れ籠《かご》に納めた髪が、歓びにあえぐたびに散らばっていく。

「こうして鈴虫の音に耳を傾けていようじゃないか」

秀頼は千姫を貫いたまま抱き起こし、あぐらの上に座らせた。こうすれば自身の体重で千姫を圧迫することもない。見つめ合って話をすることも出来る。

だが一度火がついた千姫には、もはや鈴虫の音を楽しむゆとりはなかった。

秀頼の両肩に手を当て、中腰になったまま激しく前後左右に腰を動かして歓びを極めようとする。自らを苛《さいな》むように切ない声をもらして秀頼の背中に爪を立てた。

「ああ、もう……」

千姫は秀頼の腰を両足で締めつけ、全身を小刻みに震わせて昇りつめた。


十月三日、大手桜門を入った所にある広大な広場で、秀吉が残した分銅金の鋳潰《いつぶ》しが行われた。

兵糧や武具の購入、城内外の補修工事、牢《ろう》人衆への当座の褒美に当てるためである。

その様子を、淀殿は大蔵卿の局らと桜門横の千貫《せんかん》矢倉から見物した。

広場には人の背丈ほどの炉が三基据えられ、左右に風を送るためのふいごが置かれている。炉の側には炭俵が山と積まれ、鋳物師《いもじ》たちが分銅金が運ばれて来るのを所在なげに待っていた。

「昨夜、秀頼さまは化粧殿にお泊りになったそうでございます」

大蔵卿が淀殿に体を寄せてささやいた。

「夫婦《めおと》ゆえ、泊ったところで何の不都合もあるまい」

「以前は奥御殿にお戻りにもならなかったのに、あまりの変わり様ではございませぬか」

「夫婦仲のいいのは結構なことじゃ」

淀殿はそう言ったが、心のどこかに秀頼を取られたような淋《さび》しさがあった。

「それはもうおよろしいらしく、昨夜も何やら夜ふけまで物音がしていたようでございます」

「そなたは千に奥御殿を明け渡したことが不服のようじゃな」

「そうではございませぬが」

大蔵卿の太った顔にはそうだと書いてある。

「秀頼さまも修理との和解に応じて下されたのじゃ。我らも意のある所を示さねばならぬ。それに千を奥御殿に入れておけば、戦となった時に逃げ出されるおそれもあるまい」

西の丸にいては、徳川家から付き従ってきた者たちが千姫を城外に連れ出すおそれがある。奥御殿を与えたのは、人質として確保するという目的もあった。

　やがて天守閣の金蔵から、千枚分銅や二千枚分銅が運び出されてきた。

　秀吉は天下統一を終えると全国の主要な鉱山を直轄領とし、そこで産出した金銀を大坂城に運ばせ、分銅型の金塊に鋳造して蓄えた。

　これが千枚分銅とか二千枚分銅、あるいは大法馬金と呼ばれるものである。千枚分銅は大判千枚、金一万両分に当たるもので、重さは四十三貫（約百六十キログラム）あった。

　こうした遺産を、淀殿と秀頼は寺社造営のために惜し気もなく使った。先にも触れた通り、方広寺大仏殿と大仏の建立のためだけに、千枚分銅十三、二千枚分銅十五が使われた。

　これで城内の蓄えは底をついただろうと噂されたほどで、慶長十五年六月十六日の『当代記』には、〈太閤御貯えの金銀、この時払底《ふってい》あるべしと云々〉と記されている。

　だが城内にはまだ充分な蓄えがあった。

　大坂夏の陣で豊臣家が亡《ほろ》びた後、城の焼け跡から徳川方の手によって金銀が回収され、京都にいた家康のもとに運ばれた。

『徳川実紀《じっき》』によれば、金二万八千六十枚、銀二万四千枚だったという。

　冬の陣、夏の陣で十万の兵を擁して戦った後に、なおこれだけの蓄えが残っていたのだから、秀吉の遺産は無尽蔵と思えるほどである。

その財力が淀殿を強気にし、幕府との決戦へとひた走らせたのだった。

三つの炉に分銅を入れると、炉の口に火が入れられ次々と炭がくべられていく。左右のふいごから風が送られ、炭の燃焼を早めていく。

溶けた金を炉から取り出す湯口には鉄の樋《とい》がはめられている。樋を流れた金を、砂を固めて作った鋳型に流し込むのだ。

同じ大きさの鋳型を作るために太さのそろった竹で型を取るので、竹流し金と呼ばれている。半円柱の金ののべ棒で、ひとつが十両（大判一枚）の値打があった。

炉が赤く灼熱《しゃくねつ》して中の金が溶けると、鋳物師の頭《かしら》が湯口を開けた。熱のために赤味をおびた金が樋を走り、そそぎ口に落ち、ゆっくりと湯道を流れて鋳型を満たしていく。鋳型が金で一杯になると頭が湯口を閉ざし、鋳物師たちが次の鋳型を運んでくる。

金で満たされた鋳型が次々に広場に並べられ、陽をあびてまぶしく輝やくのを見ると、淀殿の気分は次第に高揚してきた。

半刻《はんとき》ばかりの間に十万両分ほどの竹流し金が出来たのだ。この力をもってすれば、幕府の軍勢など怖るるに足らぬとさえ思えてきた。

「修理をここに」

侍女にそう命じた。

分銅金の鋳潰しの指揮を執っているのは大野治長である。

「お呼びでございますか」

治長は小具足姿に陣羽織を着て、黒の折れ烏帽子《えぼし》をかぶっている。大柄で彫りの深い顔立ちなので、侍女たちが後を追って盗み見るほど見事な武者ぶりだった。

「金の茶室はいかがいたした」

「奥御殿の御蔵《みくら》にしまってありますが」

秀吉自慢の黄金の茶室は組み立て式である。柱や壁や天井を分解して持ち運ぶことが出来た。

「あれを鋳潰せば、どれほどの竹流し金がとれるのじゃ」

「せいぜい一万両か一万五千両でございましょう」

茶室の柱や壁に張った金は薄いのべ板にしたものだ。地金としての値打などたかが知れていた。

「それでもよい。鋳潰して軍用金とせよ」

「しかし、あの茶室は千利休どのの作でございますれば」

茶室としてなら、金に糸目はつけぬと言う大名や商人がいくらでもいるはずだった。

「よいのじゃ。あのような怪物《ばけもの》じみた茶室など、この世にあってはならぬ」

淀殿は秀吉の成り上がりらしい派手好みを好きではない。黄金の茶室に入るたびに敗れ去った父や母の無念ばかりが思い出されていたので、鋳潰すことに復讐《ふくしゅう》でも遂げるような歓《よろこ》びを覚えていた。

十月六日、秀頼は速水甲斐守ら七組の頭をつれて城の見廻りに出た。

戦にそなえての補修工事は着々と進んでいた。

城の東側は玉造口から猫間《ねこま》川までの間に堀と柵《さく》を築き、西は博労《ばくろう》ヶ淵《ふち》や阿波座《あわざ》、土佐座《とさ》に砦《とりで》を構えた。

海からの攻撃にそなえて中津《なかつ》川の河口には安宅《あたけ》丸をはじめとする大船を配し、対岸の福島《ふくしま》にある豊臣水軍の砦の備えを固めた。

北の天満《てんま》川ぞいの鴫野《しぎの》や今福《いまふく》には二重三重に柵と堤防を作り、敵が船で渡るのを防ぐために川に乱杭《らんぐい》を打って縄を張った。

南は正面から敵の攻撃にさらされることになるだけに、惣構《そうがまえ》の土塀と石垣を厳重にし、十間ごとに二階建ての矢倉を置いた。

また塀の内側に足場を組み、鉄砲狭間《ざま》と屋根の上から二段構えで銃撃することが出来るようにした。

十月七日の正午を期して、真田幸村、後藤又兵衛、長曾我部盛親、毛利勝永、明石全登らが関ヶ原の牢《ろう》人衆をひきいて続々と入城してきた。

事前に淀殿から仕度金を受け取っているので、それぞれが牢人衆を配下に組み入れ、そろいの鎧《よろい》をまとった数千の軍勢に組織していた。

天下に名だたる豪傑たちが、着到を告げる声とともに入城する様は勇ましく頼もしい。

中でもひときわ目を引いたのは、赤ずくめの鎧に赤い旗印をかかげた真田幸村の軍勢六千と、黒ずくめの鎧に藤色の旗印をかかげた後藤又兵衛の軍勢五千、二枚胴の南蛮鎧に白地に黒い花クルスを描いた明石全登の軍勢四千である。

秀頼は桜門の外に陣幕をめぐらし、桜馬場に勢ぞろいした三万の軍勢を謁見した。梨地緋《ひ》おどしの鎧を着て太平楽にまたがり、生玉口大門から入って来る者たちを見つめていた。

秀頼の堂々たる武者ぶりは、牢人衆からもはっきりと見える。その姿を目にしただけで感極まって泣き出す者が続出し、桜馬場は異様な熱気に包まれていった。

関ヶ原の合戦に敗れて以来十四年間、彼らは豊臣家の撫育《ぶいく》によって辛《から》き命をつないできた。

零落していく豊臣家に己れの姿を重ね合わせ、いつの日か徳川家を倒して再び世に出る夢だけを支えに、非情な牢人暮らしを耐え忍んできたのである。

そうしてようやくつかんだ晴れの舞台、晴れの鎧だけに、秀頼のために命を捨てようというふつふつたる決意に燃えていた。

秀頼にもそうした思いが手に取るように分った。

彼らの無念、耐え抜いてきた辛《つら》さ、この一戦にかける覚悟、太閤の城に入城できた喜び。それが体に直《じか》に伝わってきて、涙がこみ上げそうになった。

「やはり父上は、偉大なお方であったのだな」

秀頼は側に控えている速水甲斐守に声をかけた。

秀吉の力が三万の武士たちをこれほど熱くさせるのだと思った。

「そうではござらぬ。皆秀頼さまに命を捧《ささ》げておるのでござる」

甲斐守は泣いていた。石のように黙り込んだまま、静かに涙を流していた。

「私には、まだそのような力はない」

「関ケ原の後、あの者たちは秀頼さまの再起だけを恃《たの》みにして生きてきたのでござる。お袋さまがひそかに撫育なされてきたのは、その心情に報いようとしてのことでござる」

「それは、私にも分っていた」

これまでは幕府に付け入る隙を与えることになると反対してきたが、実際に彼らを目の前にしてみると、その心情に応《こた》えて共に戦うことが出来るだけで幸せではないかと思えてきた。

一刻《いっとき》に及ぶ謁見の後に、秀頼は主立った武将たちと対面するために千畳敷御殿に引き上げたが、桜門の外ではちょっとした騒動がもち上がっていた。

秀頼が立っていた場所に、太平楽のひづめの跡が四つしか残っていなかったのだ。

一刻の間、太平楽は足踏みひとつしなかったということである。

それは秀頼の乗馬術の見事さを物語るばかりでなく、太平楽さえも心服させた武威を如実に示すものだ。

武士たちは馬を鎮めたままにしておく困難を熟知しているだけに、このことはその後長い間城中城下の語り草となった。

そんなこととは露知らない秀頼は、武将たちとの対面の後に後藤又兵衛と真田幸村を黒書院に呼んで親しく言葉をかわした。

又兵衛基次《もとつぐ》は五十六歳。三木《みき》城主別所長治《べっしょながはる》の侍大将だった後藤将監《しょうげん》の子である。

三木城が秀吉の軍勢に攻められて落城する寸前、我子の才を惜しんだ将監は、旧知の黒田官兵衛《くろだかんべえ》を訪ねて又兵衛を託した。

以後又兵衛は官兵衛の直臣として仕え、関ヶ原の役の後は一万六千石を領する身となったが、官兵衛の死後家督をついだ長政《ながまさ》と対立して黒田家を致仕した。

これを知った細川家や福島家から召し抱えたいとの誘いがあったが、いずれも断わって気楽な牢人暮らしを続けてきたのである。

大柄で黒々とした髭《ひげ》をたくわえた陽気な男で、関ヶ原牢人のように徳川家に対する怨念《おんねん》はない。それだけに淡々として、かえって親しみやすかった。

真田幸村は四十九歳。父は信州上田城主《しんしゅううえだ》の真田昌幸《まさゆき》である。

関ヶ原の役では、西上する徳川秀忠の軍勢三万五千を父とともに上田城で迎え討ち、十日間も釘付《くぎづ》けにするめざましい働きをした。

敗戦後紀伊《きい》国九度《くど》山に配流となり、幕府の厳しい監視を受けていたが、ひそかに大野治長らと連絡を取り、九度山を脱出して駆け付けたのである。

額の秀でた物静かな男で、体は小柄だが腹に刃を呑《の》んだような赫々《かくかく》たる闘志をひめている。徳川方につくなら十万石の所領を与えるという家康の誘いを拒み、豊臣家と運命を共にしようと決した信義の男でもあった。

秀頼は二人の面相を見ただけで、片桐且元がなぜこの二人を頼れと言ったかが分った。

「私は戦に出たことが一度もない。何事についてもお二方の指示を仰ぎたい」

「ならばさっそくでござるが」

普通に話しているのに、又兵衛の声はふすまが震えるほどに大きい。目も鼻も口も大きい仁王のような顔立ちである。

「まずその話しぶりから改めていただきたい。大将というものは命じるものでござる。配下に気がねをしているようでは、とても十万の軍勢をまとめ上げることは出来申さぬ。のう真田どの」

「さよう、人を人とも思わぬことも、大将たる者の働きにござる」

幸村がおだやかに応じた。

右大臣菊亭晴季《きくていはるすえ》の孫に当たるだけに、又兵衛とちがって雅《みやび》やかな気品がある。

「人を人とも思わぬとは、どういう意味じゃ」

「戦陣において指揮をとる時には、人を碁石のごとく扱うことも必要でござる。捨て石と分っていながら、死地に行かせねばならぬことも多々ござる」

「又兵衛はどうじゃ。同じ考えか」

「さよう。真田どのの申されることはもっともでござるが、それがしは配下と共に死地に行くことを好みまする。己れを捨て石とするのでござるな」

又兵衛が豪快に笑った。

生涯を戦場往来のうちに過ごしてきた男らしい物言いだった。

「又兵衛の申す通り、将士に対してはすべて命じることとする。それで良いな」

二人は軽く頭を下げて異存のないことを示した。

「ではさっそくだが、今日より又兵衛は市正の、幸村は主膳正《しゅぜんのかみ》の屋敷に入り、毎朝辰《たつ》の刻《こく》（午前八時）に黒書院に出仕せよ」

片桐邸を与えるとは、二人を家老格として扱うということである。

又兵衛と幸村は一瞬互いの顔を見合わせ、満足気に承諾の返答をした。


真田幸村と後藤又兵衛が真っ先に手がけたのは、後に真田丸と呼ばれる出丸の建設だった。

大坂城は上町《うえまち》台地と呼ばれる丘陵の北端に建てられている。

城の北と東西には、淀川、大和川、平野川、東横堀川が流れて天然の要害をなしているが、南だけは天王寺から堺へと丘陵がつづいている。

徳川方が城を攻めるとすれば、当然南からの攻撃に主力を置くはずだった。

秀吉もこれを予想し、台地が一段高くなった清水谷のあたりを選んで惣構《そうがまえ》を築き、幅半町、深さ五間もの空堀をもうけていたが、これだけでは防備には適していても敵に有効な反撃を加えることが出来ない。

そこで幸村と又兵衛は惣構の外の小高い山に出丸を築き、惣構に攻めかかる敵に側面から攻撃を仕掛けると同時に、隙あらばいつでも城外に打って出られるようにした。

この工事ぶりを見るために、淀殿は大蔵卿の局や大野治長らと惣構の矢倉に登った。

城下の蔵を移築して急造した二階建ての矢倉は建て付けが悪く、階段も狭く急である。足を踏みはずしそうになった淀殿を、治長が後ろから抱きかかえるようにして支えた。

「危のうござる。ご用心なされませ」

「よい。手などいらぬ」

淀殿は背中から伝わる治長の温《ぬく》もりを気丈にふり払った。

二階からのぞくと、空堀の底までは目がくらむほどの深さがあった。

もともと台地の高低差が十間ばかりある所に、六間の石垣を築き、五間の堀を掘ったのだから、二十一間（約三十八メートル）の高さということになる。

幕府軍が何十万で攻め寄せて来ようとも、これを破られることはよもやあるまいと思えるほどだった。

真田丸が築かれている小山の頂上は、淀殿の目の高さとほぼ同じ位置にあった。

高さ十丈ばかりの小山で、頂上はかなりの人数がこもれそうなほど平坦《へいたん》である。山のふもとには一万人ちかい牢《ろう》人衆が出て、空堀を掘っていた。

真田丸の北側は惣構につながり、東西には空堀を掘り残した出口がある。出口の外には、二重の柵《さく》で囲った一町四方ほどの空地があった。

「東西の出口は、惣構に攻めかかる敵を横から攻めるための馬出しでござる。出口の外を柵で囲ってあるのは、大軍の追撃を受けた場合に備えてのことでござる」

治長が腕を伸ばして指差した。

柵の入口を狭くしておけば、敵の大軍に追撃されても少しずつしか柵の中に入ることが出来ないので、退却する時間をかせげるのだ。

もし敵が大軍を柵の中に入れたなら、真田丸の頂上と惣構の内側から十字砲火をあびせることが出来る。

「この出丸に敵が攻めかかる所を、早く見たいものじゃ」

これほど厳重な備えを、家康はどんな手で破ろうとするのだろう。淀殿はそう考えてみた。

二十年近く大坂城に住みながら、矢倉も堀も天守閣も戦のためのものだと思ったことはあまりない。平和な時代が長くつづいていたために、いつしか住居の装飾のような気がしていたのである。

だがこれからは、秀吉が築いたこの城が初めて戦のための機能を発揮する。その力に淀殿や豊臣家の命運がかかっているのだ。

「お袋さま、秀頼さまが」

大蔵卿の局が真田丸の入口を指した。

秀頼が後藤又兵衛と真田幸村を従えて真田丸に向かっていた。

どうやら視察に来たらしい。我子とは思えないほど堂々たる姿に、淀殿は思わず矢倉から身を乗り出して手を振った。
秀頼もはにかみながら手を振っている。
淀殿の胸に熱いものがこみ上げ、秀頼の姿が涙でぼんやりとにじんでいった。

第六章　決戦開始

慶長十九（一六一四）年十月十一日、徳川家康は駿府を発《た》って西上の途についた。同行する兵はわずかに五百である。

東海道《とうかいどう》筋の諸大名が厳戒態勢を取る中、十七日には名古屋《なごや》、十九日には岐阜、二十三日には京都に着いて二条城に入った。

同じ日、徳川秀忠が五万の兵を率いて江戸を発った。

先鋒《せんぽう》を命じられた伊達《だて》政宗《まさむね》軍一万と上杉景勝《うえすぎかげかつ》軍五千は、すでに二十日に江戸を発っていた。

秀忠は昼夜兼行の強行軍をつづけ、十一月十日には伏見に到着し、翌日二条城で家康と対面した。

これまで秀頼を庇《かば》いつづけてきた秀忠も、ついに戦わざるを得なくなったのだ。

強行軍をつづけてきたのは、大坂攻めに反対していると思われたなら、将軍の座を追われかねないからだった。

そうした知らせは京都の片桐且元から、数日おきに大坂城の秀頼のもとに届いていた。

且元は幕府方に人質を差し出し、大坂の状況を逐一報告することで家康の信頼をかち取り、大坂城攻めの相談に与《あず》かるほどに重用されていた。そこで知り得たことを、密使を送って秀頼に知らせていたのである。

予想していたこととはいえ、東西南北から二十万の軍勢がひたひたと押し寄せていると思うと、秀頼は次第に浮き足立ってきた。

何しろ初陣の経験もないのである。自分では落ち着いているつもりでも、胃の腑《ふ》を下から押し上げられたようで、腰に力が入らない。

戦仕度に没頭している昼間はまだ良かったが、夜になると緊張と不安に押し潰《つぶ》されそうになることがあった。

そんな時には黒書院に宗夢を呼び、酒を飲みながら話をした。

「そろそろ戦も迫りました。今日は合戦の手立てについて教えていただきたい」

義父秀忠が二条城に着いた十一月十一日の夜、秀頼はそう頼んだ。

「ほっほ、泥縄とはこのことじゃな」

宗夢は笑いながら酒を飲んだ。

冷え込みが厳しくなっているというのに、夏と同じように薄汚れた僧衣一枚をまとっただけである。首には菱《ひし》の実で作った数珠《じゅず》をかけていた。

「どろなわとは、何ですか」

「泥棒を捕えて縄をなう。後手後手に回ることを言う」

「それでも、なわぬよりはいいでしょう」

「縄が出来上がるのを待ってくれるほど、相手が悠長な泥棒ならな」

「勝敗は時の運と申します。私はただ、自分に出来る精一杯のことをするばかりです」

たとえどんなことになろうとも、決して無様な真似をしてはならない。入城できた歓《よろこ》びに涙を流す牢人衆の姿を見て以来、秀頼は己れにそう言い聞かせていた。

「戦に勝つためには、相手より多くの軍勢、武器弾薬、銭をそろえることじゃ。これが出来ぬとあらば、大将の才覚ひとつに頼るほかはあるまい」

「優れた大将になるためには、どうすればいいのでしょうか」

「智《ち》信仁勇厳を身に具《そな》えることじゃ」

「少し、少しお待ち下さい」

秀頼は文机《ふづくえ》から矢立てと紙を取り出し、智信仁勇厳と書き付けた。

「智というものは、時節の至ると至らぬを知り、敵の大将の才智と身方の大将の才智との高下を知り、人の多少と勢の強弱を知り、敵の人の用い様を知り、地形の好《よ》し悪し、山川森林などの便利を知り、国々の風俗、古《いにしえ》と今との同じ所と異なる所を知り、しかもこうした諸々《もろもろ》を合わせた上で判断を下すためのものじゃ。それゆえ大将にとって第一に智が必要ということになる」

宗夢は酒を口に含み、喉《のど》をうるおしてからつづけた。

「第二に信をあげたのは、いかに智恵あろうとも言葉に信なくば配下の将兵に信頼されることは出来ぬ。第三の仁というは、将兵を憐《あわ》れむ心のことじゃ。将兵の身を深く案じぬ大将は、いかに智恵あっても配下に慕われぬゆえに思わぬ不覚を取ることがある。明智光秀《あけちみつひで》に討たれた織田信長がよい例じゃ。第四の勇とは、いかなる時にも心を強く持ち、決して取り乱さぬことじゃ。いかに智恵があろうとも、勇なくしては肝腎《かんじん》の戦の時に取り乱し、智恵や仁の働きも失って、平生知っている事さえ何の用にも立たぬようになる。刃を喉元に突き付けられても笑っていられるほどの勇気がなければ、とても大将など務まらぬ。五番目に厳をあげたのは、法度や作法が正しく厳しくなければ、数万の軍勢を律することは出来ぬからじゃ。配下の将兵の法度や作法を厳しくするからには、まず大将自らが手本を示さねばならぬ。まあ、簡単に申せばそういうところであろう」

「老人はこの間、時の至ると時を失うということについて語られた。ただ今は時節の至ると至らぬを知るのが智だと申された。ならば戦を目前にした私に、時が至るようにする方法はあるのでしょうか」

「無論、ある」

「ならば、是非ともその道をお教え願いたい」

「その前に酒を運ばせてもらえまいか。酒は舌をすべらす油でな。これが切れると、どうにも調子が悪い」

宗夢はすでに二升ちかく飲んでいるが、まったく酔っていなかった。まるで歩く酒袋のような男である。

「さてさてさて、舌も充分なめらかになったゆえ続けるぞよ。傾きかけた当家に再び時を至らせるためには、王道に立ち返ることじゃ。神明が人を天下の主《あるじ》に任じられるのは、神明に代わって天下万民を安楽に導くようにとの大御心《おおみこころ》からじゃ。この意に従って天下を治めるを王道という。古の聖人賢人は、この理《ことわり》を身をもって知っておったゆえに、我が蔵に金銀財宝を蓄えることを嫌ったものじゃ。何ゆえかと申せば、日本国に生まれる米穀は日本人を養うために天地が恵んでくれたものじゃ。この財を奪い取って己れの蔵に収めるは、天道の物を盗み取る泥棒と同じじゃ。これにまさる悪逆はない。太閤秀吉はこの悪をなしておる。大坂城中に貯め込んだ金銀財宝は、皆民の涙じゃ。悪逆非道の記念碑じゃ。民の心が豊臣家から離れていくのは当たり前ではないか。今すぐこれを貧しき者たちに施し、この城を捨てて国替えに応じることじゃ。そしてたとえ一万石の大名になろうとも、領国において仁政を行い民を慈しむならば、必ずや神明のご加護があるはずじゃ」

「私もそうしたいと思いました」

だが淀殿らの強行策に敗れ、幕府と戦わざるを得なくなったのである。

「ならばひと戦して面目を保ち、朝廷の仲介によって和議に持ち込むことじゃ。その時に国替えに応じれば、幕府といえども豊臣家の存続を認めざるを得なくなる」

不思議なことに、勅命和議という点では宗夢と片桐且元の考えはまったく同じだった。


十一月十五日、徳川家康は二条城を発って大和に向かい、奈良《なら》に泊った。

秀忠は伏見を出て河内《かわち》に向かい、夜になって枚方《ひらかた》に到着した。

十六日、家康は奈良を出て法隆寺《ほうりゅうじ》に一泊し、翌日住吉に着いた。

すでに着陣していた藤堂高虎《とうどうたかとら》、浅野長晟《ながあきら》、蜂須賀至鎮《はちすかよししげ》、前田利常《としつね》、松平忠直《まつだいらただなお》ら十数将が出迎え、評定を開いて諸軍の持場を決めた。

十八日の卯《う》の刻《こく》（午前六時）、家康は天王寺に到着した。

出迎えた秀忠と茶臼山で軍議を開き、大坂城の周囲に付け城を築いて包囲網を作り、持久戦に持ち込むことに決した。

この日幕府軍二十万は布陣を終え、大坂城を遠巻きにしたのである。

秀頼は速水甲斐守や後藤又兵衛と共に天守閣により、天守の廻《まわ》り縁に立って敵の陣形を望見した。

「合戦図屏風《びょうぶ》でも見るようじゃ」

色とりどりの陣幕を張り幟《のぼり》や吹き流しを立てた眼下の敵を、秀頼はあかずにながめた。

忙《せわ》しげにうごめく人や馬が、蟻のように小さく見えた。

「天下の軍勢を引き受けた気分は、いかがでござるかな」

又兵衛がたずねた。

幸村は前線に出て指揮を執ることを望んだために、秀頼の側には又兵衛がつくことになったのである。

「思っていたほどのことはない。これなら二、三ヵ月は充分に守り通すことが出来よう」

大坂城の巨大さに比べると、人はあまりにも小さい。こうして敵を目の下に見ていると、迫り来る敵を想像して覚えたような不安は感じなかった。

「これは頼もしい。大将たるものはそのようにあらねばなりませぬ」

又兵衛はにやりと笑って、敵の布陣について説明を始めた。

「それでは南の天王寺方面から参りましょう。あの住吉に家康が、東の平野に秀忠が本陣を構えております。人数は家康が三万、秀忠が二万でござる」

住吉大社の近くには、家康の金扇の馬標《うまじるし》と「厭離穢土欣求浄土《おんりえどごんぐじょうど》」の大軍旗が立てられている。

平野には白地に三葉葵《あおい》の紋を黒く染めた幟が七本林立していた。

又兵衛は幟や旗と手元の書き付けを見比べながら説明をつづけた。

「西の松屋町《まつやまち》口には伊達政宗一万、谷町《たにまち》口は藤堂高虎四千、八丁目《はっちょうめ》口は松平忠直一万と井伊直孝《いいなおたか》四千、真田丸の正面に布陣しておるのは、加賀の前田利常一万二千でござる」

上町台地の丘陵がつづく南側が最も攻めやすい地形だけに、家康はこの方面に十万ちかくの大軍を配していた。

東の平野川の対岸には、上杉景勝の五千、佐竹義宣《さたけよしのぶ》の千五百を中心とする軍勢一万五千。

北の天満の周囲には、姫路《ひめじ》城主の池田利隆《としたか》の八千、本多忠勝《ただかつ》の嫡男忠政《ただまさ》の三千など総勢一万五千。

西の木津《きづ》川方面には備前岡山城主池田忠継《ただつぐ》の九千、浅野長晟の七千、鍋島勝茂《なべしまかつしげ》の七千、蜂須賀至鎮の五千など、淀殿らが身方にできると期待していた西国大名の軍勢四万六千余が布陣していた。

これに対して豊臣方は本丸に七組の衆三千、二の丸、三の丸、惣構に四万三千、真田丸や海ぞいの砦《とりで》に二万二千など、総勢九万六千余の兵を配して迎え討つ態勢を取っていた。

「戦はまず海ぞいの砦から始まりましょう。野田《のだ》や福島の砦は数日中に落とされ、敵は東横堀川の対岸まで迫ってくるはずでござる」

又兵衛や幸村は海ぞいの砦はすべて放棄するべきだと言ったが、大野治長らは船倉に繋留《けいりゅう》してある軍船を確保しておく必要があると主張し、治長の弟治胤《はるたね》や薄田隼人正《すすきだはやとのしょう》らに五千の兵をつけて守らせていた。

「敵はいつ攻めて来る」

「中津川口に敵の水軍が現われたとの報がありました。おそらく今日明日にも、戦が始まるはずでござる」

「このようにおだやかな景色を見るのは、これが最後か」

戦の喧噪《けんそう》をよそに、天満川はいつもと同じように満々と水をたたえている。

船場の町では、碁盤の目状にめぐらした通りにそって商家の甍《いらか》が並び、冬の陽をあびて鈍く輝やいていた。

はるか彼方《かなた》には、青々と澄みきった難波《なにわ》の海が横たわり、淡路《あわじ》の島影がかすかに見える。

秀頼は二十数年間慣れ親しんだ景色を目に焼きつけておこうと、いつまでも廻り縁にたたずんでいた。

又兵衛の予想通り、徳川方は海ぞいの砦から攻めかかった。

十一月十六日に志摩《しま》から大船五艘《そう》と軽船五十艘をひきいてきた九鬼守隆《くきもりたか》らは、十八日に中津川河口の砦を守備していた大野治胤の軍勢八百に攻めかかった。

ここは大坂湾から中津川や天満川に船が入る際の喉首《のどくび》に当たるところで、福島や野田、博労ヶ淵などの砦とともに天満川水運を確保するための砦が築かれていた。

治胤は中津川ぞいに三重の柵《さく》を築き、河口に福島丸や伝法《でんぽう》丸など数艘の大船を浮かべていた。

九鬼守隆らは千六百の兵でこの砦を攻めたが、大野勢もよく防戦した。

十九日の未明には九鬼水軍の猛者《もさ》が夜陰に乗じて福島丸を乗っ取ろうとしたが、大野勢に撃退された。

早朝には船場の南端の三《み》ツ寺《でら》口の砦を蜂須賀至鎮の軍勢三千が襲った。

阿波徳島《とくしま》城主である至鎮は全軍を水陸の二手に分け、船四十艘に分乗した水路の兵には正面から、陸路の兵には搦手《からめて》からの攻撃を命じた。

三ツ寺口の砦は、天満川の河口から道頓堀を通って東横堀川へと通じる水路を確保するための要地だけに、大坂方は明石全登《またのぶ》に兵八百を与えて守らせていた。

四倍ちかい蜂須賀軍の攻撃を守備兵は二刻《とき》ちかくにわたって支えたが、至鎮の家臣中村右近《なかむらうこん》が兵三百とともに砦の北側に回って火を放った。

火は折からの北風にあおられてまたたく間に燃え広がり、全登らは博労ヶ淵の砦まで落ちのびた。

夜になっても三ツ寺口の砦は燃えつづけた。

炎が風に吹き散らされて周辺の民家に燃え移り、火勢はますます盛んになっていく。低くたれこめた雲が炎に照らされ、空までが焼け落ちそうである。

淀殿は千畳敷御殿の二階に上り、暗い目で炎をながめた。

三ツ寺口が落ちれば、敵は容易に船場まで兵を進めることが出来る。博労ヶ淵や土佐座、阿波座《あわざ》の砦も数日中には落とされ、船場に敵の大軍が布陣するにちがいなかった。

そうした合戦上の不利もさることながら、燃え上がる炎が淀殿を不安におとしいれていた。

天を焦がす炎を見ると小谷城落城の恐怖が反射的によみがえり、膝《ひざ》をかかえてうずくまりたいような無力感にとらわれるのだ。

「物々し明け暮れに、慣れつる修羅の敵《かたき》ぞかしと、太刀真向《まっこう》にさしかざし、ここやかしこに走り巡り、火花を散らして戦ひしが……」

淀殿は口の中で小さく「生田敦盛」をとなえた。

徳川家康こそ修羅の敵である。この手で討ち取るまでは、何としてでも己れを強く保たねばならぬ。

「島津からの返書はまだか」

大蔵卿の局にたずねた。

「まだでございます」

「あるいは使者が捕われたのかも知れぬ。もう一度薩摩《さつま》に使いするよう修理に伝えよ」

淀殿は島津家久《いえひさ》に来援を求める使者を三度にわたって送ったが、最初に断わりの返書が届いたばかりで後は何の音沙汰《おとさた》もない。

遣わした使者さえ戻っては来なかった。

「江戸はどうじゃ。福島、黒田、加藤はまだ動かぬか」

「何の知らせもございませぬ」

「関東の兵が出兵したなら、あの者たちはその隙に乗じて挙兵すると、修理が申したではないか」

淀殿は苛立《いらだ》ちに声を荒らげた。

秀吉子飼いの大名である福島正則、黒田長政、加藤嘉明《よしあき》は、豊臣家に身方するおそれがあるために江戸で留守役を命じられていた。

淀殿も大野治長もこの三人に大きな期待をかけて何度も誘いの使者を送ったが、返事はついに一度もなかったのである。

他にも伊達政宗や佐竹義宣、前田利常、蜂須賀家政《いえまさ》、池田利隆、浅野長晟、細川忠《ただ》興《おき》など、少しでも期待の持てそうな大名にはことごとく使者を送って助勢を乞《こ》うたが、多くの者が密書を家康に届けて忠誠の証《あかし》としたり、使者を捕えて江戸に送った。

浅野長晟にいたっては使者を斬り捨てたほどである。

そうした報が届くたびに、淀殿は寒空の下で一枚一枚衣《ころも》を引きはがされていくような心細さを覚えた。

「秀頼さまはどうしておられる」

「先ほど化粧殿に入られました」

「敗《ま》け戦というのに、何を考えておられるのじゃ」

この大事に秀頼が千姫と睦《むつ》み合っているのかと思うと、淀殿は腹立ちのあまり吐き気がした。

額に手をあてると、髪がずいぶんと手応《てごた》えを失っている。この一月あまりの心労のために、生え際から次々と抜け落ちているのだ。

「戦のさ中にも女子《おなご》と睦み合うほどの胆力があってこそ、大将たる器というものでございます。添い寝の役が控えておりますゆえ、お袋さまもたまには肌をぬくめなされませ」

「無用じゃ。そのような気にはなれぬ」

「そのように張りつめてばかりおられると、いつかぷつりと切れまする」

大蔵卿にやさしく背中をなでられて、淀殿は急に人肌の温みを思い出した。

「控えておるのは誰じゃ」

「おまつとおいと、おしげでございます」

「いとだけでよい。風呂《ふろ》の供をさせよ」

戦国大名のほとんどが近習を男色の相手としたように、奥御殿で主人の帰りを待つ奥方たちも侍女を女色の相手としていた。

添い寝の役とはそのことで、淀殿も三、四人の侍女に夜伽《よとぎ》をさせて孤閨《こけい》の苦しみをまぎらしていたのだった。

翌朝遅く、淀殿は爽快《そうかい》な気分で目を覚ました。

久々に肌を温め、登りつめる歓《よろこ》びに身をひたしただけに、腰のあたりの鬱血《うつけつ》が抜けたように清々《すがすが》しい。頭がすっきりと澄んで、瑞々《みずみず》しい気力がわき上がってきた。

「お袋さま、修理どのと有楽どのがお目通りを願っておられます」

おいとがそう告げた。

きめの細かい肌をした柳腰の娘である。

淀殿は昨夜の感触を追おうとするようにおいとの柔らかい頬に触れ、尻《しり》をそろりとなでてから対面所に出た。

大野治長と織田有楽斎は、徳川家康からの和議の書状を持参していた。

このままでは天下に迷惑を及ぼし多くの命が失われる。互いに使者を立てて和議の道をさぐりたい。家康はそう申し入れていた。

「これは罠《わな》じゃ」

淀殿は一読するなり書状を破り捨てた。

「和議をちらつかせて、我らの結束を乱そうとしておる。このような見え透いた手に乗せられてはならぬ」

「ならば早速断わりの使者を出しまする」

治長は何事も淀殿の言いなりだった。

言いなりになることが自分の使命であると肚《はら》を据えたような所さえあった。

「使者など出さずともよい。城外に密偵を放ち、家康は豊臣家にわびを入れ、和議を結びたいと申し入れたという噂を流すのじゃ」

「ははっ」

「同時に離間策を用いよ。太閤殿下ゆかりの大名が、豊臣家に身方していると家康に思わせるのじゃ」

淀殿はそう命じると、鎧《よろい》をまとって城内の見廻《みまわ》りに出た。ふつふつと戦う気力がわき上がり、じっとしていられなくなったのだった。

十一月二十三日、秀頼は後藤又兵衛らと山里曲輪の東北にある菱《ひし》矢倉に上り、今福、鴫野の工事を見学した。

大坂城の北と東は、川によって守られている。北からは淀川が、東からは大和川が流れ、京橋口で合流して大坂湾へそそいでいる。

また平野川と猫間川が、城の東側を南から北へと流れて大和川と合流していた。

特に平野川の下流は幅三町（約三百三十メートル）ほどにも広がり、一面の沼地と化しているために、東方面から攻めかかる敵は川幅の狭くなった大和川との合流地点を渡るはずである。

大坂方はそれを防ぐために平野川の東岸の鴫野村に砦《とりで》を築いて守りを固めていた。

鴫野の北を流れる大和川の対岸には、今福村の砦があった。これは大和川の北岸から鴫野の砦が銃撃されることを防ぐためのものである。

兵力を城外に分散させることに反対していた又兵衛も、この二つの砦だけは周囲に柵《さく》や塀を築いて死守するように命じていた。

あわただしく補強工事にかかったのは、徳川方が淀川の上流をせき止めようとしているという知らせが、片桐且元から届いたからだ。

淀川は大坂城の三里ほど上流の鳥飼《とりがい》で、南へ流れる天満川と西に向かう中津川に分流して海へそそいでいる。

家康は分流地点に土俵を積んだ舟を沈めて天満川をせき止め、水をすべて中津川の方に流れるようにしようとしている。

天満川をせき止めて人馬でも渡れるほどの浅さにして、天満方面からの攻撃を容易にするためだ。

大坂方にこれを防ぐ方法はなかった。三里も上流まで兵を出して工事を妨害することは出来ないからだ。

敵が浅くなった天満川を渡って攻めて来た場合にそなえ、今福や鴫野、大和川の中ほどに広がる中洲《なかす》や備前島の守りを固める以外に手はなかった。

「天満橋を中ほどまで焼き落とし、残った橋の上に銃隊を配しまする」

又兵衛が西の天満橋を指した。

「また京橋と備前島に銃隊を配し、川を渡ろうとする敵に三方から銃弾をあびせまする。そのためにも今福と鴫野は守り通さねばなりませぬ」

この二ヵ所を落とされたなら、備前島は大和川の中洲を通って来る敵の攻撃にさらされることになる。

それを防ぐために、今福には柵を四重にめぐらし、それぞれの柵の内側に土嚢《どのう》を積んだり銃眼を開けた竹束を並べていた。

大和川ぞいの堤の道には、土手の三ヵ所を掘り切って柵を立ててある。

鴫野の砦の周りや大和川の中洲にも、三重に柵を築いていた。

「敵は数日中にも攻めかかって参りましょう。今福、鴫野の砦に二千ずつばかりの兵をこめ、あの中洲に三千ばかりの後ろ備えをおいて、真田どのに采配《さいはい》をふるっていただくべきと存ずる」

大和川の両岸をにらみながらの難しい戦となる。現場で指揮を執れるのは真田幸村以外にはないと又兵衛は考えていた。

「私もそう思う」

秀頼は今福の方面を見やった。

懸命に工事をつづける城兵たちの半里ほど先には、すでに敵の軍勢が迫っている。白地に赤く日の丸扇の旗をかかげた佐竹義宣の兵千五百である。

「だが、母上は戦の指図はすべて大野修理に任せると申しておられる」

「修理どのには無理でござる」

又兵衛がばっさりと切り捨てた。

「真田どのには、上田城で徳川秀忠の軍勢と戦われた経験がござる。戦のこつを体で覚えこんだ者でなければ、激戦にうろたえるばかりで何の役にも立ち申さぬ。何とぞ真田どのにお任せ下され」

「分った。そのように申しておく」

秀頼はそう答えたが淀殿を説得するのは至難の業だった。

徳川方の密偵が牢人《ろう》衆にまぎれて城内に入っているためか、この一月の間さまざまな不穏の噂が飛び交っていた。

その中には真田幸村は徳川方としめし合わせ、戦の最中に内応するために入城したのだというものもあった。信州上田城主である兄信幸《のぶゆき》を通じて家康から誘いがあり、勝利のあかつきには二十万石の所領が与えられるという。

これは徳川方が真田幸村を孤立させるために流した噂であることは明らかだが、淀殿は思いのほかに動揺し、幸村に疑いの目を向けていた。中洲での采配を任せたなら、敵を引き入れて城に攻めかかって来ると言い出す始末である。

秀頼は絶対にそのようなことはないと力説したが、淀殿は中洲の采配は大野治長に任せると言って譲らなかった。

菱矢倉を下りて表御殿に戻ると、唐門の前で宗夢が待ち受けていた。

地味な小袖《こそで》にたすきをかけた六、七人の女たちを案内してきたらしい。

「お駒……」

秀頼は思わず声をあげた。

女たちの中に海神屋のお駒がいるではないか。

「店の者が秀頼さまのお役に立ちたいと申しますさかい、こうして連れて来ましたんや。何か手伝えることはあらへんやろか」

お駒がにっこりと笑った。

店で会う時とは別人のように質素な身なりだが、覚悟の定まったりりしく引き締った表情をしている。

「しかし、いったいどうして」

これだけの敵の包囲網を通り抜けてきたのだろう。

「秀頼さまに会うためやったら、これくらいの敵など物の数やあらへん」

お駒が頼もしいことを言う。秀頼は感謝の気持をどう表わしていいか分らなかった。

驚きはもうひとつあった。

「備中守《びっちゅうのかみ》どの……」

後藤又兵衛が幽霊でも見たように茫然《ぼうぜん》と立ち尽くしているではないか。

宗夢は言うな言うなと制するように手をひらひらと振り、薄汚れた僧衣の袖をひるがえして去って行った。

山里曲輪の東北の角は百二十度ほどの鈍角となっている。

この角に矢倉を築いてあるのでいびつな菱形の建物となった。

菱矢倉の名はそこからつけられたものである。淀殿が隠居所とした山里御殿とは、二階に渡した渡殿でつながっていた。

十一月二十六日の早朝、淀殿は大蔵卿の局や正栄尼、宮内卿の局らを引き連れて菱矢倉に上った。

又兵衛の予想通り、夜も明けやらぬうちから激しい銃撃戦が始まったからだ。

秀頼も又兵衛らと共に戦況をながめている。

だが淀殿がついに真田幸村の采配を許さず、大野治長の軍勢を守備につけたために、両者の間には冷たい隔たりが生まれていた。

「大丈夫、修理なら立派にやりおおせよう」

淀殿は不安そうに手を合わせている大蔵卿を励ました。

不要なほど声高になったのは、秀頼に聞かせようとしてのことである。

「ですが、戦には慣れておりませぬゆえ」

「関ヶ原に出陣しておるではないか。それに太閤殿下のお側に仕え、幾度《いくたび》となく教えを受けておるのじゃ。案ずることはない」

今福の砦《とりで》には大野家の矢野《やの》正倫《まさとも》と飯田《いいだ》家貞《いえさだ》が六百の兵とともにたてこもり、東の端に築いた第一の柵を楯《たて》として佐竹軍と激しい銃撃を交わしていた。

佐竹軍も第一柵の正面に向かいの柵を築き、竹束や土嚢の陰から鉄砲を撃ちかけている。

鴫野の砦では治長の与力である井上頼次《いのうえよりつぐ》が、兵二千とともに上杉景勝軍と激戦をつづけていた。

上杉軍は五千の兵を四隊に分け、大和川南岸の土手ぞいに散開して銃撃をつづけている。井上隊は土手に三重に築いた柵に拠《よ》って防戦していた。

大和川の中洲には、大野治長が三千の兵とともに後ろ備えに当たっていた。左右の砦の戦況を見ながら、助勢を出したり疲れた兵を入れ替えたり、武器弾薬を補給したりする役目である。

足の便のいい陸地でさえ難しい役目なのに、今福と鴫野との間は大和川で隔てられているために、人馬の通行が容易ではない。

少しでも兵を動かす時機を失すると身方の敗走につながるだけに、戦というものを熟知していなければ務まるものではなかった。

両軍の銃撃の音が、菱《ひし》矢倉にも切れ間なく聞こえてくる。

火を噴く筒先がはっきりと見える。風に乗って流れてくる火薬の匂いをかぐと、淀殿は胸苦しい不安と焦燥にかられた。

二つの砦の守備兵は敵に押し込まれ、かなりの死傷者を出していたが、大野治長は新手をくり出そうとはしなかった。

白地に宇都宮笠《がさ》の旗印をかかげた三千の兵は、羊のようにひと固まりになってじっと出陣の下知を待っている。

「あれで良い。新手を早く出し過ぎては、前方の軍勢に後ろを頼る気持が生まれるものじゃ」

淀殿は秀吉から聞きかじった知識で治長を庇《かば》った。

声がかすかに震えている。もし治長が無残に敗れるようなことがあれば、淀殿の面目は丸潰《まるつぶ》れになるだけに、何としてでも守り切ってもらわねばならなかった。

淀殿が真田幸村に采配を執らせることを拒み通したのは、徳川方に内通しているという噂のせいばかりではなかった。

幸村が酒席でもらしたという一言が許せなかったのである。

「それがしは淀殿が殿下に仇《あだ》をなされたことを存じておる。この度入城したのは、秀頼さまをお救い申し上げたい一心からである」

幸村がそう言ったと織田有楽斎と長頼父子から聞いた時、淀殿は全身の血が逆流するような怒りを覚えた。

幸村が何を指して仇と言ったのかは分らない。

だが身に覚えがあり、後ろ暗い思いをしているだけに、分別を失うほどに激怒し、幸村の名を不倶戴天《ふぐたいてん》の敵として胸に刻み込んだのである。

もし幸村が今日の采配を執って大勝したなら、城中での信望は一気に高まり、全軍の指揮を執らせざるを得なくなる。

そうなれば淀殿と治長の立場は弱まるばかりだった。

「修理の阿呆《あほう》が。何ゆえ今福に新手を出さぬのじゃ」

又兵衛が破《わ》れ鐘のような声で叫んだ。

耳の側で鉄砲を放たれたように、淀殿はびくりと体を震わせて物思いから覚めた。

今福の第一柵《さく》に佐竹軍が総攻撃をかけていた。

銃隊ばかりか槍《やり》隊までが、竹束を楯にして柵のきわまで迫っていた。別動隊が土手の下から回り込み、第一柵に側面から銃撃を加えている。

矢野正倫は土手の堀切りにかけた板橋を渡って佐竹の別動隊を撃退しようとしたが、次々に新手をくり出す敵に押されて戦死者ばかりが増えていた。

治長もようやく身方の窮地に気付いて新手をくり出したが、渡河に手間取っている間に第一柵は破られ、守備兵は柵門を閉ざすことも堀切りの板橋をこわすことも出来ないまま第二柵に逃げ込んだ。

これを見た佐竹義宣が自ら軍を進めて追撃したために、第二、第三、第四柵まで破られ、矢野正倫、飯田家貞以下守備隊のほぼ全員が討死した。

しかも渡河にかかった治長の新手は、対岸からの銃撃をあびて中洲《なかす》の柵内に逃げ帰る始末である。

佐竹の銃隊は大和川ぞいに筒を並べ、上杉軍の猛攻に耐え抜いていた鴫野の守備隊に側面からの銃撃をあびせた。

ふいをつかれた守備隊は総崩れとなって砦に逃げ込み、井上頼次以下多数の将兵が討死した。

「このような仕儀となるゆえ、戦のいろはも知らぬ者に采配《さいはい》は任せられぬと申したのでござる」

又兵衛がそう吐き捨てた。

「ならばそちが行って敵を追い払ってみせよ」

淀殿はかっとして怒鳴りつけた。

「あれ、あそこに重成が」

宮内卿の局が消え入るような声でつぶやいた。

愛息木村長門守重成がただ一騎で城を飛び出し、京橋を渡り備前島を抜けて第四柵へと向かって行く。

重成の後を木村隊二千がおっ取り刀で追ってゆく。

「それでは、戦場往来人の戦ぶりというものをご披露いたそうか」

又兵衛が秀頼に目礼して矢倉を下りて行った。

「私は何をすればいい」

秀頼は極楽橋まで見送った。

青屋口前の武者溜《だま》りには、又兵衛の軍勢二千が三列縦隊となっていつでも出陣できる構えを取っている。

黒ずくめの鎧《よろい》を着て藤色の旗印をかかげた精悍《せいかん》な将兵たちである。

「七組の兵を青屋口にそろえ、我らの後ろ備えとして下され。いつ兵を出すかは、秀頼さまの腕ひとつでござる」

又兵衛は半月の前立ての兜《かぶと》をかぶり、漆黒の馬にまたがって極楽橋を渡って行った。

後ろ備えを託されたからには、治長のような無様な真似は出来ない。

秀頼は七組の兵二千五百を青屋口に待機させるように命じると、緊張に足が震える思いで菱《ひし》矢倉に戻った。

「あの者の無礼、許しませぬぞ」

淀殿が吊《つ》り上がった目でにらんだ。

「今は戦の最中です。とがめるべきは無礼ではなく、戦に負けた者の無策でございましょう」

秀頼は淀殿には見向きもせずに格子窓に寄った。

木村隊は第四柵まで占領した佐竹軍に攻めかかり、第二柵の東側まで追い返していた。

第二柵をはさんで激しい銃撃戦がつづいている。

互いに竹束や楯、土嚢《どのう》の陰から鉄砲を撃ちまくるが、兵力に勝る木村隊が少しずつ敵を押しはじめた。

これを見た上杉景勝は、三百ばかりの銃隊を大和川の河原に配して木村隊に側面から銃撃を加えた。

銃身が六尺ばかりもある長鉄砲で、射程距離が長く狙いが正確である。

木村重成は兵を二手に分け、一隊を土手の北側に伏せて上杉勢に反撃を加えた。

手薄になった第二柵に向かって、佐竹軍が猛然と攻めかかる。

木村隊が押され気味になった時、中洲に布陣したままの大野勢をかき分けて黒ずくめの後藤隊がかけつけた。

「戦とは、こうするものぞ」

又兵衛はそう叫ぶと、土手の上に立って対岸の上杉勢を銃撃した。

その豪胆さに励まされたのか、土手の陰に伏せていた兵たちが土手に上がり、後藤隊とともに上杉勢を撃ちまくった。

景勝自慢の長鉄砲隊は、たまらず土手の南側へと逃げ込んだ。

「甲斐守、聞こえたか」

秀頼の全身は感動に粟立《あわだ》っていた。

「何がでござるか」

速水甲斐守がけげんそうに問い返した。

「又兵衛の声じゃ。この喧噪《けんそう》の中に、又兵衛の声だけがはっきりと聞こえた」

ふいに涙がこみ上げてきた。

又兵衛は身をもって戦というものを教えてくれているのだと思った。

「出陣のご下知は、まだでござろうか」

武者の血が騒ぐのか、甲斐守は先ほどからしきりに足踏みをしている。

「まだじゃ。ここぞという時が必ず来る」

上杉勢を圧倒した木村、後藤隊は、猛然と佐竹軍に襲いかかった。

又兵衛は三十艘《そう》ばかりの川舟に銃隊二百を分乗させ、佐竹軍の側面から攻撃させた。

佐竹軍は総崩れとなって第二、第一柵を放棄し、我れ先にと自軍の柵内に逃げ込んだ。

「今じゃ。七隊の者は鴫野の上杉勢を攻めよ」

秀頼はそう下知した。

上杉景勝は窮地におちいった佐竹軍を助けようと、兵をさいて対岸に向かわせるにちがいない。そこに攻めかかれば、鴫野の砦《とりで》に迫っている上杉勢を柵の外に追い出すことが出来る。そんなひらめきが脳裡をよぎった。

　戦は秀頼の読みをなぞるように展開していった。

全滅の危機にさらされた佐竹義宣は、上杉景勝に使者を送って救援を求めた。

景勝は兵一千余をさいて大和川の対岸に向かわせると同時に、直江兼続《なおえかねつぐ》に銃隊の総力をあげて後藤、木村隊を側撃するように命じた。

一千ばかりの銃隊が川ぞいに散開し、対岸に向かって一斉に銃弾をあびせた。

土手の上で指揮を執っていた後藤又兵衛は、左腕を撃たれて負傷したほどだが、この瞬間を見計らったように、惣金《そうきん》の旗をかかげた七組の兵二千五百が、猛然と上杉鉄砲隊に襲いかかった。

速水甲斐守、伊藤丹後守《いとうたんごのかみ》、堀田図書《ほったずしょ》、野村伊予守《のむらいよのかみ》ら、秀吉から黄母衣《きぼろ》を用いることを許された往年の猛将ばかりである。

年老いたとはいえ、戦場での動きは体が覚えている。秀頼の親衛隊だけに将兵も選び抜かれた者ばかりである。

川ぞいに散開していた上杉勢はあわてて迎え撃つ陣形を取ろうとしたが、七組の将兵は馬上から銃を乱射しながら斬り込んだ。

白兵戦となったなら鉄砲隊は無力である。馬上からふるう槍《やり》に突き立てられ、三百ばかりの死者を残して柵《さく》の中へ逃げ込んだ。

七組の将兵は柵門を突き破って追撃する。豊臣家の惣金の旗が向かい風にさっそうとはためき、濁流の勢いで上杉勢に襲いかかった。

鴫野の砦にたてこもっていた大野治長の兵二千が、これに励まされて上杉勢の側面から攻めかかった。

あるだけの鉄砲を持ち出して銃撃を加え、敵をことごとく柵の外まで追い払った。

「太閤殿下の戦ぶりを見るようじゃ」

淀殿が着物の袖《そで》で目頭をぬぐった。

供の局《つぼね》たちも顔を伏せてすすり泣いている。

(父上、私はやはりあなたの子です)

秀頼は天の秀吉に向かってそう叫びたくなった。

治長ごときの子であるなら、これほど見事に用兵の機をつかめるはずがない。秀吉の血を受けついでいるからこそ、上杉景勝や佐竹義宣という歴戦の勇将《つわもの》を圧倒するひらめきに恵まれたのだ。

そうした確信を持てたことが、秀頼には戦の勝利より何倍も嬉《うれ》しかった。

その夜、大坂方は城の四方に向かって夜通し鉄砲を撃ちつづけた。

敵に今福、鴫野での勝ち戦と、弾薬が豊富にあることを誇示するためである。

鴫野での上杉勢の大敗が秀頼の采配によるものだと知った家康は、夕方の食事を途中で切り上げ、伊達政宗、藤堂高虎らを呼んで緊急の軍議を開いた。

その結果、東からの攻撃を中止し、天満、船場方面からの攻撃を強化することになった。

二十六日の夜半から未明にかけて、九鬼守隆、向井忠勝《むかいただかつ》の水軍が天満川の西岸にある福島の砦に攻めかかったが、守備兵二千五百はよく耐え抜いた。

翌二十七日、家康は福島の砦を落とすために、蜂須賀至鎮に命じて三ツ寺口の砦と狗子島《いのこ》、福島、野田を結ぶ六ヵ所に船橋をかけさせた。

船橋とは大縄でつないだ船を横に並べ、その上に板を渡して橋とするものである。

この橋の完成によって、徳川方は三ツ寺口に布陣した大軍を自在に福島や野田に送り込めるようになったのだった。

二十八日は雨になった。

家康は石川忠総《いしかわただふさ》に三ツ寺口の砦の北にある博労ヶ淵の砦の攻撃を命じた。

さらに堺の港に停泊していた大船十五艘を葦島《あし》の周囲に配して石川勢の援護をさせ、

浅野長晟の軍勢七千を後ろ備えとした。

船橋での軍勢の移動を可能にした徳川方は、二十八日に野田、福島にあった大坂方の砦を占領し、翌二十九日には博労ヶ淵の砦に総攻撃をかけて陥落させた。

これを見た阿波座、土佐座の大坂方は戦わずして船場まで退却し、天満川河口の両岸は徳川方に完全に制圧された。

この報を淀殿はもの憂い虚脱感とともに聞いた。

相つぐ敗《ま》け戦に気力が萎《な》えたばかりではない。戦の緊張のせいか、毎月遅れることなく訪れていた月の障りが、すでに半月以上も遅れていた。

遅れるごとに腰の鈍痛がひどくなり、体中が腐った膿《うみ》にでも満たされていくような不快感があった。

「して、敵はいかがいたした」

淀殿は報告に来た治長を冷ややかに見つめた。

今福、鴫野での無様な采配《さいはい》ぶりを見て以来、治長に対する信頼は大きく揺らいでいる。それでも淀殿には、この乳姉弟《ちきょうだい》に頼るほかに戦を乗り切る手立てがなかった。

「天満の西方に三万、船場の西方に四万の軍勢を配し、明日《あした》にも攻めかかる構えを取っております」

「身方の兵は？」

「天満に織田有楽斎どのが一万、船場には舎弟治房が五千の兵とともに布陣しております」

「七万と一万五千では、とても勝負になるまい」

淀殿は他人事《ひとごと》のように冷淡だった。

身方の将兵や治長の不甲斐《ふがい》なさをあざ笑いたいような投げやりな気分に陥っている。負けるならひと思いに負けてしまえと怒鳴りたくなった。

「かくなる上は天満、船場に火を放ち、惣構《そうがまえ》の内まで引いて敵を迎え討つほかはございませぬ。そのお許しをいただきとう存じます」

治長は淀殿の軽蔑《けいべつ》を感じるのか、卑屈なほどに低姿勢である。

それがますます淀殿を苛立《いらだ》たせているとは思ってもいないらしい。

「焼くが良い。天満も船場も家の一軒も残らぬように焼き払うがよい」

天満も船場も秀吉が、そして秀吉の後を継いだ淀殿が丹精こめて作り上げた町である。その町に死を宣告したというのに、今の淀殿には何の感慨も哀しみもわいてこなかった。

大野治長はさっそくこの事を秀頼に奏上し、評定を開いて全軍を惣構の内側まで撤退させようとしたが、思わぬ邪魔が入った。

五千の兵をひきいて船場の守りについていた弟の治房が、頑として撤退に応じなかったのである。

治房は今福、鴫野で兄治長が醜態を演じたことを恥じ、大野家の武名を守るために船場で討死する覚悟を定めていた。

身内から反逆者を出しては、撤退を献策した治長の面目は丸潰《まるつぶ》れである。

治長は自ら船場に出向いて説得したが、治房は兄の不甲斐なさを責め、どうしても撤退せよと言うのならこの場で腹を切ると言い張った。

困り果てた治長は、翌三十日に再度評定を開くと触れて治房を城内に呼び付け、その間に治房の陣所の四方に火を放った。

火は強風に吹かれて陣所に燃え移り、敵の不意討ちと勘違いした五千の兵は、武器、弾薬、旗印などを放置したまま惣構の内側へと逃げ込んだ。

これを好機と見た浅野長晟、蜂須賀至鎮、池田忠継らの軍勢五万は、治房勢を追走して東横堀川の西岸まで迫って盛んに鉄砲、大砲を撃ちかけた。

大坂方は船場の所々に火を放ち、敵の後方をおびやかそうとした。

天満に布陣していた織田有楽斎の軍勢一万も、街々に火を放って城内に退却した。

淀殿は天守閣に上ってこの様子を見ていた。

天満、船場の最期をこの目で見届けねばならぬという使命感と、奥御殿の者たちの動揺を鎮めるために気丈なところを見せて下されという大蔵卿の進言に従って、多くの侍女をひき連れて天守に上ったのだった。

船場、天満は猛火に包まれ、黒々とした煙を噴き上げていた。

屋根の大半が瓦《かわら》ぶきなので、板屋根のようにすぐに炎に突き破られることはない。いつものように整然と甍《いらか》を並べたまま、中だけが激しく燃えている。

屋根に出口をふさがれた炎が、窓からちろちろと赤い舌を出し、黒い煙が軒下からはい出すように天へと噴き上げていく。

雨が上がったばかりの空には、鉛色の雲が低くたれこめていた。

煙は雲に行手をさえぎられ、第二の雲と化して大坂の町をおおい、あたりを夜と見まがうばかりの闇に包んでいく。

やがて柱や梁《はり》が燃え尽き、瓦屋根が音をたてて崩れ落ちた。

屋根が片側に傾くと、瓦が屋根をすべり落ち、賽《さい》の河原の小石が崩れるような音をたてる。

その間にも、東横堀川をはさんで撃ち合う銃声がひっきりなしにつづいていた。

淀殿は金箔《きんぱく》を押した高欄の手すりを握りしめ、腹の底からわき上がる恐怖に耐えていた。

五歳の頃の小谷城落城の記憶が体に染みついている。暗黒の空、燃え上がる炎、つるべ撃ちの銃声……。

そうしたものが遠い記憶を呼びさまし、恐怖の蛇が鎌首を持ち上げて背筋をはい上がってくる。

（耐えねばならぬ）

淀殿は己れを叱った。

ここで取り乱したなら、日頃の勇ましさは虚仮威《おど》しだったと侍女たちに思われよう。奥御殿の動揺は広がり、ますます敵に付け入る隙を与えることになる。

ここは何としてでも耐え抜いて、船場、天満を失っても何ひとつ痛手にはならないことを、侍女たちに示してやらねばならぬ。

淀殿は指が白くなるほど手すりを強く握りしめ、平静を装って火の海をながめた。

「あれ、あのような所に、火の手が」

大蔵卿の局が、首を締められた雌鳥《めんどり》のような声をあげた。

天満から谷町筋へと渡した橋が火を噴き上げていた。

幅三間長さ百間もある壮大な橋が、天満の岸から火の手を上げ、徐々に城へと近付いてくる。敵が橋を渡って攻め寄せるのを防ぐために、大坂方が火を放ったのだ。

火薬をまいているらしく、橋は巨大な火縄と化して燃え上がり、闇の中を城へと迫ってくる。炎が天満川の川面《かわも》に映り、二倍にも三倍にも膨れ上がって見える。

淀殿の体は小刻みに震えた。

恐怖に背骨も凍るようだ。

激しい耳鳴りと目まいにおそわれ、腰から力が抜けてへたり込みそうになった。

(耐えねばならぬ、倒れてはならぬ)

両手で手すりにつかまり、淀殿は必死に体を支えようとした。

と、どうしたことだろう。天満橋を焼く炎が、天守閣の一階に燃えついた炎のように思えた。

あの火はやがて天守を焼きつくし、この身は紅蓮《ぐれん》の炎に包まれる。そうした想像をあおり立てながら、炎はみるみる迫ってくる。

淀殿は目をつぶり耳をおおった。

炎が体の中で燃えさかり、銃声が耳の内側で鳴り響く。

小谷城落城の日の光景が、まざまざと脳裡《のうり》によみがえり、五歳の少女の恐怖と哀しみが淀殿の全身を包んだ。

死のような静けさの中で、城から落ちよと命じる父、柱に取りすがって共に死にたいと泣き叫ぶ母、母の腕を引きはがして連れ去ろうとする鎧《よろい》武者たち、次々と自決していく重臣や侍女……。

(ああ、父上、母上)

この先には錯乱が黒い口を開けて待っていることを淀殿は知っている。そればかりは食い止めようと、奥歯がつぶれるほどに歯を喰《く》いしばって懐剣を抜いた。

己れを切り刻む痛みで錯乱から逃れようと腕に刃を立てたが、ひと思いに引くことはどうしても出来なかった。

「お袋さま、何をなされますするか」

止めようと走り寄る侍女たちが、淀殿には鎧を着て血刀を提げた修羅の敵《かたき》に見えた。

「おのれ、信長。おのれ、秀吉」

淀殿は叫びながら斬りかかった。

頭の中では鼓が鳴り響き、地謡の声が聞こえている。

「言ふかと見れば不思議やな、言ふかと見れば不思議やな。黒雲俄《には》かに立ち来り、猛《みやう》火《くわ》を放し剣《つるぎ》を降らして、その数知らざる修羅の敵《かたき》、天地を響かし満ち満ちたり」

淀殿は太刀を真向《まっこう》にふりかざし、侍女たちを追い回した。

手当たり次第に斬り付けながら、二十畳ばかりの天守を縦横に走り回ったが、やがて天を裂くような絶叫をあげて卒倒した。

気がついた時には褥《しとね》の中にいた。

侍女たちが天守閣から担ぎ下ろし、山里御殿の居間まで運んだのだ。

それでも淀殿の頭の中では、銃声が鳴り響き炎が燃えさかっていた。

「修理、修理」

淀殿はうつろな目を虚空にさまよわせて大野治長の姿を求めた。

「こちらに、控えおりまする」

いつものように枕元に端座している。

「おお、修理」

淀殿は治長の腕の中に飛び込んだ。

治長は亡き父によく似ている。治長に抱き締められると、父に抱かれているようで心が安らぐ。

いつもは静かに抱かれているだけで頭の幻影は消えていったが、骨も凍るような恐怖は、それだけでは鎮めようがなかった。

「修理、抱いてたも。この凍えた体を、そなたの肌で温めてたも」

淀殿は治長を褥の中に引きずり込むと、色狂いのようにあわただしく服を引きはがし、肌の触れ合いの中に安住の地を見出そうとした。

淀殿錯乱の報を得た秀頼が見舞いに駆け付けたのはその直後だった。

五人の侍女に重傷をおわせたと聞いて血相を変えていただけに、侍女の制止をふり切って居間に飛び込んだ。

衝立《ついたて》の陰から、泣くような声が聞こえた。

「母上、大事ございませぬか」

歩み寄った秀頼は、凍りついたように足を止めた。
衝立の向こうに、一糸まとわぬ姿でからみあう淀殿と治長の姿があった。
天満方面にも敵が迫ったらしい。
川向こうから撃ちかける銃声が、北風に乗ってひときわ大きく聞こえてきた。

第七章　大坂方優勢

暦は変わり、極月朔日《ごくげつついたち》となった。

年の極まりの月である。

大坂城は早朝からの北風に吹きさらされ、しんしんと冷え込んでいた。天満川を渡って冷やされた風が、上町台地の先端に建てられた城に容赦なく吹き付けてくる。

敵の砲弾をあびて屋根が破れ、壁に穴が開いているために、風はもがり笛のような音をたてながら我物顔で吹き抜けていく。

戦に疲れた城兵たちは、風の当たらぬ場所を選んで焚火《たきび》をし、火のまわりを囲んで暖を取った。

秀頼は御料理の間の囲炉裏の側で、片桐且元からの密書を読んでいた。

畳一枚分ほどの広さの囲炉裏に炭が赤々と燃えているが、隙間風が吹き抜けていくために容易にはぬくもらない。

寒さが苦手の秀頼は、あぐらをかいた膝《ひざ》の上に厚手の布をかけ、その上に鹿皮の行《むか》膝《ばき》を重ねていた。

「去る二十九日、大納言広橋兼勝卿《ひろはしかねかつきょう》、同じく大納言三条西実条《さんじょうにしさねえだ》卿の御両人、陣中見舞いのため、勅命により住吉の家康公御本陣を訪ねなされ候」

且元の文章は歓《よろこ》びを押さえかねたように弾んでいた。

朝廷は幕府と豊臣家との和議を図ろうと、武家伝奏の広橋兼勝らを勅使として家康の元へ遣わしたのだ。

勅命和議についての家康の出方を探るためで、勅使両名には権大納言日野資勝《ひのすけかつ》、権中納言飛鳥井雅庸《あすかいまさつね》、同烏丸光広《からすまるみつひろ》も同行していた。

今の朝廷にあっては、これ以上の俊英はいないという顔ぶれをそろえた一大使節団である。

そのことに勅命和議に対する朝廷のなみなみならぬ意気込みが表われていた。

「翌三十日、勅使様御一行は平野の将軍御本陣を訪ねなされ、秀忠公と御歓談なされ候由うけたまわり候。すべては八条宮様御尽力のしからしめる所にて、早晩和議の勅使を差し下さるものと御推察申し上げ候」

且元はそんな見通しを述べた後で、次のように記していた。

後水尾天皇を動かして勅命和議の方向へ導いたのは、八条宮智仁親王である。

「禁中並びに公家諸法度」を作って朝廷さえも幕府の支配下に置こうとする家康のや

り方に深刻な危機感を抱いた智仁親王は、豊臣家を存続させて幕府への対抗勢力にしようと考えている。

勅命和議によって豊臣家を救えるかどうかは、朝廷にとっても死活問題なのである。だが老練な家康は朝廷のこの戦略を見抜き、勅命和議だけは阻止しようとするだろう。朝廷に口をさしはさむ隙を与えずに決着をつけようと、硬軟両策を用いて揺さぶりをかけてくるにちがいない。

朱柄《あかえ》の矢文の騒動でも分るように、奥御殿深くまで徳川方の密偵の手が伸びているので、家康の動きに呼応してどのような行動を起こすか分らない。

且元はそう危惧《きぐ》しながらも、幕府の軍勢二十万は長期の滞陣に疲れ、兵糧、弾薬、薪《まき》などの不足に苦しんでいるので、本格的な冬が訪れれば必ず撤退せざるを得なくなると記していた。

それを避けるために、ここしばらくは猛攻をかけて城を落とそうとするだろうが、それを耐え忍び、家康からの和議の申し入れを拒み通せば、幕府は必ず勅命和議に応じざるを得なくなる。

だから秀頼は心を強く持ち、戦の正念場はここぞと胆《きも》をすえて、あと一月を乗り切ってもらいたい。

そうすれば必ず目出度《めでた》い正月を、君臣共に迎えることが出来るであろう。

「なお別して申し上げ候。去る二十九日安芸広島《あきひろしま》城主福島忠勝《ただかつ》どの、家康公御本陣を訪ね、秀頼さま及び御袋《おふくろ》さまよりの書状を進呈なされ候。また島津家久どののご使者参られ、風向き悪しく船進むことあたわざる故に着陣の遅延せしことを謝されし由うけたまわり候。もはや天下に頼るべき大名一人も御座なく候といえども、大坂城の要害、秀頼さまのご人徳これあり候《そうら》わば、二十万の軍兵怖るるに足り申さず候。生死の境、この一月の内に御座候。何とぞ何とぞご油断なくご分別なされ候よう、一命にかえ頼み参らせ候」

終わりに近付くほど、且元の文字は震えている。

淀殿派との対立を抱えながら幕府軍二十万と戦わなければならない秀頼の身の上を思うと、胸にこみ上げてくるものがあったのだろう。

福島忠勝は正則の息子で、秀頼と淀殿が最後の望みを託していた大名だが、つれなくも密書を家康に渡して異心なき証《あかし》とした。

また大坂への参陣が遅れていた島津軍三万にも多大な期待を寄せていたが、これも家康に刃向かう意志はないという。

まさに天下に頼るべき大名は一人もないという有様だった。

(市正、大儀であった)

秀頼は心の中で礼をのべると、且元の文を握りつぶして囲炉裏にくべた。

灼熱《しゃくねつ》した炭はみるみるうちに紙を焦がし、ぼっと炎を上げた。

出来ることならこの文を淀殿や又兵衛に見せて、勅命和議まで戦い抜くことを申し合わせたい。だが徳川方の密偵に察知されたなら且元の命が危ないだけに、こうして焼き捨てるほかはなかった。

秀頼は密書が燃え尽き、薄羽根のような灰が赤く焼けた炭の中にくずれ落ちていくのをじっと見つめた。

いつもは火の側にいると心が安まるのだが、今日は炭の熱に額を焼かれるような不快さばかりがあった。

昨日の淀殿と大野治長の痴態が頭を離れなかった。

治長に組み敷かれてすすり泣くような声をあげる母の姿が、蜘蛛《くも》の糸が幾重にも巻きついたような執拗《しつよう》さで頭にこびり付いていた。

(ああ、人生は茶番だ)

秀頼はやる瀬ないため息をついた。

裸でからみ合う二人の姿は、たとえようもなく醜悪である。

蒼白《そうはく》になってふり向いた治長も、我子にさえ気付かずに髪ふり乱していた淀殿も、薄汚く汚《けが》らわしい。

あの二人のあの営みからこの身が世に生まれ落ちたのだとしたら、私はいったいどうすればいいのか。

(父上、助けて下さい。そうではないと答えて下さい)

秀頼は囲炉裏の縁《へり》を握りしめ、頭《こうべ》を垂れて秀吉の御霊《みたま》に祈った。

だが炭のはぜる音がするばかりで、御料理の間は墓場のような静けさに包まれていた。

その静寂を破ったのは速水甲斐守守久である。

「秀頼さま、一大事でござる」

「…………」

秀頼は返事さえしなかった。

たとえ今この瞬間に敵が攻め込んできたとしても、さして驚きもしなかっただろう。

「大野主馬首《しゅめのすけ》、塙団右衛門《ばんだんえもん》らが、昨日の報復のために大野修理どのの館に焼討ちをかけようとしております」

昨日大野治長は、弟主馬首治房の軍勢五千を船場から撤退させるために、治房を評定と偽って城中に呼び寄せ、その隙に陣屋の四方に火を放った。

敵襲と勘違いした治房隊は大混乱におちいり、武具、弾薬を放置したまま撤退し、敵に旗印を奪われて大いに面目を失った。

治房は治長とちがって烈火の如く怒る気性の激しい武人である。

兄のだまし討ちをこのまま許してはおけぬと、抱え牢人《ろう》の塙団右衛門らと図り、京橋口大門の側にある大野治長の館に焼討ちをかけようとしているという。

「いつじゃ」

「は？」

「焼討ちは、いつ行う」

「今夜半とのことでござる」

秀頼は囲炉裏の火を見つめた。

治長が炎に巻かれて焼け死んだなら、この胸のやり切れなさは鎮まるだろうか。

「止めずともよろしゅうござるか」

「いや、止めねばならぬ」

個人的な恨みや怒りよりも、今は城内をまとめていくことを優先するべきなのだ。

「ならば、主馬をこの場に呼んで参りましょう」

甲斐守が立ち上がった。

「待て、その儀には及ばぬ」

「何ゆえでござろうか」

「昨日の非は修理にある。このままでは武士の一分が立たぬという主馬の無念は察するに余りある」

「しかし、城内にて同士討ちなどしては敵に付け入られましょう」

「急ぎ又兵衛を呼べ」

夜半になって、北風はいっそう激しさを増した。

大坂城を包囲した二十万の軍勢が林立させた旗や幟《のぼり》が、風にあおられて鈍い音をたてる。立て方が浅いために空中に吹き上げられ、くるくると回りながら飛び去っていくものもある。

秀頼は奥御殿の隅矢倉に上り、宗夢と酒を飲んでいた。

寒がりの秀頼は熱く温めた酒を飲んだが、宗夢は相変わらず薄物の僧衣一枚を着ただけで冷たい酒を飲んでいた。

「ご老人は、そのような姿で寒くはありませんか」

「いいや。心頭滅却すれば北風もまた春風の如しじゃ」

「そうですか。私にはとても無理だ」

「若木なればこそ、日の恵み風の恵みに敏感なのじゃ。わしのように古木になれば、もう暑さ寒さを感じる肌が死んでおるのかも知れぬて」

宗夢が歯の抜け落ちた口を開けて笑った。

行灯《あんどん》二本を立てただけの薄暗い部屋では、やせさらばえた宗夢は幽鬼のように見える。それでも酒ばかりは人並み以上に飲むのである。

「ところで、今夜の趣向とはいかがなものかな」

「もうじき始まりましょう。人が寝静まらねば、面白さも半減しますゆえ」

「ほう、泥棒か夜這《よば》いでもいたすか」

「ご老人は又兵衛と顔見知りのようですが」

秀頼は夜這いという言葉に生臭さを覚えて話題を変えた。

「俗世にあって備中守と呼ばれておった頃、あやつと何度か会《お》うたことがある。だがもう三十年以上も昔のことじゃ」

「御名《みな》を、その頃の名を教えてはいただけませぬか」

「無駄なことじゃ。過去の記憶も未来の希望も、人の執着が見せる幻影にすぎぬ。過去のわしなど見ずに、今この瞬間のわしを見よ」

大野治長の屋敷は隅矢倉の真向かいにあった。

内堀をへだてただけなので、屋敷の様子が手に取るように分る。

数ヵ所にかがり火をたき、夜番の兵を置いているが、すでに大方の者は昼間の戦に疲れ果てて寝入っていた。

突然、数百の人影が黒い鎖となって屋敷の周囲を取り巻いた。

ぽつり、ぽつりと人魂《ひとだま》のように火が灯《とも》り、それが次々に数を増し、炎の輪を作っていく。矢の先に巻いた油布に火を点じたのだ。

と見る間に、火矢はゆるやかな弧を描いていっせいに治長の屋敷に吸い込まれた。火は障子やふすまに燃え移り、折からの風に吹かれてまたたく間に燃え広がった。治長の家臣や侍女たちはあわてて外に飛び出したが、焼きたてるだけでは治房の腹の虫は治まらなかったらしい。

何と中に火薬を詰めた焙烙《ほうろく》玉を、屋敷の三方から投げ入れたのだからたまらない。方々で轟音《ごうおん》とともに火柱が上がり、屋敷中の者が悲鳴を上げながら右へ左へ逃げまどった。

これを見た天満の幕府勢は、城中に内応者が出たと思ったらしい。桑名《くわな》城主本多忠政、姫路城主池田利隆の軍勢を先頭に、天満川を船で渡り、焼け残った天満橋と京橋に取り付いて城内に攻め入ろうとした。

だが、このことあるを察していた秀頼は、後藤又兵衛と七組の諸隊を両橋に配していた。

総勢五千あまりの大坂方は、狭い橋に取り付いて押し合いへし合いしながら攻めてくる敵に雨のごとく銃弾をあびせ、数百人を討ち取って追い払った。

「ほっほう。修理めを餌に敵を釣ったか」

宗夢は見飽きたものを見る目をしている。

「あれは失火でございましょう。万一兄弟喧嘩《げんか》が高じてあのようなことになったとあれば、修理にも主馬にも切腹を申し付けねばなりませぬ」

秀頼はそうつぶやいた。

治長邸が焼き払われるのを見れば少しは気も晴れるかと思ったが、頭にこびりついたいまわしい光景は一向に薄らぎはしなかった。

「秀頼どの」

宗夢がことりと音をたてて盃《さかずき》を置いた。

「道を学ぶのは良い。じゃが、魂のことで思い煩うのはおやめなされ」

「…………」

「人の魂は、現世来世を越えた無限の深みと広がりを持っておる。いつぞやわしが、そう申したことをお忘れかな」

「覚えてはおりますが、私にはお言葉の意味が分りませぬ」

「この世の出来事には、すべてそれを引き起こす原因がある。因縁あるゆえに、果報も生じるのじゃ。現世とは前世という因縁の果報であり、同時に来世の因縁でもある。我々は、この無限の連鎖の中にたたずむ迷い子にすぎぬ」

「迷い子ですか」

その言葉の物哀しい響きに、秀頼は胸を打たれた。

「そうじゃ。無限に連なる因縁果報の糸を、我々には断ち切ることも解き明かすことも出来ぬ。ただ受け入れるばかりじゃ」

「ただ運命《さだめ》に従って生きよと申されるのですか」

「応とも言えるし、否とも言えよう。なぜなら人は、それを受け入れることで因縁の糸から解き放たれるからじゃ。何もかも捨てることで、何もかもを得る。仏道で言う放下《ほうげ》とは、このことじゃ」

宗夢は盃を取って再び酒を飲み始めた。

漆黒の闇の底で、大野治長邸は燃えつづけていた。巨大な炎が次々と立ち昇り、次の瞬間には虚空へと消えていく。

空にたゆたう炎の連なりを見ているうちに、秀頼はこの場の情景を天の高みから見下ろしているような錯覚にとらわれた。

この世のすべてが、哀しいほどにいとおしい。何もかもが在りのままで尊い。

そうした実感と共に、宗夢の言葉が無理なく腹に落ちていく気がした。

治長邸の火事は、失火ということで処理されたらしい。

〈城中大野修理ガ家ニ失火アリテ、残ラズ焼タリケレバ、スハヤ城中ニ相図ノ有トテ、天満橋、京橋ヨリ攻入ラントトス。城中ニハ静マリカヘツテ、雨ノ降ル如クニ打《うち》タリシカバ、中々寄《よる》ベキ様モナシ〉

『豊内記』はそう伝えている。

京橋口での喧噪《けんそう》をよそに、淀殿は山里御殿で深々と寝入っていた。体は疲れ果てているのに、精神の緊張が抜けきれていないために、さまざまの夢にうなされていた。

京都三条《さんじょう》河原の光景だった。

三条大橋の南下には高々と塚が築かれ、関白秀次の首が西向きに置かれてある。周囲には二十間四方の堀と柵《さく》がめぐらされ、三千の軍勢が警護に当たっていた。

やがて兵たちが二つに分れて道を空けると、秀次の妻や子供、側室、侍女たち二十数人が、荷車に三人ずつ乗せられて運ばれてきた。

淀殿は河原に組んだ桟敷《さじき》の上から、この様子を見ていた。

側には石田三成、前田玄以《げんい》、増田《ました》長盛《ながもり》がいて、処刑が速やかに行われるかどうかを監視している。

「先頭の車に乗っておられるのが、一の御台《みだい》さまと一の御台のご息女お宮の御方《おかた》、乳母の東殿《あずま》でござる」

三成が淀殿に体を寄せてささやいた。

関白秀次に謀叛《むほん》の濡れ衣《ぎぬ》を着せて切腹に追い込んだのも、妻子をことごとく殺すように命じたのも淀殿だった。

秀次や子供たちが生きていては、将来秀頼の地位が危ういと思ったからだ。

柵の中に運び入れられた妻子たちは、車から下ろされると我れ先にと秀次の首の前に走り寄り、地にぬかずいて伏し拝んだ。

純白の死装束を来た二十数人が、ひと固まりになって地に伏している。

大太刀を提げた髭面《ひげづら》の役人が、女や子供たちを固まりの中から引き出していく。女の肘《ひじ》を荒々しくつかみ、深く掘った穴の側まで引きたて、地べたに座らせて首をはねる。

三歳や四歳にしかならない子供の襟元をつかみ、犬の子のようにぶら下げると、胸を一太刀に突き通し、穴の中に投げ入れる。

妻女たちは人より早くと首切り役人の前に進み出る者もあれば、少しでも遅くと後じさりする者もいる。幼児たちは目の前の無残な光景に胆《きも》を飛ばし、母や乳母にしがみついて泣くばかりである。

淀殿は愉快だった。

これで秀頼の座をおびやかす者は一人もいないと思うと、庭の雑草がむしり取られていくのを見るように心地良い。あの女たちの首を、ひとつくらいはこの手ではねてみたいと思うほどに気分は高揚していた。

と、どうしたことだろう。

いつの間にか白装束を着せられた者たちの中にいた。

首切り役人が乳母や我子を次々に奪い去り、首をはね胸を刺す。血刀提げて次は誰だとにらみ回す。

淀殿は人より少しでも遅れようと後じさりした。

役人と目が合わないように、側の者の背中に身を隠した。

だが、その卑しい振舞いがかえって目を引いたのだろう。

「おい、そこのお前。出ろ」

役人の声が無慈悲に響いた。

淀殿は手をすり合わせ、どうぞこの者から先にしてくれと側の者を目で示したが、役人は肘をつかんで穴の側まで引きずり出そうとする。

「ちがう、わらわはお茶々じゃ。間違うでない」

そう叫ぼうとするが、声は喉《のど》にはり付いて出て来ない。

助けを求めて桟敷席を見やると、そこには秀頼がいた。

傍の片桐且元と談笑しながら処刑を見物している。はっとして塚の上に目をやると、大野治長と大蔵卿の局の首が据えてある。

首切り役人は骨にくい込むほどの力で肘をつかみ、血溜《だま》りと化した穴の側へと引きずっていく。

「ちがう、わらわはお茶々じゃ。殺すでない」

声にならない叫びを上げて、淀殿は目をさました。

全身にぐっしょりと冷汗をかき、夜着は重くぬれている。生々しすぎる恐怖に胸は激しく鼓動を打ち、喉はカラカラに渇いていた。

淀殿はどっと疲れを覚え、両手で顔をおおった。

秀次の妻子の処刑の光景は何度も夢にみている。秀次自身がうらみがましく夢枕に立つこともある。

だがこんな夢を見たのは初めてだった。

一昨日治長とのことを秀頼に見られたことが、心に重くのしかかっているのだ。

(たかが男女の求《ま》ぐ合いじゃ。何ほどのことやある)

淀殿は己れの弱さをふり払おうと立ち上がった。

足元に蛇がからんだ。淀殿はぎょっとして飛びのいたが、黒々とのたうつ蛇に見えたのは一束の髪だった。

頭を触ってみると、左の耳の上あたりにつるつると情ない手応《てごた》えがある。心労のあまり、髪が束になって抜け落ちたのだ。

淀殿は急に気が萎《な》え、褥《しとね》の上にぺたりと座り込んだ。

「お袋さま、お目ざめでございますか」

ふすまの外から大蔵卿の局の上ずった声がした。

淀殿はあわてて抜け落ちた髪を丸め、枕元の乱れ籠《かご》に隠した。

「何用じゃ」

「昨夜、修理亮の屋敷に火がかけられ、全焼したとのことでございます」

大蔵卿がふすまを開けた。側には甲冑《かっちゅう》姿の治長が控えている。二人とも蒼白《そうはく》で、夢で見た首塚に据えられているようだった。

「敵の夜討ちか」

「そうではございませぬ」

「ならば誰じゃ。修理、子細を申せ」

淀殿は苛立《いらだ》って治長に迫った。

「弟治房の仕業にございまする」

治長は一昨日治房隊を船場から撤退させるために、陣の周囲に火を放ったいきさつを語った。

「この大事な時に、内輪もめを起こすとは何事じゃ。そなたら兄弟が力を合わせてくれねば、徳川との戦に勝てるはずがあるまいが」

そう怒鳴りつけたが、一昨日肌を合わせたせいか心の中に突き放しきれないものがある。

大蔵卿が淀殿の思いを鋭く察して我子を庇《かば》った。

「手を下したのは治房でございますが、火矢ばかりか焙烙《ほうろく》玉まで使ったところをみますと、治房の一存でしたことではないようでございます」

「誰かが命じたと申すか」

「修理亮の屋敷から火の手が上がると、天満の敵がいっせいに攻め寄せてまいりました。それを待ち構えていたように、後藤隊と七組の兵が迎え討ったのでございます」

「もうよい。修理には今日から南の丸のわらわの屋敷を与える。それで良かろう」

秀頼が一昨日のことを怒って治長を殺そうとしたのかも知れぬ。その想像に淀殿の気持はますます萎えていった。

翌十二月三日、織田有楽斎が訪ねて来た。

いつものように孔雀《くじゃく》の羽根の文様をあしらった陣羽織を着て、飄々《ひょうひょう》とつかみ所のない態度である。

「今日は久々によい天気じゃ。御天守にでも上ってみぬか」

「お断わりいたします」

淀殿は即座に拒んだ。

天守には錯乱して侍女に傷をおわせた苦い思い出がある。それに幕府軍二十万に隙間なく包囲された現実を目の当たりにしたくはなかった。

「どうやらお茶々も気弱になっておるようじゃな」

「そうではありません」

「ならば付き合ってくれ。余人には聞かれとうない話もある」

有楽斎は細身の体をやや右に傾けるようにして天守閣へと向かう。

淀殿は仕方なく数人の侍女を連れて後をついていった。

「お茶々と二人で話がしたい。この先は遠慮いたせ」

天守閣の入口まで来た時、有楽斎がめずらしく強いことを言った。

淀殿は日頃従順な飼い犬にいきなり咬《か》まれたような不快を覚えたが、仕方なく二階、三階と急な階段を上っていった。

有楽斎は六十九歳とも思えぬしっかりとした足取りで上っていく。

淀殿は五階に着いた時には疲れ果て、有楽斎ごときの言いなりになっている自分に腹が立ってきた。

「ここで結構です。話があるのならここでうかがいます」

五階は六間四方で七十二畳の広さがある。中は四室に区切られ、銀貨が多く蓄えられていたので銀の間と呼ばれていた。

「城の周りを、見てみるがよい」

有楽斎は南の格子窓の前に立って住吉方面をながめやった。

住吉の徳川家康、平野の秀忠の本陣を中心として、幕府軍八万ばかりが立錐《りっすい》の余地もないほどにひしめいている。

「天満とて同じじゃ。五万の軍勢が先を争って攻め口を取ろうとするために、一万石につき幅三間と決められたそうな」

有楽斎が北側の格子窓に移った。

一万石の動員兵力はおよそ三百人である。鎧《よろい》をまとい、弓、鉄砲、槍《やり》、護身用の楯《たて》や竹束を手にした兵たちが、三間（約五・四メートル）の幅に押し込められたのだから、縦長の陣形にならざるを得ない。

それが遠目には、縦長の布を色とりどりに敷き詰めたように鮮やかだった。

「何を申されたいのです。言いたいことがあるのなら、はっきりと言えばいいではありませんか」

淀殿は部屋の中央に立ち尽くしたまま、格子窓に近付こうとしなかった。

「昨日家康どのより書状が届いてな。和議を結びたいとの申し入れがあった」

「そのことならお断りしたはずです」

「あれはこの間のことであろう。今度は当家が国替えに応じるか人質を出すなら、その他のことについてはすべて赦免するという条件じゃ。決して悪い話ではないと思うがの」

「人質とは、わらわが江戸へ行くということでございましょう」

「まあ、そういうことじゃ」

「それなら戦の前と何ひとつ変わらぬではありませんか。二月前にはあれほど戦をせよと申された叔父《おじ》上が、何ゆえ今更そのようなことを申されるのですか」

「いやいや、戦の前と今とでは決して同じではない。豊臣家は十万の軍勢を集め、家康どのを相手に互角に戦った。この名誉こそ当家にとっては何より大事な宝じゃ。太閤殿下の面目も立派に立った。幕府とて天下の耳目を集めて結んだ和議を破ることは出来まい」

「叔父上は、それほど和議を結びたいのですか」

格子窓からさし込む淡い光に照らされて影絵のようにゆれる有楽斎を、淀殿は不審の目で見つめた。

「わしはお茶々のために良かれと思っておるばかりじゃ。恩顧の大名がだれ一人身方をせぬ有様では、これ以上戦をつづけても勝ち目はあるまい」

「今更そのようなことを申されるくらいなら、何ゆえあれほど戦を勧められたのです」

「間違うては困る。わしは戦をしろと言ったことなど一度もありゃせんよ」

「前田家や福島家へ密書を送られたのも、関ヶ原牢《ろう》人に挙兵を呼びかけられたのも、叔父上ではありませんか」

「確かにその通りじゃが、あれはすべてお茶々が命じたことではないか」

「ならば、老犬斎どののことはどうです」

責任逃れにかかったような有楽斎の言い草に、淀殿の腸《はらわた》は煮えくり返った。

思えば二十数年前に秀吉の妾《めかけ》になるように勧めた時も、有楽斎はこうしたのらりくらりとした言い方をした。

それなのに秀吉からの莫大《ばくだい》なほうびは、しっかりと受け取ったのである。

「このまま老犬斎どのを生かしておいては豊臣家のためにならぬと、叔父上は申されたそうではありませんか。それ故修理は、老犬斎どのを討つ決心をしたと申しております。あれは老犬斎どのが、戦に反対しておられたからでございましょう」

「兄者を討てと言ったのは、戦に反対しておられたからではない。秀頼さまに例の秘密を明かそうとなされたからじゃ」

「叔父上は、そのことを……」

淀殿は激しい目まいを覚え、柱に手をついて体を支えた。

「わしとてそなたの身近にいたのじゃ。伏見城の奥御殿で何があったかくらいは知っとるよ」

「…………」

「それゆえ一日も早く和議を結ばねばならぬと思っておる。家康どのは国替えに応じるなら大和、紀伊に百万石を与えてもよいと申されておる。本能寺《ほんのうじ》の変の後に、秀吉どのが織田家をどのように扱われたかを考えてみろ。それだけの大名として家を残せるなら本望ではないか」

柱によりかかったまま身動きも出来ぬ淀殿の肩をなでると、有楽斎は軽やかな足取りで階段を下りていった。

〈籠城中秀頼毎日惣構ヲメグリ、少々ノ事ヲモ精ニ入ル者ニハ、其品々ニ依リ褒美アリ。諸人是《これ》ヲ皆感ジ奉ル〉

家康の侍医であった板坂卜斎《いたさかぼくさい》が記した覚書（『慶長年中板坂卜斎覚書』）にはそう記されている。

秀頼は籠城《ろうじよう》中毎日惣構《そうがまえ》まで出て将兵を励まし、働きのある者には小まめにほうびを与えた。自分が姿を見せることが、将兵にとってどれほど励みになるかが分っていたからだ。

十二月四日の早朝にも、秀頼は惣構の視察に出た。

真田幸村が守る真田丸に、前田利常の軍勢一万二千が攻めかかったからである。

この日、真田丸の四半里ほど南にある篠山《ささやま》の攻略を命じられた前田利常は、丑《うし》の刻《こく》（午前二時）に全軍を左右二隊に分けて篠山に向かわせた。

密偵の報告によってこの動きを察知した幸村は、篠山の兵をすべて真田丸に引き上げ、眠ったように見せかけた。

勢いづいた前田勢は、外柵《さく》を破り、真田丸の周囲に巡らした空堀に我れ先にと飛び込み、壁をよじ登って中に攻め入ろうとした。

敵を十二分に引きつけた幸村が、配下の銃隊に一斉射撃を命じたからたまらない。前田勢は頭上から狙い撃ちされ、空堀の中を逃げまどうばかりである。

堀からはい上がろうとすれば格好の標的になるので、真田丸の真下の射撃の死角にへばりついてかろうじて銃撃をさけていた。

真田丸の背後に建てた惣構の矢倉から、秀頼は戦の様子を見ていた。

といっても夜はまだ明け切っていない上に、あたりは濃い朝霧に包まれているので、半町先の視界も利かない。真田丸から撃ち下ろす残酷なばかりに大量の銃声と、前田勢の阿鼻叫喚《あびきょうかん》が聞こえるだけだった。

前田勢の苦戦を見ながら、西側の八丁目口に布陣した井伊直孝、松平忠直の軍勢一万四千は動こうとしなかった。

空堀の際まで進んだものの、鉄張りの楯を隙間なく並べて静観している。

真田丸での勝利に勇んだ城兵が惣構の矢倉から鉄砲を撃ちかけるが、反撃しようともしない。まるで葬送の列のように静まりかえっていた。

突然、秀頼の間近で爆発が起こった。

二十間ほど離れた惣構の矢倉が、大音響とともに火を噴き、二階部分が吹き飛んだ。矢倉の板屋根は炎に包まれ、火だるまになって城壁を転がり落ち、空堀の底に落ちて飛び散った。

その炎が、空堀の底にひそんでいる者たちを照らし出した。

赤備えの井伊家、黒備えの松平家の兵五百ばかりが、朝霧と薄闇におおわれた空堀の底に身を伏せていたのだ。

しかも矢倉の炎上を合図にしたように、梯子《はしご》を継ぎながら惣構の壁を登ってくる。特殊な訓練を受けた者たちなのだろう。五間ばかりの梯子をたくみに継ぎ足し、次々と登って来る。

それを待ち構えていたのか、空堀際まで迫った本隊が鉄張りの楯を開け、惣構の城兵に向かって大砲、鉄砲とり混ぜた砲撃をあびせ始めた。

だが大坂方は、南口を防禦《ぼうぎょ》正面とみて他方面の三倍近くも鉄砲を配しているだけに、八丁目口の左右の矢倉から、攻め登る敵に雨あられと銃弾をあびせた。

このために十数本の梯子に取りついた敵はすべて撃ち落とされ、赤や黒の鎧兜《よろいかぶと》のまま蟹《かに》の死骸《しがい》のように折り重なって絶命した。

惣構の矢倉で戦況を見ていた秀頼は、速水甲斐守に爆発の原因を調べてくるように命じた。

「鉄砲足軽が、誤って火薬樽《だる》の中に火縄を落としたようでござる」

甲斐守がそう報告した。

各矢倉には二斗入の火薬樽が配してある。これに火縄を落としたために爆発したらしい。

「そうか。内通ではないのだな」

「矢倉にいた者は、皆死んでおります」

内通者がわざと爆発させたのなら、死ぬはずはないのである。

「しかし、妙だな。敵は爆発を待っていたかのように攻めかかってきたではないか」

「堀の底にひそんで、機会を窺《うかが》っていたのでござろう」

「そうではあるまい」

秀頼にはぴんと来るものがあった。

敵は城内に内通者が出るのを待って、堀に兵を伏せていたのだ。偶然火薬樽が爆発したために、内通と間違えて攻め寄せて来たにちがいない。

「今日の警固番は誰じゃ」

「渡辺内蔵助でござる」

「ならば八丁目口の守備隊に、内通者がいないかどうか調べさせよ。くれぐれも他の者に悟られぬようにな」

大坂方にとって幸いだったのは、渡辺内蔵助の配下に根来の忍者がいたことである。

根来雑賀の一向一揆《いっき》衆数百人が、豊臣家の呼びかけに応じて入城していたが、その中には信長、秀吉と戦い抜いた屈強の忍びも混じっていた。

内蔵助の配下になっていた彼らは、秀頼が命じてから半刻《はんとき》もたたないうちに内通者をあぶり出した。

「南条忠成《なんじょうただなり》でござった」

甲斐守が内蔵助からの報告を伝えた。

南条忠成は伯耆国羽衣石《うえし》城主として六万石を領していたが、関ヶ原の合戦で西軍についたために所領を没収された。

その後五百石で秀頼に仕えていたが、城を落とした後には伯耆一国を与えるという幕府方の誘いに応じて内通者となったのである。

南条隊が守っている八丁目口の柵に布が引っかかっているのを不審に思った根来の忍びが、城壁の下に回って調べたところ、柵ばかりか塀の柱にも切り込みがあったという。

「忠成はどうした」

敵は合図とともに柵と塀を引き倒して、城内に乱入するつもりだったのである。

「内蔵助が捕えております。いかがいたしましょうか」

「私が会う。案内《あない》してくれ」

忠成と家臣三十人ばかりは後ろ手に縛り上げられ、八丁目口の塀際に引き据えられていた。いずれも胴や草摺《くさずり》をはぎ取られた小具足姿である。

手ひどい拷問を受けたらしく、忠成の顔は青黒く腫《は》れ上がっていた。

「裏切り者はこ奴らでござる。あやうく敵に付け入られるところでござった」

内蔵助は興奮し、怒りに殺気立っていた。

「打首にして柵にさらし、敵への見せしめにするべきと存ずる」

「急《せ》くでない。処罰などいつでも出来る」

秀頼は忠成の前に腰をおろした。

忠成はうつむけた顔を上げようともしない。もとは六万石の大名だった五十がらみの男だが、腫れ上がった顔にはその面影はなかった。

「内通の合図が違ったようだな」

秀頼には不思議と怒りはわいて来ない。忠成をこうした境涯に落としたのは、自分の未熟さだという思いばかりがあった。

「このようなことを仕出かしたからには、命を助けることは出来ぬ。だが、その方らに迷いを起こさせたのは、私の力の足らざるゆえじゃ」

「そうではござらぬ」

忠成はうつむいたまま、喉《のど》の奥からふりしぼるような声を出した。

「すべては、それがしの欲心ゆえでござる。昔の暮らしが忘れられず、伯耆一国を与えるという甘言に乗せられ申した」

伯耆は加藤貞泰《さだやす》や関一政《せきかずまさ》らの領国である。たとえ内応に成功したとしても、幕府方として戦っている彼らから所領を奪えるはずがない。

それが分っていても、旧領に復するというわずかな夢に飛び付いたのだ。

「この戦に勝って、伯耆を得ようとは考えてくれなかったか」

「畏《おそ》れながら、勝ち目はないものと存じました」

「こ奴が、ぬけぬけと」

内蔵助が肩口を蹴《け》った。

後ろ手に縛られた忠成は呆気《あっけ》なく横に倒れた。

「よさぬか」

秀頼は内蔵助を厳しくとがめ、忠成の肩を支えて抱き起こした。

「秀頼さま……」

腫れ上がった忠成の目から、どっと涙があふれ出した。

嗚咽《おえつ》をこらえようとして歯を喰《く》い縛り、肩ばかりを激しく震わせている。

「よい。戦も謀《はかりごと》も成るかどうかは時の運じゃ。命を賭《か》けて決めたことなら、誰にも責められるものではない」

秀頼は吉光の脇差しを鞘《さや》ごと抜くと、忠成の腰に差した。

「打首にはせぬ。武士らしく、この刀で腹を切ってくれ」

「鉄砲の五連射を三度……。それが内応の合図でござる」

忠成はそう白状したが、ついに一度も顔を上げようとはしなかった。

大坂城の南方面の惣構《そうがまえ》が、十間の地形の高低差を生かし、下には深さ五間の空堀を掘り、上には高さ六間の石垣を築いたために、全体では二十一間（約三十八メートル）もの高さになる巨大な要塞《ようさい》であったことは先にも記した通りである。

この石垣の上に、大坂方は太鼓塀を巡らしていた。

二重の板塀の間に石を詰めたもので、大砲の砲撃にも充分に耐えきれる強度があった。

『大坂の陣山口休庵咄』によれば、塀には一間につき六つずつ矢狭間《やざま》（銃眼）が開けてあり、矢狭間ひとつに三挺《ちょう》の鉄砲が配してあったという。

幅一間の塀に六つの銃眼が横並びになっていては、銃卒の動きが不自由だから、銃眼の位置に高低差をつけて立射と伏射にしたのだろう。

いずれにしても、一間につき十八挺の鉄砲が配され、長篠《ながしの》の合戦のように三段撃ちすることによって、絶え間なく銃撃を続けられるようになっていた。

また十間おきに二階建ての矢倉が築かれ、一階にも二階にも銃隊を配してあった。

しかも一町ごとに大砲を置き、号令とともに一斉に敵陣に撃ちかけた。

これだけでも難攻不落と思えるのに、大坂方は万一惣構の塀が破られた場合にそなえて、二十間ほど後方に第二の塀を築いていた。

支援陣地と呼ばれるもので、第一線の塀を破って攻めて来た敵を、この塀に拠《よ》って撃退しようというのである。

これほど強固な要塞に、膨大な火力を配して十万の兵がたてこもったのである。徳川方が攻めあぐね、内通者を恃《たの》みとした作戦を立てざるを得なくなったのも無理からぬことだった。

だが、内通者を恃んだ作戦は両刃《もろは》の剣である。

南条忠成から内応の合図を聞いた秀頼は、柵《さく》や塀の切り込みをそのままにし、朝霧の晴れやらぬ間に合図の鉄砲を撃たせた。

五連射を三度くり返すと、霧の中に身をひそめていた井伊、松平勢が行動を起こした。

悪霊にとりつかれて崖《がけ》から落ちる豚の群のように次々と空堀に下り、二十数本の梯《はし》子《ご》をかけて城壁を登ってくる。

先頭の者たちが鉤《かぎ》のついた縄をかけて柵を引き倒すと、南条隊になりすました渡辺内蔵助隊が、矢倉と矢倉の間の長さ十間の塀を内側に引き倒した。

赤備えの井伊勢、黒備えの松平勢が、先を争って城内に躍り込んでくる。

三百ばかりの敵で南条隊の持場が埋まった時、支援陣地に配した木村重成隊が一斉に銃撃をあびせた。

左右に築いた塀からは、渡辺内蔵助隊が狙い撃ちにする。

まばたきを四、五回する間には、城内に入った敵は三方から十字砲火をあびて全滅した。

木村、渡辺隊は、梯子を登ってくる敵の頭上に遺体を投げ落とし、敵の槍《やり》や刀を投げ付けた。それでもなお梯子にしがみついている者は鉄砲で撃ち落とす。

井伊、松平勢が思わぬ手ちがいに空堀の底で右往左往しているのを見た真田幸村は、真田丸の西の柵を開けて五百の兵をくり出して塀の上から銃撃させた。

この日の戦で死傷した幕府軍は、三千にのぼったという。前田、井伊、松平勢二万六千は、何と一割以上もの死傷者を出して撤退を余儀なくされたのである。

十二月五日、淀殿は緋《ひ》おどしの鎧《よろい》を着込み強力《ごうりき》の侍女に薙刀《なぎなた》を持たせて惣構の見廻《みまわ》りに出た。昨日の真田丸と八丁目口での秀頼の活躍に刺激され、じっとしていられなくなったのである。

淀殿は戦の当初から侍女を従えて見廻りに出ていたが、これは身方の将兵にもあまり歓迎されていなかった。

〈秀頼の御袋武具を着、番所を改め給う。これに随《したが》う女性三、四人武具を着し云々〉

『当代記』はそう伝えているが、他の史書には淀殿のそうした姿を見て将兵たちは色を失ったと記されている。

女だてらにという反感があったのだろう。あるいは「雌鳥歌えば家滅ぶ」という諺《ことわざ》が頭をよぎったのかもしれない。

だが淀殿には武士たちのそうした思いは見えてはいない。自分が姿を見せるだけで将兵たちの励みになろうと、城中の番所は徒歩で、惣構の陣地はかごで見廻りに出ていたのだった。

生玉口大門を出て船場方面の惣構を視察し、北の天満口から東へと回り、南の真田丸で昨日の合戦の跡を見た。

真田丸から八丁目口へとつづく空堀の底には、前田利常、井伊直孝、松平忠直の家臣らの死骸《しがい》が放置されたままだった。

回収しようとして空堀に入れば、豊臣方の銃隊の餌食《えじき》になることが分っているので、手の出し様がなかったのである。

五百、いや千人ちかくもいるだろうか。

色とりどりの鎧を着た将兵が、空堀の底に折り重なって倒れている様は、木曾義仲《きそよしなか》の火牛の計によって倶利伽羅《くりから》峠の谷底へ突き落とされた平家の軍勢もかくやと思えるほどである。

「お袋さま、あれ、あそこに」

薙刀持ちの侍女が、上ずった声を上げて眼下を指した。

重傷をおいながら死にきれぬ兵が、身方の陣地に戻ろうと空堀の壁をはい上がろうとしていた。

だが手足に力が入らないらしく、二間ばかりはい上がるとずるずるとずり落ちる。それでも再び立ち上がって壁に取りついていく。

まるで蟻地獄に落ちた蟻さながらである。

よく見ると、まだ生きている者がかなりいた。手足を動かして上にのしかかった死骸を押しのけようとする者や、刀をふり上げて身方に助けを求める者たちがいる。

だがすでに身方は三町ばかりも後退して陣営の立て直しにかかっていた。

「皆さま、お国で帰りを待ちわびている方々もおられましょうに」

年若い侍女が目をおおっている。

「これが戦というものじゃ」

言葉の強さとは裏腹に、淀殿は空堀の底を正視することが出来なかった。

こうした光景は小谷城でも北ノ庄城でも見ている。死者の臭いや死にきれぬ者たちのうめき声までが、頭にこびりついていた。

谷町口の織田長頼の陣地に着いた時には、すでに日が暮れかかっていた。

長頼は有楽斎長益の嫡男で、淀殿の従弟《いとこ》に当たる。

慶長十四年に起こった猪熊教利《いのくまのりとし》の官女密通事件に連座し、五条大路《ごじょうおおじ》の近くに蟄居《ちっきょ》していたが、大坂の陣が始まると父の招きで入城していた。

実戦の経験もない傾《かぶ》き者だが、一門衆ということで三千の兵を与えられ、南方面の総大将として谷町口に陣を敷いていた。

長頼の陣に入った時から、淀殿は不快を覚えた。

牢《ろう》人衆の寄せ集めのせいか、長頼の監督が悪いのか、まるでならず者か野盗の集まりのようである。

淀殿のかごが通るというのに礼もせず、塀によりかかったまま好色そうな目を侍女たちに向けている。

道には人や馬の糞《ふん》が放置されたまま異臭を放っている。

これ見よがしに男根を丸出しにして、石垣の上から放尿する者までいる。それがまたびっくりするほど大きいではないか。

淀殿は長頼を呼び出して怒鳴りつけたい思いをじっと押さえていた。

集まった牢人たちの中には、関ヶ原の合戦以後野盗や野伏となって糊口《ここう》をしのいできた者たちもいるのである。豊臣家のために戦おうという志さえあれば、少々のことに目くじらを立てるべきではない。

そう考えて苛立《いらだ》ちを押さえていたが、道端に三十人ばかりの足軽が菰《こも》をかぶって寝そべっているのを見ると、完全に自制心を失った。

任務を怠っていると思ったのである。

「これ、あの者たちの菰を引きはがして起こすのじゃ」

かごを警固している大野家の家臣に命じた。

治長と同様に、淀殿の命令には盲従する輩《やから》ばかりである。二十数人の武士たちは即座に菰を引きはがし、足軽たちの体を蹴《け》って叩《たた》き起こした。

「わっどんな、何ばすっとか」

組頭らしい髭面《ひげづら》の男が、むくりと上体を起こした。

九州の出身らしく言葉にひどい訛《なま》りがある。

「お袋さまのお通りじゃ。このような所に寝ておらず、さっさと持場に戻らぬか」

警固番の番頭が威丈高に怒鳴った。

「にやがったこつば言うな。おっどんな夜番じゃ。今寝らんでいつ寝れちゅうとか」

「夜番なら陣小屋で寝れば良かろう」

「わりゃ城の中でぬくぬくとしとるけん、そげな馬鹿んごたるこつば言うとた。陣小屋で寝れるかどうか、その目ん玉でよおっと見てくるがよか」

陣小屋には負傷兵が収容され、足の踏み場もないほどである。そう報告を受けた番頭は言葉に詰った。

それでも淀殿の命令である以上、足軽を排除しなければならない。

「とにかく、すぐにここを立ち去れ。お袋さまのお目を汚すでない」

「なんじゃと」

足軽組頭がぬっと立った。

六尺豊かな偉丈夫で、左手には三尺ばかりの野太刀を下げている。

「おっどんな命がけの戦ばしよるとぞ。お袋か子袋か知らんが、そげなもんのためになして叩き起こされないかんとか」

「無礼な。お袋さまは秀頼公のご生母にあらせられるぞ」

番頭は相手が淀殿のことを知らないと思ったらしい。

「だけん何か。わりゃ論語《ろんご》のひとつも読んどらんとか」

「何じゃと」

「その昔、孔子《こうし》さまは女子供は養い難しと説いておられる。まして今は戦の最中じゃ。

女子《おなご》んごたっとが何の役に立っち思いよっとか」

「貴様、許さん」

番頭がそう叫んで抜刀した。

警固番の者たちが一斉にそれにならった。

「ほう、面白か」

組頭は落ち着き払って三尺の野太刀を抜いた。

足軽たちも組頭の周りを取り巻いて戦う構えをみせている。

「おっどんないつ死んだっちゃ良かち思てこの城に入っとる。ひとつ腕だめしに斬ってみるがよかろたい」

彼我の腕の差は歴然としている。大野家の者たちは明らかに腰が引けていたが、淀殿がいるからには後へは引けない。

しかも思わぬ見せ物とばかりに、多くの将兵が集まっていた。

斬り合いは、にらみ合いの緊張に耐えきれなくなった大野家の若侍が、目の前の足軽に斬りかかったことから始まった。

双方合わせて六十人ばかりが、入り乱れて刀をふるう。

騒ぎを聞いて駆け付けた織田長頼の馬廻《うままわ》り衆五十人ばかりが両者を分けようとしたが、血気にはやって見境もつかなくなった者が馬廻り衆にまで斬りつけたために、三者の乱闘となった。

混乱をねらいすましたように、藤堂高虎の軍勢が空堀の柵《さく》を破り、城壁をよじ登って城内に乱入した。

南条忠成の内応工作をしたのは高虎である。その失敗を取り戻そうとするかのように、藤堂勢は猛然と攻めかかった。

内輪喧嘩《げんか》に気を取られていた守備兵は対応が遅れ、あっという間に二階矢倉のひとつを占領された。

伊賀上野《いがうえの》を領する藤堂高虎は、伊賀忍者を家臣団に組み込んでいる。その者たちが警戒の手薄になった矢倉に忍び入り、守備兵を皆殺しにしたのだ。

藤堂勢は矢倉を足がかりとして城内に次々と兵を送り込んできた。

長頼隊はあわてて迎え討とうとするが、藤堂勢は矢倉の周りに竹束や鉄張りの楯《たて》を並べて橋頭堡《きょうとうほ》を築いている。こうして仕寄り口を確保し、少しずつ占領地域を広げていくのが城攻めの常道だった。

そうはさせじと八丁目口にいた長曾我部盛親、木村重成隊が応援に駆け付け、間近からの激しい銃撃戦になった。

あまりの出来事に胆《きも》を飛ばした淀殿は、藤堂勢が攻め入った直後に支援陣地に逃げ込み、戦のなりゆきも見ずに本丸へ引き上げていった。

大野治長と織田有楽斎が山里御殿を訪ねてきたのは、十二月八日の昼過ぎだった。

淀殿は谷町口での一件以来すっかり自信を失い、見廻りにも嫌気がさして、山里御殿に引きこもって寝たり起きたりの暮らしをしていた。

月の障りはついに訪れない。やはり上がったのかと思うと、存在の芯《しん》棒を引き抜かれたような空《むな》しさがあった。

「お休みのところ恐れ入りまする」

身だしなみを整えて下の座に出ると、治長がかしこまって迎えた。

この男だけは、どんなことがあっても変わらぬ忠誠を尽くしてくれる。

「何ごとじゃ」

「有楽斎どのが一族郎党を引きつれて城を出ると申されますので、お袋さまに引き留めていただきたく、お連れいたしました」

「叔父《おじ》上が……、何ゆえですか」

「秀頼さまの強情さに、ほとほと愛想が尽きたのじゃ」

有楽斎が日頃の態度とは一転したふてぶてしい物言いをした。

だがそれを咎《とが》める気力は今の淀殿にはない。

「わしは秀頼さまやお茶々のために良かれと思い、この修理亮とも語らって家康どのとの和議を進めておる。惣構《そうがまえ》の矢倉まで出て、身命をかえりみずに幕府の使者とも話をした。ところが秀頼さまはどうなされたと思う」

「あの子が、何か」

「わしが徳川方に内通したと疑われておる。今日よりは三の丸より外に出ることはならぬと申され、屋敷に目付までつけられる始末じゃ」

さも憎々しげな口ぶりだが、有楽斎が家康の意を受けて和議を進めていることはまぎれもない事実だった。

秀頼はそのことに不審を抱き、有楽斎に城中から出てはならないと命じたのである。

「しかもわしばかりか、息子の長頼にまで疑いをかけておられる。このようなことでは、一族郎党をひきいて城を退去するほかはあるまい」

「長頼どのに、どのような疑いをかけていると申されるのですか」

「きっかけを作ったのはお茶々、そなたじゃよ」

「…………」

「そなたが見廻りの最中に喧嘩の原因を作った。その隙を藤堂勢につかれて、あやうく城内に攻め込まれそうになったであろう」

「ええ、確かに」

淀殿は小さな声で認めた。思い出したくもない失策だった。

「あれは長頼が、藤堂勢を引き入れるためにわざとやらせたのだと噂する輩《やから》がおる。秀頼さまもどうやらそれを信じておられるようじゃ」

「それで当家を見限ると申されるのですか」

「わしとてそうしたくはない。だが、このままでは市正の二の舞いじゃ。我ら一族が誅殺《ちゅうさつ》されることになろう」

長頼への疑いは藤堂勢を引き入れたことばかりではなかった。

あの騒動の後の取り調べによって、長頼が幕府軍に向かって鉄砲を撃ってはならぬと命じていたことが発覚したのである。

藤堂勢が城内の混乱の隙をついて一気に攻め入ることが出来たのは、長頼勢が攻撃しないことを知って、事前に堀の際まで仕寄っていたからだった。

「分りました。そこまで申されるのなら、勝手になされればよいでしょう」

「お袋さま、なりませぬ」

治長が身を乗り出していさめた。

「これまで和議を進めて来られたのは有楽斎どのでございます。今退去なされたなら、交渉の糸が切れることになりましょう」

「交渉には、そちが当たればよいではないか」

「無論それがしも力を尽くしておりますが」

治長が口ごもって有楽斎を見やった。

「相手は百戦練磨の家康どのじゃ。修理にはちと荷が重いようでな」

わしがいなくなっても良いのか。そう言いたげな口ぶりである。

「それに城を出たなら、家康どのに挨拶《あいさつ》に行かねばなるまい。城内のことを問われたなら、ありのままを話さざるを得なくなろうが、それでも構わぬかな」

「ありのままとは何です。何ゆえそのような謎めいた言い方をされるのですか」

「籠城《ろうじょう》の城中には、敵に知られてはならぬことが多々あるものでな。わしを退去させるよりは、わしを信じて和議の交渉を任せたほうが当家のためじゃ。秀頼さまにもそう伝えておくがよい」

有楽斎はにやりと笑って席を立った。治長があわてて後を追う。

淀殿は二人の姿を冷めた目で見送るばかりだった。

第八章　密室崩壊

十二月十一日の夕方、秀頼は御料理の間に後藤又兵衛、真田幸村、速水甲斐守を呼んでささやかな酒宴を張った。

真田丸や八丁目口での戦の慰労のためである。

囲炉裏に大鍋《おおなべ》をかけ、猪の乾肉《ほしにく》と大根、牛蒡《ごぼう》などをごった煮にしている。兵糧米はふんだんにあったが、酒や肉、魚、野菜などは少しずつ欠乏し、足軽たちの口にはめったに入らなくなっていた。

秀頼もいつもは将兵と同じものしか口にしない。二十五貫（約九十四キログラム）ちかくあった体重は二十貫ばかりになり、体がひと回り細くなっている。

だがかえって精悍《せいかん》さが増し、髭《ひげ》をたくわえたことと相まって、堂々たる武将の風貌《ふうぼう》をおびていた。

治長邸焼打ちの夜に宗夢と語り合って以来、秀頼は内面的にも大きく変わっていた。

何事にもとらわれずに、己れの信じた道を行けばよいと、無理なく思えるようになったのである。

「ほんまにご立派になられて、見違えるようやわ」

お駒が頼もしげに目を細めた。

日頃は海神屋の女たちとともに表御殿の侍女として働いているが、新参の牢《ろう》人衆と飲むときだけは酌を頼んでいる。

仕事柄、酒席の盛り上げ方がうまいからである。

「後藤さまや真田さまも、そう見てはりますやろ」

「そうじゃ。男というものは、戦と女子《おなご》で己れを磨くものじゃからな」

又兵衛はまぶしいような顔をお駒に向けた。

どうやら一目見た時から強く惹《ひ》かれているらしい。お駒と目が合ったりすると、柄にもなく顔を赤らめたりするのである。

「あら、後藤さまもいいご様子やけど、どこぞに女子はんがおらはりますか」

「わしか。わしは戦だけで男を磨いておる。のう真田どの」

「さあて、それがしには分り申さん」

幸村は援護しようとはしなかった。

お駒への又兵衛の思いを見抜いて、困らせようとしているらしい。

「後藤どのの戦ぶりを見て、命を捧《ささ》げたいと願う女子は数多《あまた》おるようでござるからなあ」

「真田どの、貴殿がそのように真顔で申されると、お駒どのが真に受けられるではないか」

又兵衛は大いにあわてて酒を飲み干した。

酒を飲むほかに、間の持たせ方というものを知らない男なのである。

「結構なことや。女子の五、六人ばかり抱えておられたほうが、天下の豪傑はんにはお似合いやさかい」

お駒が又兵衛の肩に寄りかかるようにして酌をした。

幕府軍の攻撃は冬の到来に追われるように日に日に激しさを増していたが、秀頼や又兵衛らには充分に持ちこたえられるという自信があった。

全軍を大坂城の惣構《そうがまえ》に引き上げてから十一日がたつ。その間幕府方は一万人近い死傷者を出していたが、城兵の被害は七百人にも満たなかった。

豊臣秀吉が難攻不落と豪語した城は、言葉通り恐るべき威力を発揮したのである。

しかも冬の寒さが厳しくなるにつれて、野営している幕府軍の体力の消耗は激しく、戦意は失われている。

あと半月ばかりも頑張り抜いたなら、幕府は必ず和議を求めてくる。それを逆手にとって勅命和議に持ち込めば、豊臣家が生き延びる道も開けてくるのだ。

家康もそうした作戦があることを見抜いたのだろう。朝廷が乗り出す前に何とか和議に持ち込もうと、あの手この手を駆使していた。

織田有楽斎や大野治長との和議を進める一方、城兵に心理的圧力をかけて抗戦の意欲をそごうとしたのである。

『当代記』、『駿府記』によれば、その手口は次の通りである。

十二月九日に、先に命じていた鳥飼の堤が完成し、淀川の水をすべて中津川に流したために、天満川は膝《ひざ》ばかりの浅さになった。

九、十、十一日の夜には、酉《とり》（午後六時）、亥《い》（午後十時）、寅《とら》（午前四時）に城の四方から一斉に鉄砲を撃ちかけ、鯨波《とき》の声を上げさせた。

いつ攻め寄せて来るか分らないという緊張で城兵を眠らせない作戦だが、後藤又兵衛がそれを見抜いて城兵に下知したために、疲れたのは幕府軍だけという結果に終わった。

同じ頃、諸勢の仕寄り口に築山《つきやま》を築かせ、大砲をすえて惣構《そうがまえ》の中に打ち込んだ。これは効果があったらしく、〈城中迷惑に及ぶと見たり〉と記されている。

またこの砲撃に援護され、弾よけの竹束を押し立てて惣構の空堀の近くまで迫ろうとしたが、城兵の銃撃にあって甚大な被害を出した。

〈この時手負《ておい》死人これ多く、一手に或は三百、或は五百人なり。向うには土俵をもっ

て山の如く高く築き上げる間、さして鉄炮中《あた》らず〉

土俵を高々と積み上げている敵に、竹束を楯《たて》として正面から撃ち合ったのでは勝負にならない。

一手とは各大名家のことか攻め口ひとつのことか不明だが、仮りに仕寄りを敢行した軍勢が十手あったとしたなら、三千人から五千人の死傷者が出たことになる。

十日には、家康は城内に向かって降伏をすすめる矢文を数万本も射込ませた。

しかも各持ち口を守備する者の姓名まで書き、降参したなら全員許すと約束したのである。

〈城中諸方持口姓名、矢文に書きこれを射るべし。その趣《おもむき》は今までこの如く敵になるといえども、降参いたさばことごとく赦免《しゃめん》すべし云々〉

これと同時に、城から出て投降する兵の無事は保障するとも書き送っている。

十一日には、城の南方の惣構の空堀に鉱夫を入れ、城に向かって掘り進むように命じた。これは高々とそびえる城壁を、大量の火薬の爆発力で崩壊させようという作戦である。

掘った土の捨て方を見てこのことを察知した城兵は、幕府勢が掘っている穴に向かって穴を掘り、〈城中のこへ（肥）汁をながし入れ、其上へ城中のはきだめの芥を入れ申し候〉と『大坂の陣山口休庵咄』は伝えている。

家康苦心の策も、城兵の糞尿《ふんにょう》の捨て場を提供するような結果となったのである――。

「えい、えい、おう」

「えい、えい、おう」

突然城の四方で鯨波の声が上がり、船場の方で数千挺《ちょう》もの鉄砲を撃ちかける音がした。

銃声はやがて北の天満口へと移り、東から南へとつるべ撃ちに城をぐるりとひと回りする。家康が命じた酉の刻《こく》(午後六時)の一斉射撃だった。

「おや、もうこんな時刻でござったか」

呑気《のんき》なもので又兵衛は一斉射撃を時計がわりにしている。

「楽しさのあまり、つい時を過ごしてしもうた。そろそろ持場に戻らねば、将兵たちが心細がりましょう」

「さよう、今日は久々に結構な酒を頂戴《ちょうだい》いたしした。心からお礼申し上げまする」

幸村も又兵衛に同意し、二人そろって持場へと戻って行った。

「その後、市正どのから連絡はございましたか」

速水甲斐守が声をひそめてたずねた。

「いいや。ない」

一日《ついたち》に密書が届いて以来、何の音沙汰《おとさた》もない。

且元から勅命和議の進捗《しんちょく》状況の知らせがなければ、いつまでを目途に戦えばいいのか分らなかった。

「よもや、約束を違《たが》えられたのではありますまいな」

「市正に限ってそのようなことはない。何か不都合でも生じたのであろう」

二人の密談に遠慮したのか、お駒が酒席の物を持って台所に下がろうとした。

「つかぬことを訊《たず》ねるが」

秀頼がお駒を呼び止めた。

「そちは又兵衛のことをどう見ておる」

「どうと申されたかて」

お駒がふり向いてはにかんだ顔をした。

首筋から胸にかけての線が豊かでなまめかしい。

「又兵衛はお駒が好きなのだよ。傍《はた》で見ていても気の毒なほどにな」

「ええ、それは……」

「もしお駒さえ良ければ、東の丸の屋敷に行ってはくれないだろうか」

「分りました。秀頼さまがそうせよと申されるんやったら、後藤さまにお仕えいたします」

少し考えた後で、お駒がきっぱりと言い切った。

翌日の巳《み》の刻(午前十時)、錦《にしき》の鎧直垂《よろいひたたれ》に小手、すね当てをつけた秀頼は、虎の皮の陣羽織を着て太平楽に乗り、千姫の乗ったかごを先導して京橋口三の丸に向かった。

三の丸では秀頼の親衛隊である七組の兵二千五百余が、惣金《そうきん》の旗印を林立させて出迎えた。

中央には金瓢箪《きんびょうたん》の馬標《うまじるし》が高々とかかげてある。

「いったい、何が始まるのですか」

千姫が本丸から出たのは、戦が始まってから初めてである。戦場の殺気立った雰囲気に気遅れして戸惑っていた。

「いいからおいで」

秀頼は千姫を連れて乾《いぬい》矢倉に向かった。

京橋口三の丸は天満口の守りの要だけに、北西の隅に三重の矢倉を建てている。十万石程度の大名の城なら、天守閣として用いられるほどの壮麗な建物である。

秀頼は矢倉の入口に着くと千姫の前に腰をかがめた。

「背負ってあげよう。足をすべらせたりしないようにね」

「大丈夫です。自分で上れますから」

「私がそうしたいのだよ。千と二人で上りたいのだ」

千姫は侍女や家臣たちを気にしてためらっていたが、秀頼に催促されて大きな背中に身をゆだねた。

周りから期せずして拍手が起こった。

警固の者たちも侍女たちも七組の将兵までが、晴れやかな顔をして手を叩《たた》いていた。

三階まで上ると、天満川の無残な姿が目に飛び込んできた。

満々と水をたたえていた大河は、上流でせき止められ、大和川方面からの水が川底に浅く流れているばかりである。二間ほども水位が下がったために、川岸は旱《ひでり》の堤のように干からびた斜面をさらしている。

浅くなった川に幕府軍が三つの井楼を建て、城内の見張りをつづけていた。

高さ二十間（約三十六メートル）ばかりもある巨大な井楼で、最上部には二間四方ばかりの見張り台が作られている。

台の周囲には銃眼を開けた鉄張りの楯を隙間なく並べていた。

「戦とは妙なものですね」

千姫がぽつりとつぶやいた。

「これまでわたくしは、絵巻物にあるように雄々しく勇ましいものだとばかり思っておりました。でも、これではただの殺し合いです」

「戦とは昔からそうしたものさ。負けた者は殺され、勝った者だけがさも勇ましげな物語を語りついできた。多くの恥ずべき行いには口をつぐんだままでね」

「では、見事な戦というものはないのでしょうか」

「ある。愛する者、信じるものを守るために、命を投げ出して戦う者は見事だ」

やがて二千ばかりの軍勢が、船場から中之島《なかのしま》、天満へと浅くなった川を渡って進んできた。金扇の馬標と三葉葵《あおい》の旗印をかかげた徳川家康と秀忠の軍勢である。

秀頼は密偵からの報告で今日の見廻《みまわ》りを知り、二人の姿を千姫に見せるために乾矢倉に連れて来たのだった。

家康父子の出現に色めき立った城兵は激しく鉄砲を撃ちかけるが、家康は鎧もつけずに馬に乗り、天満川の対岸を悠然と進んでいく。

秀忠は茶おどしの鎧をまとい、金の鍬形《くわがた》を打った兜《かぶと》をかぶっていた。

城からは四町ばかりも離れているので、鉄砲の射程からはずれている。それでも城兵たちは家康への怒りと憎しみにかられて鉄砲を撃ちつづけた。

徳川方でも万一の用心に沿道に楯を構えた警固の兵を並べていた。

「あれが家康どの、後ろが秀忠どのだ」

秀頼が長い腕を伸ばして指さした。

千姫は高欄の手すりから身を乗り出して見つめた。

祖父や父の姿を見るのは、慶長八年に秀頼に嫁いで以来初めてのことなのだ。

「連れて来て下さったのは、このためだったのですね」

千姫が涙ぐんでふり返った。

「十一年もの間、里帰りさせてやることも出来なかった。すまないと思っている」

秀頼は千姫の横に並んで軽く肩を抱き寄せた。

家康や秀忠にも、二人の姿は見えているはずだった。

「秀頼さま。父上やおじいさまは、何を守るためにこの戦を仕掛けられたのでございましょうか」

「私には分らない。いつか機会があったら、千が訊ねてごらん」

「たとえ何があろうと、わたくしは秀頼さまのお側を離れませぬ。死ぬまでお仕えいたします」

何か予感するものがあったのだろう。千姫が泣きながら秀頼の袖《そで》をつかんだ。

家康の一行は、天満から備前島へと回っていく。備前島では片桐且元が真っ先に出迎え、築山《つきやま》の上に大砲五門を並べた砲台を案内して回った。

家康がオランダ、イギリスから購入したカルバリン砲で、砲身の長さが二間半もあり、四貫目（約十五キログラム）ちかい砲弾を一里以上も飛ばすという怪物である。

この砲を備前島に据えることが出来たのも、天満川を干して荷車で運び込めるようにしたからだった。

城を指して家康に何事かを説明している且元と、秀頼の目が合った。

熊皮を張った鎧を着た且元は、そ知らぬふりで説明をつづけている。

(市正、何ゆえ使者を寄こさぬ)

秀頼は心の中で語りかけた。

家康との親密な語らいぶりを目の当たりにしても、且元が裏切ったとはどうしても思えなかった。


赤と青と脂肪の切り口のような生々しい白とが、細い線になって入り乱れ、ぐるぐると渦を巻いていた。

まるで後産に出る胞衣《えな》のように毒々しい色あいである。

ぬれたような光沢をおびた薄い幕の中を、淀殿はよろめきながら歩いていた。

これは生まれる前の記憶だろうか。

真っ直ぐに歩こうとしても、体はいつの間にか横になり逆さになり、少しも前に進まない。幕はぴたりと閉ざされ、どこにも出口がなかった。

淀殿は拳《こぶし》を突き上げ足を蹴《け》ってもがいた。だがもがけばもがくほど、薄い幕はぬれた衣のようにまとわりついてくる。

ここは母の胎内なのだ。だから静かに身をゆだねていればいい。淀殿はそう思って焦る自分を落ち着かせようとした。

突然、高らかな笑い声が聞こえた。あざけりに満ちたひきつるような笑いである。薄闇のかなたに目をこらすと、関白秀次が白装束で立っていた。切腹した姿のままで、腹からは血と臓腑《はらわた》が流れ出している。

赤と青と生々しい白は、秀次の臓腑の色だった。

「どうじゃ、え、どうじゃお茶々どの。人に濡《ぬ》れ衣《ぎぬ》を着せて死に追いやり、罪もなき女や子供までむごたらしくなぶり殺しにした。その揚句に手に入れたものは何じゃ。その身ひとつの破滅ではないか。げに浅ましきは女の欲心、怖ろしきは因縁果報の理《ことわり》よな」

「やかましい」

淀殿は大声で怒鳴りつけた。

「お前は負け犬じゃ。負け犬ゆえに殺された。この世で殺された者が、亡霊となって何度人の夢枕に立ったところで、わらわが恐れるとでも思ったか。消えよ負け犬。お前には薄汚ない犬小屋こそがふさわしいのじゃ」

「お茶々よ、ならばわしも負け犬かよ」

秀次の背後からぬっと秀吉の亡霊が現われた。

顔には毒殺されたことを告げる赤黒い痣《あざ》がある。口からはあの時と同じように涎《よだれ》を垂れ流していた。

「いくらお拾さまのためとはいえ、わしにまで毒を盛ることはにゃあではにゃあか」

「失《う》せろ。お前など負け犬ほどの値うちもない。伯父《おじ》上の草履取りが似合いの男じゃ」

「そりゃあ手厳しいの。お茶々をここまで引き立てたのは、わしではにゃあか」

「わらわはお前の妾《めかけ》になどなりとうなかった。お前が下卑た猿面に好色の笑いを浮かべて寄って来るたびに、その頭を叩き割ってはきだめにでも投げ捨てたかった。汚い手で触られ、赤い舌でなめ回されるたびに、いつか殺してやると思った。お前は父と母と弟の仇《かたき》じゃ。消え失せろ。さもなくばここへ来い。何度でも、何度でも、何度でもこの手で毒を盛ってやる」

淀殿は高らかに笑った。

こ奴らなどわらわの小指ほどの値うちもない。そう思うと腹の底からあぶくのように笑いがこみ上げ、性に昇りつめていくような快感となっていった——。

自分の笑い声で、淀殿は目をさました。

胸のあたりには、笑い過ぎた後のこそばゆいような感覚が残っている。体は歓《よろこ》びにじわりと濡れていた。

淀殿は気だるく上体を起こした。

後頭部を引っ張られるような感じがしてふり向くと、褥《しとね》の上に抜け落ちた黒髪が蛇となってのたうっている。それを拾い上げる気力もないまま、やるせない溜息《ためいき》をついた。

外は雨のようである。

板ぶきの庇《ひさし》や雨戸を激しく叩《たた》く音がする。それが銃弾が城壁に当たる音のようにも聞こえて、淀殿は自分の判断に自信が持てなくなった。

（しかし、敵の鉄砲玉がここまで届くはずはないのだが）

雨にちがいない。もしこれが雨でなかったなら、自分はもうおしまいだ。

そんな切羽詰った気持に駆られて雨戸を開けた。冷たい風と横なぐりの雨が吹き付けてきた。

（ああ、雨でよかった）

淀殿は濡れるのも構わずに外をながめた。

山里御殿の庭は薄闇に包まれている。松林が風に吹かれ、髪ふり乱した女のように激しく左右に揺れていた。

急に肌寒さを覚えて雨戸を閉めようとした時、黒い矢羽根が目についた。

ひょいと首をさし出してみると、朱柄《あかえ》の矢が雨戸にびっしりと突き立っていた。

数百本の矢が、三枚の雨戸に隙間もなく射込まれている。矢の先には矢文が結ばれ、雨にぬれてしなだれている。

淀殿は裸足《はだし》のままふらふらと庭に下り、矢を引き抜こうとした。

だが深々と突き立った矢は、女の力では抜けない。淀殿はすすり泣きながら矢を抜こうとし、抜けない腹立ちに途中からへし折った。

折れ残った矢柄に矢文が結ばれている。

開いてみたが、文字は雨ににじんで黒い染みと化している。それでも、自分の過去の日々を記した日記であることだけははっきりと分った。

淀殿はぬれた紙を握りしめ、少女のように庭先にうずくまった。

いったい誰が、これほど過酷な運命をこの身に背負わせたのか。そう思うと涙ばかりがこみ上げてきて、立ち上がる気力も失せていた。

我に返った時には褥の中にいた。

ぬくぬくと真綿にくるまれ、頭には冷やした手ぬぐいが当てられている。大蔵卿の局と常高院が心配そうにのぞき込んでいた。

「お初、お初ではないか」

声を出すと喉《のど》が痛んだ。

風邪をひいたらしく、ひどい寒気《さむけ》がする。

「いったいどうされたのですか。あのような所で雨風に打たれておられては、お風邪を召されるのが当たり前ではありませんか」

常高院が手ぬぐいを桶《おけ》の水で絞り直して額に当てた。

淀殿のすぐ下の妹で京極高次に嫁していたが、高次の死後は出家して常高院と名乗っていた。

「朱柄の矢が、雨戸に……、お初も見たであろう」

「いいえ。存じませぬ」

「朱柄の矢じゃ。大蔵卿、そなたは見たであろう」

「見ておりませぬ。きっと夢でもご覧になったのでございましょう」

「夢……、いいや夢なら庭先まで下りて行くはずがあるまい」

夢ならばどれほどいいだろう。そう思いながらも、淀殿にはあれが夢の中の出来事だとは信じられなかった。

「夢魔にそそのかされて、お歩きになられたのでございましょう。雨戸には降参を勧める幕府の矢文が射込まれておりましたゆえ、それを見間違えられたのかも知れませぬ」

「そうですよ。あまりにお辛《つら》い思いをなされたゆえ、ほら、このようにお髪《ぐし》も薄くなられて」

常高院が淀殿の髪をそっとなでた。

久々に触れる妹の温かい手である。安堵《あんど》のあまり、淀殿の目からどっと涙があふれた。

「何ゆえお初がここにおる。どうして城に入って来られたのじゃ」

淀殿は弱い所を見せまいとして訊《たず》ねた。

「姉上の見舞いに参上したのでございます。重い病とのことゆえ、城門の番衆に願って通していただきました」

末の妹のお江与とちがって、お初にはどこかのんびりとした人の好《よ》さがある。

淀殿はお初の手を取ると、頰に押し当ててすすり泣いた。危険をかえりみずに城内にまで見舞ってくれた肉親の情が、しみじみと有難かった。


〈十四日卯辰刻より又雨、晩より風烈し、寒き事甚し〉

十四日は雨風が強くひどく寒かったと『当代記』の筆者は書き留めている。

大坂城で雨風をしのげる城兵はともかく、城の周囲に野営する幕府軍二十万にとっては、辛く厳しい戦となりつつあった。

この日淀殿は、山里御殿の居間で横になって過ごした。

風邪のせいで熱が下がらず、時折骨を凍らすような寒気もして、床を離れることが出来なかった。

頭にかすみがかかったようなぼんやりとした状態で、淀殿は昨日の朱柄の矢のことを考えていた。

あれはやはり夢だったのだろうか。それにしては、あまりに生々しい実感がある。朱柄の矢に結ばれていたのは確かに自分の日記だったのだ。

だが、皆が言うように幕府軍が射込んだ矢かも知れぬ。

家康は二十万の兵に命じて、降伏を勧める矢を毎日数万本も射込ませている。城兵はそれを集めて焚火《たきび》をしているほどだ。

確かにそうしたものでなければ、雨戸にあれほどおびただしく突き立っているはずがあるまい。

淀殿は自問自答をくり返し、展転反側しながら一日を過ごした。

夕方、大野治長が織田有楽斎、大蔵卿の局、常高院と連れ立って訪ねて来た。

淀殿はまだ熱が下がらず目まいがしたが、褥の上で上体を起こして四人を迎えた。

「幕府方との和議の交渉経過についてご報告に参りました」

治長の声はめずらしく明るい。

「申してみよ」

淀殿の喉はまだ腫《は》れ上がっていて、声を出すとひどく痛んだ。

戦など早くやめて、都から腕のいい医者を呼んでもらいたい。切実にそう思った。

「お袋さまが江戸へ下向なされることと引き替えに、牢《ろう》人衆を扶持《ふち》するための加増を求めておりましたが、家康公は加増には応じられぬと申されました。そのために交渉は行き詰っておりましたが、このたび家康公より新たな申し出がなされたのでございます」

「どのような条件じゃ」

「国替えに応じることも、人質を差し出すこともいらぬ。当家の所領も今のままで、家臣や牢人衆への処罰も一切行わない。ただ今後二度と幕府に叛心《はんしん》を持たぬという、秀頼さまとお袋さまの誓紙を差し出すだけで良いというのでございます」

「まことか」

淀殿は思わず大きな声を出し、顔をしかめて喉を押さえた。

国替えや人質となることから比べれば、信じられないような好条件である。

「間違いございませぬ。有楽斎どのと常高院さまのご尽力の賜物《たまもの》でございます」

治長はそう言ったが、この好条件の裏には二度と謀叛《むほん》を起こさぬことを証明するために、二の丸三の丸の堀を埋めるという密約があった。

治長はそれを承知していながら、淀殿の反対を怖れて報告しなかったのである。

「お初が、どんな尽力をしたと申すのじゃ」

「家康どのの側室阿茶《あちゃ》の局《つぼね》さまと、和議の条件を練り上げられたのでございます」

「お初が城に来たのは、わらわを見舞うためではなかったのか」

昨日肉親の情の有難さに涙しただけに、淀殿は急に血が冷えていくような怒りを覚えた。

「無論見舞いのためでございます」

姉の性向を知悉《ちしつ》している常高院があわてて
とりつくろった。

「ところが、わたくしが城内にいることが内府さまに知れたため、倅忠高《せがれただたか》を通じて和議の仲立ちをするようにとの依頼があったのでございます」

「もうよい」

淀殿は冷めた口調でさえぎった。

「見舞いに来たなどとは偽りじゃ。家康に頼まれて、わらわを説き伏せに来たのであろう。和議の条件とて何か裏があるに決っておる」

「姉上さま、わたくしは当家の行末を思えばこそ」

常高院はそう言ったが、淀殿は横になり夜着を頭からかぶって背中を向けた。

「しばらくお茶々と二人だけにしてもらえぬかな」

有楽斎のおだやかな声がして、三人が立ち去る気配があった。

「のうお茶々、そう強情《かたく》を張らずに早く和議に応じて楽になったらどうじゃ」

淀殿は答えない。頑なに背中を向けたまま、聞く耳など持たぬと全身で叫んでいた。

「昨日朱柄《あかえ》の矢文が射込まれたのをそなたも見たであろう。徳川方はあのような芸当が出来るほどに、この城に深く食い込んでおるのじゃ」

「あれは、わらわの見た幻でございます」

淀殿はそう言いながらも、なぜ有楽斎がそれを知っているのか不思議だった。

「幻なものか。大蔵卿も常高院も朱柄の矢文を見ておる。お茶々が熱に浮かされてあらぬことを口走るゆえ、見なかったと口裏を合わせただけじゃ」

「まさか……、あの矢文は叔父《おじ》上が」

淀殿はぎょっとしてふり返った。

この叔父が、自分を秀吉に宛《あて》がった女衒《ぜげん》のような男が、御蔵《みくら》から日記を盗み出し、朱柄の矢文で城内を攪乱《かくらん》していたのだ。

今度は豊臣家を丸ごと家康に売ろうという魂胆に違いなかった。

「わしではない。だが家康どのの密偵がそなたの身近にいて、日記を盗み出したことは事実じゃ。すでにあの日記は家康どのの手元にある。これ以上我を張れば、どうなるかお茶々にも分るはずではないか」

淀殿を見下ろす有楽斎の顔は夜叉《やしゃ》のようである。へつらいと愛相笑いの仮面を脱ぎ捨て、ついに本性を現わしたのだった。

十五日の夜、秀頼は大野治長と織田有楽斎を御料理の間に呼んだ。

囲炉裏には赤々と炭が燃え、自在鉤《かぎ》に下げた鉄瓶が盛んに湯気をあげていたが、酒《しゅ》肴《こう》の用意はない。二人が火の側に寄ることとさえ許さなかった。

「ご用の向きは、いかなる事でございましょうか」

次の間に控えた治長が、秀頼の長い沈黙にしびれを切らしてたずねた。

「私は、幕府との和議は勅命によるものでなければならぬと申した。以後勝手に交渉を進めてはならぬとも申し渡したはずじゃ」

秀頼は二人を交互ににらみ据えた。

国替えも人質も求めないかわりに、二の丸三の丸の堀を埋めよと幕府が申し入れていることはすでに聞いていた。

「確かにうけたまわりました」

治長は少しも動揺しなかった。

「ならば何ゆえ、私に断わりもなく使者を出したのじゃ」

「お袋さまのお申し付けにございます。たとえ勅命による和議を結ぶといたしましても、そのための下交渉というものが必要でございましょう」

「交渉はすべて朝廷にお任せせねば、勅命和議の意味はない。僭越《せんえつ》のそしりを受けるばかりじゃ」

「ならば朝廷においては、和議の条件を徳川方と話し合っておられるのでございましょうか」

「そうじゃ」

「どのような条件か、お聞き及びでございますか」

「私は国替えに応じると申し上げておる。どこの国に移るかは、すべて朝廷に一任してある」

その条件は片桐且元に申し渡したものである。且元が智仁親王に伝えたことだけは確かめていたが、十二月一日の密書を最後に且元からの連絡が絶えているため、交渉がどこまで進んでいるかまったく分らなかった。

「畏《おそ》れながら、国替えに応じるよりは、二の丸三の丸の堀を埋めて和議を結んだ方が得策と存じます」

「それは当家をあざむくための罠《わな》じゃ。我らがこの地に固執するかぎり、幕府は豊臣家を滅ぼそうとするであろう。二の丸三の丸を埋めた後に再び攻められたなら、もはや生き延びる術《すべ》はあるまい」

「堀は当家の手で埋めることといたしております。幕府勢が引き上げた後に、ゆるゆると工事を進めて時を待てばよろしゅうございましょう」

「それでは何のための和議じゃ。私は父上の残されたこの城に頼ることなく、自分の力でもう一度やり直してみたい。それがならぬとあれば、この城を墓所《はかどころ》と定めて戦い抜くばかりじゃ。分ったか」

秀頼は思わず声を荒らげた。

戦場なれしたせいだろう。後藤又兵衛にも劣らぬほどの野太い声になっている。

治長は気圧《けお》されてかしこまったが、有楽斎は素知らぬ顔で横を向き、口元には薄笑いさえ浮かべていた。

「有楽斎、何がおかしい」

秀頼は怒りを押さえた低い声でたずねた。

「別に、何もおかしくはござらぬ」

有楽斎が仏頂面《ぶっちょうづら》で答えた。

「私は修理ばかりを咎《とが》めておるのではない。何ゆえ先ほどから一言の弁解もせぬのじゃ」

「秀頼さまはそれがしを疑って、城から出るなと申し付けられた。かように疑われておる身で何かを申し上げたとて、仕方がありますまい」

「それでも母上に取り入って、和議だけは進めると申すか」

「お袋さまと秀頼さまのご無事を願えばこそでござるよ」

「ならば私も遠慮はせぬ。今後無断で和議の使者を送るようなことがあればただではおかぬゆえ、肝《きも》に銘じておくがよい」

秀頼はそう申し渡したが、治長と有楽斎は聞かなかった。翌十六日朝、大野治長の持ち口である松屋町口の城門を開けて使者を出そうとした。

知らせを受けた秀頼は、速水甲斐守と七組の銃隊三百ばかりをひきいて松屋町口に駆けつけた。

治長と有楽斎の家臣四人が、和議の使者であることを示す編笠《あみがさ》を高々とかかげ、家康への貢ぎ物を持った供の者を従えて、空堀に渡した板橋を渡っている。

持ち口の矢倉に大野治長はいなかった。

「甲斐、全員射殺せよ」

秀頼が厳然と命じた。

甲斐守は即座に銃隊を矢倉の格子窓に配すると、ふり返る間も与えずに一人残らず撃ち殺した。

その頃、家康は茶臼山の陣小屋で横になっていたが、使者が全員射殺されたと聞くと、白小袖《こそで》一枚で飛び起き、親指の爪をかみながら寝所を歩き回り始めたという。

爪をかむのは思案に余った時の癖である。ふやけるほどに爪をかんだ後、本多正純を呼んで和議の進捗《しんちょく》状況を確かめ、未《ひつじ》の刻《こく》（午後二時）を期して大坂城を一斉に砲撃するように命じた。

松平忠直、井伊直孝、藤堂高虎の軍勢が南から、佐竹義宣勢が鴫野から大砲で砲撃したが、最も威力を発揮したのは備前島に布陣した片桐勢の砲撃だった。

何しろ備前島は天守閣から五町（約五百五十メートル）ばかりしか離れていない。しかも且元は城内の様子を熟知しているだけに、砲術の名人たちに指示して正確無比の砲撃を行わせたのだった。

片桐且元が砲撃の指揮を執っていると聞いた秀頼は、天守に上って備前島をながめやった。

「秀頼さま、危のうござる」

速水甲斐守が下りるように勧めたが、秀頼は廻《まわ》り縁の高欄の側を動こうとしなかった。

備前島からは大砲、鉄砲数百挺《ちょう》を取り混ぜて撃ちかけて来るが、カルバリン砲五門による砲撃が最大の脅威だった。

築山《つきやま》の上に木組みの発射台を並べ、発射角度と火薬の量を調整しながら撃ちかけてくる。地を震わすほどの轟音《ごうおん》と白い煙が上がり、直径五寸もある砲弾が恐ろしいほどの速さで飛んで来る。

砲弾は城壁や屋根をやすやすと打ち破り、八寸角の柱を真っ二つにへし折ってしまう。このまま砲撃がつづいたなら、城が穴だらけにされるのではないかと思えるほどだった。

「市正どのはやはり心変わりなされたのじゃ。ここにいては危のうござる」

甲斐守が砲声に負けまいとして声を張り上げたが、秀頼は動こうとはしなかった。

「ちがう。市正はそのような男ではない」

突然雷でも落ちたような音がして、天守閣がぐらぐらと揺れた。

階下の柱に命中したらしい。高欄につかまっていなければふり落とされそうだった。

「秀頼さま、早く……、早く下りられよ」

甲斐守が尻《しり》もちをついたまま叫んだ。

且元は城中の図面らしい板を砲術師範たちに見せて何事か指示していた。熊毛を張った兜《かぶと》の目庇《まびさし》を深く下げているので表情は分らないが、玉込めと砲身の調整が終わるごとに黒漆ぬりの軍配を振る。

そのたびに五門のカルバリン砲が火を噴き、砲弾が頭上を飛び過ぎていった。

「あの軍配は私が与えたものじゃ。心変わりしたなら使うはずがあるまい。それに、私がここにいることは向こうにも見えておるのだ。敵になったのなら、真っ先に私を狙うはずではないか」

秀頼は且元への信頼に命を賭《か》けて、砲弾がうなりを上げてかすめていく天守閣に立ち尽くした。

カルバリン砲の砲弾は千畳敷御殿の桜の間に集中していた。

この日風邪のいえた淀殿が桜の間にいることが、徳川方の密偵の報告で筒抜けになっていたからである。

御殿の東南の角にある桜の間は、備前島から見れば屋根の反対側の狙いにくい位置にある。だが弾道と着弾地点を冷徹に見切った砲術師範たちは、測ったような正確さで桜の間の頭上に玉を落とした。

五寸もの鉄の玉が、屋根を突き破って落ちてくる。灼熱《しゃくねつ》した玉は桜や孔雀《くじゃく》を描いたふすまを破り、柱を砕き、畳の上に落ちて焦げ臭い煙を上げた。

淀殿は床の間で大蔵卿の局らと身を寄せあって震えていた。

床の間の両側の柱には、ひと抱えもある山桜の大木を使っているので、ここにいれば砲撃から身を守れると思ったのである。

すでに六人の侍女が、玉の直撃を受けたり崩れた屋根の下敷きになって死んでいた。遺体は血にまみれた無残な姿で上段の間と下段の間に散らばっているが、絶え間なく玉が飛び込んでくるので運び出してやることも出来なかった。

玉が風を切る乾いた音がして、屋根を引き裂く凄《すさ》まじい音とともに砲弾が飛び込んでくる。青い屋根瓦《がわら》が飛び散り、雨のように落ちてくる。

そのたびに侍女たちは悲鳴を上げ、ひしと体を寄せて震えていた。

淀殿は床の間に入り込んだまま、四半刻《しはんとき》ばかりも砲撃が終わるのを待っていた。

ここを出れば即座に玉の直撃を受けそうな気がして動けなかったが、あまりにも一方的な敗北と侍女たちのあられもない取り乱しぶりに猛然と腹が立ってきた。

これではまるで地獄の獄卒に、火に焼けた鉾《ほこ》を頭上から突き立てられているようではないか。そう思うと生来の負けん気と強気が頭をもたげてきた。

「皆の者、これしきの玉が何じゃ。わらわには当たらぬ」

震える声で叫ぶと、吉光の脇差しを抜き放って上段の間の中央に進み出た。

「見よ、天はわらわに身方しておられる。百万千万の玉が飛んでこようとも、この身をかすめることさえ出来ぬ」

淀殿は大きく息を飲むと、右手に扇をかざす手つきをして「生田敦盛」を舞い始めた。

「言ふかと見れば不思議やな、言ふかと見れば不思議やな。黒雲俄《には》かに立ち来り、猛《みやう》火《くわ》を放し剣《つるぎ》を降らして、その数知らざる修羅の敵《かたき》、天地を響かし満ち満ちたり」

激しい震動と爆裂音がして、砲弾が淀殿の間近に落ちた。畳を突き破って床下にまで達している。

部屋の隅では灼熱した玉に触れたふすまが燃え始め、狩野派の筆になる黄金の桜が炎の舌になめつくされていく。

「物々し明け暮れに、慣れつる修羅の敵《かたき》ぞかしと、太刀真向《まつこう》にさしかざし、ここやかしこに走り巡り、火花を散らして戦ひしが」

淀殿は脇差しを抜いて右手に持ち、敵と戦う仕草をしながら右に左に走り回った。

その後を追いかけるように、数発の砲弾が背後に落ちた。

「お袋さま、おやめ下されませ」

床の間に身をひそめていた侍女が、泣きながら飛び出して来た。添い寝の役のおいとである。

「おお、おいと。近《ちこ》う寄れ」

愛《いと》おしさに抱き締めようとした時、直撃した砲弾がおいとの頭を吹き飛ばした。ざくろのように砕けた頭から、血が天井にまで噴き上げた。

「…………」

淀殿は叫び声を上げようとしたが、声は喉《のど》に張りついて出て来ない。雨のように降るおいとの血にまみれ、腰を抜かしてその場に座り込んだ。

砲弾が千畳敷御殿に集中していると聞いた秀頼が、桜の間に駆け込んだのはその直後だった。

「母上、大事ございませぬか」

淀殿は腰を抜かしたまま上段の間に座り込んでいた。

見開いた目を宙に据えたまま、何の反応も示さない。時折小刻みに体を震わせ、歯のだ。

の根の合わぬ歯をかちかちとならすばかりである。

小袖《こそで》は赤く血にそまり、腰のあたりが生温かくぬれている。恐怖のあまり失禁した
「母上、しっかりなされよ」

秀頼は淀殿の肩をゆすった。

淀殿は秀頼を見つめ、激しく身震いして後じさった。

「秀次さま、お許し下され」

秀頼を秀次だと思ったらしい。手を合わせてすすり泣いた。

「お前さまを切腹に追いやったのはわらわじゃ。一の御台さまやお宮の方さまを殺したのもわらわじゃ。のう、許して下され」

「母上、お気を確かに持たれよ」

「太閤殿下のお命も縮め申した。病みつかれた殿下の湯呑《ゆの》みに、この手で毒を盛ってしもうた。のう秀次どの、許して下されや。迷わず成仏して下されぬか」

淀殿は手を合わせてかき口説いた。

秀頼が安全な場所に移そうと手をさし伸べると、震えながらどこまでも後じさっていく。

侍女たちは淀殿が口走った言葉に色を失い、声もなく二人を見つめるばかりだった。

秀頼の意を受けた勅命和議の工作は、八条宮智仁親王を中心にして十二月十七日まで続けられていた。

大坂城への一斉砲撃が行われた十六日には、智仁親王、伏見宮邦清親王、前関白二《に》条昭実《じょうあきざね》らの使者が、徳川家康の本陣を訪ねて毛氈《もうせん》、酒菓などを献じた。

翌十七日には広橋兼勝と三条西実条が勅使として家康と対面し、冬の寒さもはなはだしいので諸軍に停戦を命じて家康が上洛《じょうらく》するか、あるいは和睦《わぼく》するべきだという朝廷の意向を伝えた。

これに対して、家康は次のように答えたと『駿府記』は伝えている。

〈大御所仰せて曰く、諸軍に申し付くべきために在陣なり。和睦の儀然るべからず。もし調わずば則ち天子の命が軽んじられ、甚だもって不可なり〉

自分は全軍を指揮するためにここにいるので、停戦して上洛するつもりはない。また和睦についても、もし勅命による和議を結ぼうとして大坂方に拒否されたなら、天皇の命令を軽んじることになるので、応じることは出来ないというのである。

いかに幕府に武力があったとしても、征夷大将軍職を朝廷から拝命している以上、公然と勅命に背くわけにはいかない。

そこで家康は、大坂方が勅命和議を拒否したなら天子の命が軽んじられることになる、という巧妙な言辞を弄《ろう》したのだった。

勅使の側に和議を成立させようという強い意志があったなら、大坂方から勅命に応じるという返答をもらって来るので、是非とも和睦してもらいたいと迫ることが出来たはずである。

だが朝廷きっての切れ者と評された広橋兼勝や三条西実条は、有効な反論を展開することもなく、子供の使いのようにおとなしく茶臼山を去った。

十一月末から精力的に勅命和議工作に当たっていた広橋兼勝らが、何ゆえかくも簡単に工作を断念せざるを得なかったのか。

秀頼がその理由を知ったのは、十七日の夕刻だった。

南善坊《なんぜんぼう》という時宗《じしゅう》の老僧が、智仁親王の使者として秀頼を訪ねて来たのだ。

「八条宮さまは次のように伝えよと申されました」

黒書院で対面すると、南善坊はおだやかな口調で語り始めた。

「片桐市正より勅命和議のために尽力していただきたいとの依頼を受けて以来、朝議を動かし天子に奏上し、広橋、三条西の両名を勅使として事に当たらせてきた。交渉は有利のうちに進み、十七日の勅使下向となったが、内府は土壇場になって思いも寄らぬ秘策を用いた」

それが末期《まつご》の秀吉を殺したという淀殿の日記だった。

慶長三年八月、病のためにすでに正常な判断力を失っていた秀吉は、周囲の反対を押し切り、朝鮮での戦を続行するように命じた。

十数万の出征軍が全滅することになろうとも、撤退することは許さぬと言い張った。このままでは怨嗟《えんさ》の声が天下に満ち、豊臣家の力や威信は地に落ちるばかりである。しかも朝鮮に配下を一兵も送っていない徳川家康は、まるで熟した柿が落ちるのを待つように悠然と天下取りを狙っている。

秀頼と豊臣家の安全を保つためには、即座に戦を中止し、豊臣恩顧の大名たちを無事に帰国させなければならない。そう決意した淀殿は、大蔵卿の局と相談の上で、伏見城の奥御殿で病床に伏していた秀吉に毒を盛ったのである。

そのいきさつを克明に記した日記を、織田有楽斎が盗み出して家康に届けていた。家康は勅使二人にこの日記を示し、太閤殿下を毒殺した者を、朝廷は庇《かば》い立てするのかと恫喝《どうかつ》したのである。

勅命和議を断念せざるを得なくなったのはそのためだった。

「このことあるを察した片桐市正は、備前島から砲撃によって淀殿を殺し、勅命和議のみちを開こうとしたが成し遂げられなかった。かくなる上は早々に和議を結び、国替えに応じるほかに豊臣家存続の道はあるまい。以上が宮さまのお言葉でございます」

南善坊は一言一句たがえることなく復唱した。

文に記しては幕府の手に渡るおそれがあるために、重要な用件はすべて使者の口上で伝えるのである。

「では市正は、裏切ったのではなかったのだな」

「幕府軍の内情が筒抜けになっていることに不審を持たれた家康公が、市正どのの監視を厳しくせよと命じられたために、城内へ密使を送ることが出来なくなったのでございます。されど八条宮さまには時折使者を送り、勅命和議についての相談をなされておりました」

「そうか。大儀であった」

秀頼は竹流し金五つを褒美に与えた。

十二月十八日未明、緋《ひ》おどしの鎧《よろい》を着た秀頼は阿波路《あわじ》町筋の陣屋にいた。塙団右衛門の手勢二十人ばかりと、蜂須賀勢の陣所に夜討ちをかけるためである。

夜討ちは団右衛門が計画したものだった。

大野治房は治長に陣所を焼かれた時に、蜂須賀勢に旗を奪われて面目を失った。治房の家臣である団右衛門は、和議が成る前にひと働きして大野家の恥を雪《すす》ごうとしたのである。

治房からこの報告を受けた秀頼は、自ら夜討ちに加わることにした。

勅命和議の失敗に、自暴自棄になったからではない。末期の床にあった秀吉を淀殿が殺害していたことにも、さほど大きな衝撃は受けなかった。いくらかの哀しみと共に、すべてをありのままに受け入れたばかりである。

秀頼が団右衛門らの夜討ちに加わることにしたのは、和議が調う前に一度くらいは敵のただ中に斬り込んで、己れの運と力を試してみたくなったからだ。

「秀頼どの、まことに良いのでござるか」

団右衛門が念を押した。

伊予《いよ》松山《まつやま》城主加藤嘉明の家中で豪傑として名を馳《は》せた男だが、嘉明と反りが合わずに致仕して浪々の身となった。

後藤又兵衛とよく似た境遇の男である。

「何度も言わすな。死なば諸共《もろとも》じゃ」

秀頼は長さ一間半ほどの馬上槍《やり》を得物としている。懐には千姫がくれた匂い袋を忍ばせていた。

「有難い。この団右衛門、これに勝る誉れはござらぬ」

二十数人の兵は白い三尺手ぬぐいを兜《かぶと》に巻いて合印とし、さいかと問えばさいと答えよと合言葉を定めていた。

「目ざす陣所は、あれでござる」

惣構《そうがまえ》の矢倉の二階から、団右衛門が一町ばかり先に見えるかがり火を指した。博労ヶ淵の戦で手柄を立てた中村右近が、堀一重を掘って柵《さく》を植えた陣を構えている。柵の内側には陣小屋の板屋根が並んでいた。

東横堀川ぞいにはこうした陣所がひしめき合い、五万の軍勢が惣構からわずか一町のところに迫っていた。

「その夜討ちに、わしも加えて下さらぬかの」

遠慮がちな声がして、宗夢が矢倉に上ってきた。

驚いたことに、夜目にも鮮やかな緋おどしの鎧を着て、金の三日月の前立てを打った兜をかぶっている。得物は十文字の馬上槍である。

「ご老人、いったいどうなされたのですか」

秀頼は目を瞠《みは》った。

日頃の乞食《こつじき》僧とは思えぬ堂々たる武者ぶりである。年も二十ばかり若返ったようだった。

「秀頼さまに面白き企てがあると聞いてな。真田どのから具足一領をゆずり受け、お供させていただこうと思ったのじゃ」

宗夢が十文字槍にひと振りくれた。往年の武者ぶりをうかがわせる凄《すさ》まじい速さだった。

「しかし、どこの誰とも存ぜぬ方と生死を共にするわけには参りませぬ」

「わしの名か。一時は高木仁右衛門《たかぎじんえもん》と名乗ったこともあるが、往年の名は清水《しみず》備中守宗治《むねはる》と申す」

「まさか、高松城《たかまつ》の」

「さよう。秀吉どのには辛《から》き命を助けてもろうた。この命を秀頼さまのために捨てることで、その恩に報いたい」

本能寺の変が起こった天正十年六月、秀吉は毛利方となった高松城を水攻めにしていた。

そこに信長死すとの報が届いたために、城主清水宗治の切腹を条件に毛利家と和議を結び、急遽《きゅうきょ》畿内に取って返し、山崎《やまざき》の合戦で明智光秀を破って天下取りの足がかりとした。

だが、この時清水宗治は死んではいなかった。小舟の上で切腹したのは、宗治の影武者だったのである。

秀吉はこのことを知っていたが、異議をとなえなかった。

しかも光秀を討った後には、毛利家で居場所のなくなった宗治に近江の所領を与え、余生を安楽に過ごせるように計らったのである。

「あの頃の秀吉どのの見事さは、眩《まばゆ》いばかりであった。背格好こそ違え、今の秀頼どのはあの頃の秀吉どのによう似ておられる」
「ご老人、かたじけない」
秀頼は感極まって宗夢の手を取った。
まるで父秀吉が目の前に現われたような気がしたのである。
「それでは方々、参ろうか」
団右衛門が兜の目庇《まびさし》を下げて門を開いた。
秀頼は槍を低く構えて真っ先に突進した。
目の前は深い闇である。闇の先には幾多の敵が待ち構えている。
だが、恐れも不安も感じなかった。
戦いの場に立つ歓《よろこ》びだけが、体の芯《しん》からふつふつとわき上がってくる。
信長も、そして秀吉も、このようにして己れの運命を切り開いてきたのだ。
その思いにつながれたことに雀躍《じゃくやく》しながら、秀頼はまっしぐらに駆けつづけた。

終章　死者の涙

秀頼は明け方に目を覚ました。

あまりに深々と寝入ったために、一瞬自分がどこにいて何をしているのか分からなくなった。

「夢か……」

長い夢を見ていたような気がする。心地良い場所にいた記憶が体の隅々に残り、落城を目前にした現実に気持を戻すのにしばらく時間がかかった。

矢倉の片隅では、淀殿が大蔵卿の局や宮内卿の局らと何事か語り合いながら涙にくれている。

間近では速水甲斐守、毛利豊前守らが秀頼の指示をじっと待っていた。

薄汚れた僧衣をまとった宗夢は、矢倉の壁に寄りかかってふくべの酒を飲んでいる。首には相変わらず菱《ひし》の実で作った数珠《じゅず》をかけていた。

「ご老人」

秀頼は急に髑髏《どくろ》の形に似た数珠のことが気になった。

「何ゆえそのような数珠を用いておられるのですか」

「これか」

宗夢はつまらなさそうに片手で数珠をつまみ上げた。

「これは、わしの未熟さ故に死なせた者たちの供養のためじゃ。妻や子や家臣たちのな」

「昨夜ご老人は、心に偽りなければ天心にかなうと申された。我らがこのような道をたどるのは、心に偽り多く、天心に見離された故でございましょうか」

「そうとも限るまい」

宗夢はふくべの口をくわえ、底の底まで飲み干そうとするように長々と傾けた。

「人には二通りの生き方がある。己れを殺して天下の趨勢《すうせい》に従うか、天下の趨勢に逆らってでも己れを貫くかじゃ。そのどちらが天心にかなっておるかは、誰にも分らぬ」

「ご老人」

「何じゃ」

「この床下に抜け穴があります。ここより城外に落ちて下され」

「今さら、さようなことを申してくれるな。死にぞこないのわしにも、死に時というものがある」

宗夢は秀頼と共に死にたいと言い、年甲斐《としがい》もなくはにかんだ顔をした。

「ご老人までこの場で果てられたなら、我らは天下の趨勢に逆らった愚か者として、後世にまで悪名を残すことになりましょう。そうではない。我らは二通りの生き方のひとつを選んだばかりだと、ご老人に語り継いでいただきたいのです」

「つれないのう。秀頼どの」

「これは父上のためでもあります。この通り、伏してお願い申し上げる」

秀頼は両手をついて頭を下げた。

「わしの口はうつろな洞《ほら》じゃ。酒の入口にして、駄法螺《だぼら》の出口に過ぎぬ。だがこんな口でも、そなたが頼りにしてくれるのなら、生かす値うちがあるかも知れぬ」

宗夢は空《から》になったふくべを投げ捨て、半畳ばかりの広さがある抜け穴に身を沈めた。

それが秀頼と宗夢の今生の別れになった。

秀頼は速水甲斐守に淀殿の首を打たせると、吉光の脇差しで腹を切って二十三年の生涯を終えたのである。

速水甲斐守と毛利豊前守は、秀頼の申し付け通り地中深く穴を掘って秀頼の首を隠した後、矢倉の四隅に積んだ火薬に火を点じた。

この二人を初めとして秀頼に殉じた家臣二十五名、淀殿に殉じた侍女は六名だった。

命長らえた宗夢は、秀頼との約束に従って『豊内記』を後世に残した。
〈秀頼公ノ最後マデヲ見届ケタリシ江州ノ住人高木仁右衛門入道宗夢ガ物語ニヨッテ〉
この書が成ったと、前書きに記されている。

昭和五十五年、大阪城の京橋口三の丸跡から、地中深く埋葬された頭蓋骨《ずがいこつ》が発見された。秀頼のものと推定される首は、アサリやタニシを敷きつめた上に、殉死者二名、太平楽と思われる馬の首ひとつと共に埋められていた。

昭和五十八年にこの首は京都の清涼寺《せいりようじ》に納骨され、秀頼公首塚の碑が建てられた。納骨に先立って清涼寺の住職が供養の読経《どきよう》を奉じると、頭蓋骨の目から滂沱《ぼうだ》の涙があふれ出したという。

（完）

解説　血肉を与えられた人間秀頼

伊東　潤

日本史の暗部を巧みな解釈によってあぶりだした『血の日本史』でデビューした安部龍太郎氏は、その後も傑作や快作を連発し、今日、斯界《しかい》において確固たる地位を築いている。

その人間に対する深い洞察力は、『等伯』が直木賞を受賞したことでも証明された。

むろん、われわれ長年のファンは、安部龍太郎という名刀の切れ味を存分に知っていたが、独自の道を行く安部氏の作風は、一般の小説ファンにまで浸透しているとは言い難かった。

とくに新世紀に入ってからは、一人旅を続ける剣豪のような趣さえあった。

しかし十八年ぶり二度目の直木賞候補へ、そして受賞という快挙は、安部氏を歴史小説というジャンルのローカルヒーローから全国区の小説家に押し上げ、そのファン層を一気に押し広げた。

ちなみにこの時、私も候補者の一人に名を連ねていたが、「とんでもない大物が上がってきてしまった」と思ったことを覚えている。

いずれにせよ安部氏の直木賞受賞が、歴史小説界全体を盛り上げる起爆剤となったことは確かで、その後、このジャンルが活況を呈しているのは、ご存知の通りである。山本兼一氏亡き今、安部氏こそ歴史小説界の牽引者《けんいんしゃ》として、これからも、その力量を存分に発揮してくれることだろう。

さて『密室大坂城』は、その安部氏が一九九七年に発表した長編小説である。デビューから八作目ということで、筆の運びにも迷いがなく、まさに脂が乗っている感がある。

その題材は、豊臣家が滅亡した大坂の陣をめぐる淀《よど》殿と秀頼《ひでより》母子の心の葛藤《かっとう》である。大坂の陣を描くとなると、司馬遼太郎氏の『城塞《じょうさい》』の例を引くまでもなく、生半の量では済まない。なぜかと言えば、そこに至るまでの政治的経緯が複雑で、その説明が一筋縄ではいかないからである。

しかも複数視点の群像劇にして、豊臣・徳川の両サイドから描きたくなるのが小説家の常で、そうなると量的にも、単行本の上下巻くらいは必要になる。

それだけ、この題材は厄介なのである。

ところが安部氏は、徳川方の思惑や作戦などを一切排除し、人の心、すなわち母子それぞれの密室に踏み込むことに徹した。

それゆえ、視点人物は秀頼と淀殿の二人に絞られ、彼らの思いを交錯させながら話は進んでいく。むろんその過程で、これまでの経緯などもさりげなく説明され、あまり歴史に詳しくない読者にも、背景説明の不足を感じさせない。

これが、手練《てだれ》の仕事というものであろう。

いずれにせよ安部氏は、臨場感あふれる筆致で、母子の内面に迫っていく。

読み進むにつれ、広いはずの大坂城が、なぜか密室的な息苦しさを帯びてくるから不思議である。

そして秀頼と淀殿は、互いに反目しつつも手を取るように滅亡という渦の中心に向かっていく。

その筆勢には鬼気迫るものがあり、伝奇小説的な風合いさえある。

だからと言って、史実の調査がなおざりにされているわけではない。ところどころに挿入される文献や古文書の引用は、物語にリアリティを与えると同時に、こうした断片的に伝えられてきた情報に、安部氏がいかなる新解釈を加えていったかが、如実に分かるようになっている。

その量は多くもなく少なくもなく、絶妙のタイミングで繰り出される。

安部氏のようなベテラン作家には、膨大な読書量に裏打ちされた嗅覚《きゅうかく》が備わっており、この辺りのさじ加減を心得ているのだ。

しかも、単に文献の引用をしているだけではない。最後の最後に、文献に絡む一つの秘密が明かされる。


果たして安部氏は、この小説を通して何を伝えたかったのだろうか。

密室とは心の中の暗喩《あんゆ》であろう。

人の意思や気持ちとは裏腹に運命は動いていく。運命に抗《あらが》おうとしても抗えないのが人であり、それによってもたらされた結果を受容していくことで、人は一つの境地に至る。

運命に抗おうとする淀殿の密室は、その肉体同様、紅蓮《ぐれん》の炎を上げ続けるが、運命を従容として受け入れる秀頼の密室は、物音一つしない静謐《せいひつ》を保っている。

つまりこの作品によって、これまで明らかにされてこなかった秀頼という一個の人間が、輪郭を持って浮かび上がってきたのだ。

今日に至るまで、この題材を取り上げた小説家の描く秀頼像は、司馬氏の『城塞』に見られるように、物を考えない操り人形のような存在だった。とくに何がしたいということもなく、唯々諾々と周囲の意見に流されていく。それが、多くの人が抱く秀頼像だったと思う。

それゆえ秀頼視点という小説は、管見ながらお目にかかったことはない。

ところが安部氏は、人形にすぎなかった秀頼を、生身の人間として現代によみがえらせた。

しかもそれは、小説家的な妄想の類ではなく文献的な裏付けもある。

例えば、作中に引用されているのだが、『当代記』に「この頃大坂秀頼公、住吉へ度々遊行《ゆぎょう》され給う」とある。

当時、住吉は畿内《きない》有数の港町《みなとまち》なので、舟遊びとも考えられるが、「海が好きだ」というロマンチックな秀頼像よりも、安部氏の解釈通り、女遊びに耽溺《たんでき》する秀頼の方が、はるかに人間臭くて好ましい。

己の意思を持たない木偶《でく》が、茶屋通いするなどあり得ない。しかも聖人君子の類ではなく、男としての欲望を満たすために茶屋通いする秀頼こそ、実像に近いのではあるまいか。

つまり秀頼は、己の情念を持て余すほどの堅固な肉体と、確固たる意思を持つ一個の人間だったのである。

四百有余年の歳月を隔て、安部氏が、初めて秀頼に血肉を与えたと言っても過言ではないだろう。

それゆえ滅亡という運命の渦に巻き込まれながらも、従容として死を受け入れる秀頼は、生き生きとしている。

妄執に囚《とら》われ、逃れられない因果に縛られるようにして死んでいく淀殿と、それは見事なコントラストを成している。

しかし、滅亡という悲劇を描いているにもかかわらず、この作品の読後感が、何とも言えず清々《すがすが》しいのはなぜだろう。

そこに安部氏の作品の秘密がある。

二〇一四年一月、文藝春秋社主催で「官兵衛《かんべえ》より凄《すご》い軍師たち」なる鼎談《ていだん》が行われた。出席者は黒鉄ヒロシ氏、安部龍太郎氏、そして私の三人である。

その中で、現代の国際関係を軍師ならどう解決するかという話題になり、私は日本の取るべき戦略と戦術を、とうとうと語った。

ところが安部氏は、「人間はなんとか戦争に向かわないで叡智《えいち》によって切り抜ける力を持っていると思うんです。現実においては、その力を一人一人が最大限発揮して、自分の中の敵意とエゴイズムを制御して、人類的な視野というものを持った判断をしてもらいたいですね」と述べられた。

ここまで人間というものを肯定的に捉《とら》えられると、私のような外資系企業にしか勤めたことのないマキャベリストには、返す言葉もない。まさに「おいしいところを持っていかれた」という感じである。

黒鉄氏は「やっぱり安部さんは善い人だなあ」と感心なされていたが、安部氏の言葉は、本気でそう思っていなければ出てこないセリフであろう。

その前段でも安部氏は、「(小説家にとって大切なものは)人間に対する信頼とヒューマニズム、それから愛ですな」と言っておられるが、これこそが、安部氏の作品の根底に流れる基調低音なのである。

つまり、どのような悲劇であろうと、安部氏の作品は人間愛に貫かれている。だからこそ読者は、さわやかな読後感に浸れるのである。

この作品で安部氏は、密室の鍵《かぎ》を開け、秀頼を現代によみがえらせた。泉下の秀頼公は、まさに「滂沱《ぼうだ》の涙」を溢《あふ》れさせつつ、この作品の登場を喜んだに違いない。


なお安部氏には、『徳川家康の詰め将棋　大坂城包囲網』(集英社新書)という著作がある。この作品は、小説ではなくエッセイ的な歴史論考だが、関ケ原合戦から大坂の陣までの時代を、城という観点から読み解く好著である。『密室大坂城』を読んだ後、この著作を読むと、徳川方の思惑が分かり、よりいっそう大坂の陣への理解が深まると思われる。

関心のある方は、ぜひ手に取っていただきたい。

本書は平成十二年六月、講談社文庫より
刊行された作品を加筆修正したものです

密《みつ》室《しつ》大《おお》坂《さか》城《じょう》

安《あ》部《べ》龍《りゅう》太《た》郎《ろう》

平成26年 5月25日　初版発行
令和7年 5月15日　6版発行

発行者●山下直久

発行●株式会社KADOKAWA
〒102-8177　東京都千代田区富士見2-13-3
電話　0570-002-301(ナビダイヤル)

角川文庫 18551

印刷所●株式会社KADOKAWA
製本所●株式会社KADOKAWA

表紙画●和田三造

ISBN978-4-04-101772-2　C0193

角川文庫発刊に際して

角川源義

第二次世界大戦の敗北は、軍事力の敗北であった以上に、私たちの若い文化力の敗退であった。私たちの文化が戦争に対して如何に無力であり、単なるあだ花に過ぎなかったかを、私たちは身を以て体験し痛感した。西洋近代文化の摂取にとって、明治以後八十年の歳月は決して短かすぎたとは言えない。にもかかわらず、近代文化の伝統を確立し、自由な批判と柔軟な良識に富む文化層として自らを形成することに私たちは失敗して来た。そしてこれは、各層への文化の普及滲透を任務とする出版人の責任でもあった。

一九四五年以来、私たちは再び振出しに戻り、第一歩から踏み出すことを余儀なくされた。これは大きな不幸ではあるが、反面、これまでの混沌・未熟・歪曲の中にあった我が国の文化に秩序と確たる基礎を齎らすためには絶好の機会でもある。角川書店は、このような祖国の文化的危機にあたり、微力をも顧みず再建の礎石たるべき抱負と決意とをもって出発したが、ここに創立以来の念願を果すべく角川文庫を発刊する。これまで刊行されたあらゆる全集叢書文庫類の長所と短所とを検討し、古今東西の不朽の典籍を、良心的編集のもとに、廉価に、そして書架にふさわしい美本として、多くのひとびとに提供しようとする。しかし私たちは徒らに百科全書的な知識のジレッタントを作ることを目的とせず、あくまで祖国の文化に秩序と再建への道を示し、この文庫を角川書店の栄ある事業として、今後永久に継続発展せしめ、学芸と教養との殿堂として大成せんことを期したい。多くの読書子の愛情ある忠言と支持とによって、この希望と抱負とを完遂せしめられんことを願う。

一九四九年五月三日

角川文庫ベストセラー

戦国幻想曲　池波正太郎

〝汝は天下にきこえた大名に仕えよ〟との父の遺言を胸に、渡辺勘兵衛は槍術の腕を磨いた。戦国の世に「槍の勘兵衛」として知られながら、変転の生涯を送った一武将の夢と挫折を描く。

英雄にっぽん　池波正太郎

戦国の怪男児山中鹿之介。十六歳の折、出雲の主家尼子氏と伯耆の行松氏との合戦に加わり、敵の猛将を討ちとって勇名は諸国に轟いた。悲運の武将の波乱の生涯と人間像を描く戦国ドラマ。

夜の戦士 (上)(下)　池波正太郎

塚原卜伝の指南を受けた青年忍者丸子笹之助は、武田信玄に仕官した。信玄暗殺の密命を受けていた。だが信玄の器量と人格に心服した笹之助は、信玄のために身命を賭そうと心に誓う。

仇討ち　池波正太郎

夏目半介は四十八歳になっていた。父の仇笠原孫七郎を追って三十年。今は娼家のお君に溺れる日々……仇討ちの非人間性とそれに翻弄される人間の運命を鮮やかに浮き彫りにする。

江戸の暗黒街　池波正太郎

小平次は恐ろしい力で首をしめあげ、すばやく短刀で心の臓を一突きに刺し通した。男は江戸の暗黒街でならす闇の殺し屋だったが……江戸の闇に生きる男女の哀しい運命のあやを描いた傑作集。

角川文庫ベストセラー

西郷隆盛　池波正太郎

近代日本の夜明けを告げる激動の時代、明治維新に偉大な役割を果たした西郷隆盛。その半世紀の足取りを克明に追った伝記小説であるとともに、西郷を通して描かれた幕末維新史としても読みごたえ十分の力作。

炎の武士　池波正太郎

戦国の世、各地に群雄が割拠し天下をとろうと争っていた。三河の国長篠城は武田勝頼の軍勢一万七千に包囲され、ありの這い出るすきもなかった……悲劇の武士の劇的な生きざまを描く。

新選組血風録　新装版　司馬遼太郎

勤王佐幕の血なまぐさい抗争に明け暮れる維新前夜の京洛に、その治安維持を任務として組織された新選組。騒乱の世を、それぞれの夢と野心を抱いて白刃とともに生きた男たちを鮮烈に描く。司馬文学の代表作。

北斗の人　新装版　司馬遼太郎

剣客にふさわしからぬ含羞と繊細さをもった少年は、北斗七星に誓いを立て、剣術を学ぶため江戸に出るが、なお独自の剣の道を究めるべく廻国修行に旅立つ。北辰一刀流を開いた千葉周作の青年期を爽やかに描く。

豊臣家の人々　新装版　司馬遼太郎

貧農の家に生まれ、関白にまで昇りつめた豊臣秀吉の奇蹟は、彼の縁者たちを異常な運命に巻き込んだ。平凡な彼らに与えられた非凡な栄達は、凋落の予兆となる悲劇をもたらす。豊臣衰亡を浮き彫りにする連作長編。